谷津矢車

曽呂利

秀吉を手玉に取った男

実業之日本社

実業之日本社文庫

目次

曽呂利新左衛門を最初に語った噺家、講釈師に最大限の感謝と羨望を抱きつつ——。

序

蒸した部屋の中で、蓑虫《みのむし》が二つ、風もないのに揺れていた。

炭束が手からずり落ち、三和土《たたき》の上に散らばった。だが、足元で響く乾いた音も、どこか遠くのものに聞こえてならなかった。血の気の引いた顔にはもはや生前の影はなかったが、その二つの蓑虫が、己《おのれ》の嬶《かかあ》と小さな我が子であることにようやく気付いた。

最初、混乱していた。本当についさっきまで嬶も子も生きていた。仕事を貰《もら》うべく方々の商人のところへ顔を出し、にべもなく仕事を断られて炭を買って帰った。そんな僅《わず》かな隙《すき》に、嬶はかねてより用意していた縄を梁《はり》にかけ、小さな子供を吊《つ》った後、自らの首をくくったのだろう。

ここのところ、仕事がなかった。注文仕事が絶え、自ら頭を下げて回っても駄目だった。

貧乏暮らしは身を削り、心を蝕《むしば》む。先に病んでしまったのは嬶だった。ある日突然糸の切れた傀儡《くぐつ》のようになった。長屋の壁を茫然《ぼうぜん》と眺めては、ぼそぼそと独り言を繰るばかりになり、這《は》い寄ってくる子供を蠅《はえ》でも払うように押しのけるようになった。そしてこの日、嬶は二度と這い上がれぬ崖《がけ》に足を踏み出してしまった。我が子を道連れにして。

気付けなかった。否、見て見ぬふりをしていた。いつかこうなるかもしれぬと気づいていながら、どうにでもなれ、と目を背けていたのは己だった。

嬶の顔は苦悶《くもん》に歪《ゆが》みながらも、どこか、ほっとしたような顔をしていた。

さっきまで嬶と子だった肉塊を力なく見上げていると、変事に気づいたのか野次馬たちが戸口から中の様子を窺《うかが》ってくる。

ああ、またかいな。最近多いなあ。

そこの旦那さん、鞘師《さやし》やったらしいで。

そりゃ首も吊りたくなりますわな。最近、堺《さかい》も平和になったさかい、鞘師の仕事がのうなったんやろ。

野次馬たちの囁《ささや》きが容赦なく耳朶《じだ》を叩《たた》く。

心中で、じゃあ何になればよかったんや、と叫んでいた。若い頃は茶人や連歌師の真似事《まねごと》をしてきたが、まるで物にならなかった。心機一転鞘師になって修業を積んで、ようやくこれから認められつつあるところで、戦が終わったからお払い箱ではあまりにむごい。

「見世物違うで。早よ散りや」

野次馬たちを追い出すと、その場には静寂だけが残った。

しばし茫然としていると、戸の開く音がした。振り返るとそこには――。

「な、なんやこれは」

逆光の中、首吊り死体を眺めて絶句しているこの老商人は、かつてからの顔見知りだ。この堺でも一、二を争うほどの分限者だが、己のことを数寄者《すきもの》と称し、地味な羽織にかるさん袴《ばかま》という軽装で茶会や連歌会に姿を現す。最近は茶会にも連歌会にも足が遠のいていた。顔を合わせるのも随分久しぶりだ。

「何があったんや、曽呂利《そろり》」

嬶と子に首をくくられちまったんや、そう短く答えて続けた。

「なあ、お願いがあるんやけど」

己のことを親指で指し、短く述べた。

「わしの才を買うてくれ」

己の口からこんな声が出るのかと戸惑うほど、その声は低く、唸《うな》るようだった。

最初は戸惑っていた老商人だったが、やがてその言葉の意味を理解したのか、少しだけ眉を動かした。その顔にはあからさまに蔑《さげす》みと疑いが滲《にじ》んでいる。

「お前の才をか。お前に何ができきんねん」

「何もできひんわ。茶も連歌も中途半端や。でも、わしには口があるで。この口でやれることをやる。知っとるで、あんたら、そういう人間が欲しいんやろ」

老商人の瞳の奥に深い闇が宿った。そして、いつの間にか剃刀《かみそり》のように鋭く変じた目をこちらにくれた。

「本気かいな。場合によっちゃ死ぬで」

「もうわしは死んだようなもんや」

「――ええよ。堺の乙名衆《おとなしゅう》に話を通してやるわ。少し待てや」

氷のように冷たい気配を残して、老商人は堺の雑踏に消えた。

いつまでも嬶と子をそのままにしておくわけにはいかなかった。梁に上って縄を切ると、二人の体はどしゃりと音を立てて落ちた。手足があらぬ方に曲がって三和土の上に転がるその姿は、詰《なじ》るような目でこちらを見上げている。

二人の身を一人で清めた。嬶の襟を直し、己が子の顔を布で拭《ぬぐ》っている最中に、次から次に凍らせていた思いが一気に迸《ほとばし》ってきて、不甲斐《ふがい》なさが容赦なく我が身を圧《お》し潰《つぶ》してゆく。

心中には一つのどす黒い思いが芽生えつつあった。

ほな、さいなら。心の底で、新左衛門《しんざえもん》は呟《つぶや》いて、妬《ねた》ましげに見開かれた二人の目をゆっくりと閉じてやった。

第一話　羽柴秀吉の場合

豪華絢爛《けんらん》な大坂城の書院の間の真ん中で、羽柴秀吉《はしばひでよし》は一人、物思いに沈んでいた。右手の扇子を左の掌《てのひら》に打ち据えることで口をついて出そうになる悪態を抑え込んだものの、怒りそのものは収まることはなかった。やおら立ち上がると脇息《きょうそく》を蹴飛《けと》ばし、誰もいない部屋の中でうめいた。

配下は何をしておるのだ、と怒鳴りつけたかった。昔ならばそうしていただろうが、今は立場が許さない。

織田信長《おだのぶなが》公が生きていた頃は方面軍の長として振る舞えばそれでよかった。だが、今は違う。横死した信長の仇《かたき》を討って旧領をほぼ回復したことで、名実ともに信長の権勢を凌《しの》ぐ存在となったが、天下人《てんかびと》の座は、うかつな言動を許さない。今日の吸い物は味が濃いのではないかとぼやけば次の日から賄い方の人員が総替わりし、怒りのままに部下を叱責《しっせき》すれば、次の日、その部下が切腹したと聞かされる。従って、多少のことには目をつぶり、口をつぐんでやり過ごすことになる。

頭痛がする。その場に座ってこめかみのあたりを揉《も》んでいると、近習《きんじゅ》が家臣の渡りを告げた。

秀吉が這うように上段に移動してしばらくすると、縁側から近習を先導にした人影が姿を現した。黒地に牡丹《ぼたん》の刺繍《ししゅう》のなされた羽織をまとう、初老の男と、鼠色《ねずいろ》の肩衣《かたぎぬ》を着た若い男だ。二人ともよく見知った者たちだ。

「ご苦労をおかけするな、小六《ころく》殿」

穏やかに声を掛けてやると、牡丹刺繍の中年武士は恭《うやうや》しく頭を下げた。

「何、なんということはない。戦は嫌いではないゆえな」

武骨なことを口にしながら白いものの混じる頭を掻《か》くのは、蜂須賀《はちすか》小六だ。元を正せば美濃《みの》の渡しを取り仕切る国衆《くにしゅう》で、信長に仕える前、秀吉もこの男の下で人足まがいの仕事をしていたことがある。だが、信長幕下《ばっか》で秀吉があれよあれよの内に出世を遂げるうち、与力《よりき》将として秀吉につけられ、今では秀吉の右腕になっている。秀吉からすれば、幕下にあって唯一気を遣う相手だ。それゆえ、敬語を使わぬことを許している。

「お座りなされ、小六殿。立ちっぱなしではお疲れであろう」

「では、言葉に甘えることとしよう」

小六は薄く微笑《ほほえ》むと、下座にゆっくりと座った。小六と共にやってきた若侍も小六の後ろに座ったのを見届けると、秀吉は本題を切り出した。

「小六殿。兵糧《ひょうろう》集めはどのようになっておるじゃろうか」

「佐吉《さきち》から報告させる」

小六は胸を叩き、後ろの若侍にちらりと目を向けた。すると若侍は一つ頷《うなず》き、女人のように小さく色づきのいい唇を動かした。

「現在のところ、堺の米は七割ほど高騰しております。買い増しておりますが、これ以上集める意味はないかと」

秀吉はぴしゃりと割って入った。

「何を申すか。さらに買い増さぬか。金に糸目はつけぬぞ」

「されど、もう既に一年分にはなろうかという兵糧は集めきっており……」

「自分たちの食べる米をかき集めておるわけではない。天下中の米を買い占めれば、敵が兵糧を集められなくなろう。そのための方策と心得よ」

子供を叱《しか》るような口ぶりで諭してやると、若侍——佐吉——はようやく納得したのか、床に手をついて平伏した。

石田《いしだ》佐吉は信長から近江長浜《おうみながはま》を拝領した際に幕下に加えた男だ。武芸に見るべきところはないが、算術の腕と利発さを買ってあれこれと使っている。もっとも、己の頭の良さを恃《たの》みにしているところがあり、柔軟にものを考えられないという欠点も見て取れるが、秀吉とて若い時はそうだった。そのうちそうした臭みも抜け、次第に立派な智将《ちしょう》となってゆくだろう、と目をかけている。

その佐吉が平伏したまま、畏《おそ》れながら、とおずおず切り出してきた。

「ところで、天下中の米を買い漁《あさ》るなどという大げさなことを、長宗我部《ちょうそかべ》などという至弱な小名相手に行なう必要がありましょうか」

今回の米の買い占めは、未《いま》だに秀吉に従おうとしない四国の長宗我部を睨《にら》んで行なっているものだ。

「いいところに気づいたのう。そこまで気づけばあと少しぞ」秀吉は子供に言い含めるように続ける。「米が高くなることで、誰が困る？　長宗我部も困ることだろうな。だが、影響を受けるのは、何も長宗我部だけではなかろう」

しばし目を泳がせていた佐吉も、最後には手を打った。

「そうか。島津《しまづ》や北条《ほうじょう》にもその影響が及ぶ――」

「さよう、腹が減っては戦はできん。四国を攻めておる際、未だに従わぬ大名がこちらに戦を仕掛けてくる恐れもあろう。じゃが、米価を吊り上げておけば、兵糧を集めることもできず、兵も出せぬようになる。一兵も割かずに敵兵を封じる、秀吉流の軍略じゃ」

「そこまでお考えでしたか」

目を大きく見開いた佐吉は恐れ入ったとばかりに深く頭を下げた。

それだけではない。秀吉が天下の米の価《あたい》を吊り上げれば、臣従している大名たちへの無言の圧力ともなる。天下人の権勢を見せつけるまたとない機となる。米の買い付けに走る大名たちは、なおのこと秀吉に尻尾《しっぽ》を振るようになるだろう。

と、秀吉は己の気がかりを小六に向かって問うた。兵糧集めのことなどよりも、よほどそちらのほうが重大事になっている。

「のう、そういえば、あの件はどうなっておる」

「あの件、とは」

察しの悪い男だと内心で罵《ののし》りながらも、おくびにも出さずに秀吉は述べた。

「ほれ、あの落首《らくしゅ》の件ぞ」

一月ほど前、堺で妙な落首が流行《はや》っているという報告が秀吉の耳に入った。

『たいこうが　四《し》こくのこめをかいかねて　今日《きょう》も五斗《ごと》買《か》い　明日《あす》も御渡海《ごとかい》』

最初は何を歌ったものなのか、さっぱりわからなかった。だが、和歌の古今伝授《こきんでんじゅ》を受けている風流大名の長岡《ながおか》（細川《ほそかわ》）幽斎《ゆうさい》に問い合わせたところ、かの男は剃髪《ていはつ》した頭を悩ましげに撫《な》でながら、歌意を読み解いていった。

『〝たいこう〟については「帯甲」、すなわちは鎧《よろい》を着た兵士のことでしょう。〝四こくのこめをかいかねて〟、これは四国と四石をかけた洒落《しゃれ》かと。その上でこの歌を読み解くならば、兵たちが四石の僅かな米を買えずに、今日も秀吉様が堺で五斗の米を買い、明日には船を出して長宗我部を攻める、という意味の歌でございましょうな』

決して無教養の人間がものした歌ではございませぬ、というのが当代一流の歌人、長岡幽斎の言い分であった。

いずれにしても、塵芥《ごみあくた》も同然の市井の者にこけにされたのだ。許せるはずもなく、幽斎の謂《い》うように、教養のありそうな僧や連歌師に当たりをつけ、この落首をものした不届き者を焙《あぶ》り出すよう小六に命じていたのであった。

小六はようやく思い至ったのだろう、ばつの悪い顔をして床に視線を落とした。

「まだ見つからぬ。どう考えても堺の商人衆に縁する者であろうが、未だに尻尾がつかめぬのだ」

「それは困った」

秀吉はあえて憂い顔を作った。だが、すでに肚《はら》は決まっている。

「まあええわ。小六殿、早う下手人を探して下されよ」

「ああ。任せておけい」

小六は胸を叩いた。

その後、二三の会話の後に二人が下がった後、秀吉は一人、扇子を左の掌に打ち据えていた。乾いた音が書院の中で響き渡る。

「下らぬ」

小六も佐吉もうまく行っているような口ぶりであったが、別のところから漏れ聞こえてくる話は全く違う。堺の商人たちは米を売り渋っているようだが、小六たちがそれに気づいている様子がない。

堺の商人たちはしたたかだ。あの者たちにすっかり化かされてしまっているらしい。

「わしが出向くしか、あるまいな」

落首の件も気になる。あれには、己の他には数名しか知り得ぬはずの出来事が盛り込まれている。漏れているとなれば由々しき事態だ。

手を叩き、秀吉は近習を呼びつけた。

小六と佐吉との会談の次の日、秀吉は前線視察と称して堺に足を延ばした。たまたまその日には公卿《くげ》たちとの打ち合わせもなく、書状の決裁ばかりが残っていたゆえ、煩雑な判子押しの作業を近習に押し付け、自らは白馬にまたがり、供回りを引き連れた。

堺の町に入る際、町全体をぐるりと取り囲む、人の背ほどの高さのある土塁が秀吉を迎えた。門は破却させて久しいが、遠くからでも土塁の存在感は目立つ。これは堺が誰にも従おうとしなかった時代の遺物だ。かつて堺の大商人たちは金を出し合って兵を雇い入れ、独自に町を守っていた。しかし、信長は彼らの自治を認めようとはしなかった。そんな信長の政策を引き継ぎ、今でも様々の手を打ち、堺を抑え込んでいる。

土塁の跡地を横目に町に入ると、人々の闊達《かったつ》が秀吉を出迎えた。目抜き通りには市《いち》が立ち、商人たちが荷を解いて道端に茣蓙《ござ》をしき、自らの商売に精を出している。それを覗《のぞ》き込む商人風の男や市女姿の女、牢人《ろうにん》風の男とすれ違う。見れば刀や鎧を商う露店が立っている。そこに飾られている当世具足はどこかの戦場で拾い集めてきたものなのだろう、大小数々の傷がついている。かつて尾張《おわり》の宿場で見たそれなどとは比べ物にならぬほどに活気に溢《あふ》れた市場を足早に通り過ぎ、港の方へと馬首を向けた。

潮の香りが秀吉を出迎えた。

石畳の続く港には五百石船がいくつも係留されており、その中から俵を肩で背負って港に降り立った小具足姿の足軽たちが現れた。采配《さいはい》を手にした陣羽織姿の侍が、荷揚げ作業に従事する足軽たちをどやしつけている。早くやらぬか、ただでさえ遅れているのだ、と口から泡を飛ばしている侍に近付くと、秀吉は馬上から話しかけた。

「小六殿はどこにおるかの」

最初、侍は何を言われたのかもわからない様子であった。そもそもこちらが何者であるかも分かっていない様子で、采配を手にあんぐりと口を開けていた。だが、しばらくして港の奥の方から小走りでやってきた一団のおかげで、ようやく話がついた。

「何をしておるのだ、秀吉」

一団の最前にいたのは、侍烏帽子《さむらいえぼし》につぎはぎだらけの戦直垂《いくさひたたれ》というなりの蜂須賀小六だった。焦りの色を見せながら、頬《ほお》を伝う汗を拭《ふ》くこともなく現れた小六は、馬上の秀吉を見上げた。その顔には狼狽《ろうばい》と疑問の色が浮かんでいる。

秀吉はあえてのんびりとした声を発した。

「なんということはありますまいよ。ちと手が空いたゆえ、堺に遊びに来たんじゃ」

「そなたは大事な身ぞ。足軽大将ならまだしも、天下に近い者が来るようなところではなかろう」

その頃には、港にいた侍たちは事情に気づいたのかその場に跪《ひざまず》いていた。足軽たちも何かに勘付いたのか、作業の手を止め俵を地面においてその場に平伏した。構わぬゆえ作業に掛かれ、と命じると、ようやく皆々はのろのろと己の持ち場に戻っていった。

船から降ろされる俵を見やりながら、秀吉は口を開いた。

「どうですかの、米集めは」

「ああ、うまく行っておるぞ」

小六が満面に笑みを湛《たた》える横で、それはそうだろう、と秀吉は心中で毒づいた。

堺の商人たちが売り渋りをしているゆえに米集めがうまく行っていないと話を聞いた秀吉は、早速堺の乙名衆に文を発した。四国攻めに当たって米集めが急務となりつつある中、秀吉に米を売らぬは不届きである、という居丈高《いたけだか》な調子のものだ。今日こうして堺にやってきたのはその書状の効き目を実際に見に来た面もあるのだが、どうやら覿面《てきめん》であったらしい。

昔の堺は誰にも従わなかった。だが、織田信長によって飼い慣らされ、今では牙《きば》を抜かれた狼《おおかみ》のように従順だ。かつては伴天連《バテレン》の宣教師たちが〝自由都市〟などと褒め称《たた》えた堺の町も、やがては秀吉の天下を支える港の一つとなる。いや、すでにそうなりつつある。

馬上から山のように積み重なる俵を見下ろしていると、ふいに後ろから囃《はや》し声を浴びせられた。

「今日も五斗買い、明日も御渡海」

振り返ると、そこにはぼろを身に纏《まと》っただけの年端の行かぬ小汚い子供が港の蔵の陰から顔を出していた。度胸試しのつもりなのだろう。子供の頃、祭りにやってきていた大名に罵詈雑言《ばりぞうごん》を投げかけたことがあったのを思い出し、秀吉は苦笑する。

舌を打ち、秀吉が顎《あご》をしゃくると、供回りから二人が飛び出し、その子供に迫っていった。するとその子供は自らの置かれた状況に気づいたのか、顔を青くして陰の中に顔をひっこめた。

待て、という供回りの怒号を遠くに聞きながら、秀吉はぽつりと言った。

「罪作りなものだの。分別のつかぬ子供が落首に踊らされておるわ」

しばらくすると、供回りの二人が手足をばたつかせる子供を引っ立ててきた。首根っこを摑《つか》まれている子供は敵愾心《てきがいしん》と恐れの入り混じった目を秀吉に向けている。

どうなさいますか、という問いに、短く秀吉は応じた。

「見せしめに斬れ」

子供の顔からは血の気が引き、先ほどまで振り回していた手足は、糸の切れた傀儡のように力を失《な》くして、がくりと顔を伏せた。

引っ立てられる子供と秀吉の顔を見比べる小六は、堪え切れぬとばかりに声を発した。

「秀吉、それはいかぬぞ。年端の行かぬ子供を斬ったとなれば、そなたの評判が」

「いや、小六殿、逆ぞ。斬らねばならぬ」

天下第一の座は、誰にも侵せぬ場でなくてはならぬ。そうでなくば、直《す》ぐに足元は揺らぎ、権威を失う。天下人の座は、ただの人が神仏であるかのように振る舞う権を得ることができる場のことだ。その権威を嗤《わら》う者は、いかな理由であれ斬らねばならぬのだ。

「小六殿、早くあの落首を書いた者を捕まえてくださらぬか。でなくば、どんどん犠牲が増えるばかりよ」

「――ああ、わかった」

青い顔をする小六に、思わず唾《つば》を吐き掛けたくもなった。

小六は未だに美濃の国衆のつもりでいる。いや、小六ばかりを責めるわけにもいかない。秀吉が天下第一の座に手をかけているということを理解している者が己の配下にどれだけいるというのか。今回の四国攻めを秀吉の気まぐれだと考えている者すらいる始末だ。

小六に堺のことを任せ、秀吉一行は帰途についた。途中、表通りの喧騒《けんそう》を嫌って裏路地に入った際、筵《むしろ》を敷いて道端に転がる者たちの姿がいくつも目に入った。皆一様に皮膚が黒ずんでおり、骨相が浮かぶほどに痩《や》せている。枕元には縁の割れている碗《わん》が置いてあり、その中にすっかり干からびた飯がこびりついていた。

眉をひそめながら、秀吉は裏路地を抜け、大坂城への帰途を急いだ。

障子を閉め切った奥の書院には、久しく味わっていない静かな時が流れている。それは、秀吉の目の前にいる男が、あまりに静寂な気を放っているからだろうか。剃《そ》り上げた頭、藍染《あいぞ》めのゆったりとした衣服、そして穏やかな笑み。そのどれもが見る者を安心させる。

「ふむ、なかなかのお手前ですな」

秀吉の差し出した短冊に目を落とした長岡幽斎は、むう、と重苦しく唸った後、意を決したように言葉を添えた。

「末尾の〝なりけり〟についてですがな。これは少し変えたほうがよろしい。妙に己の感動を押し付けてしまっては歌の雅趣を損なうことにもなりかねませぬゆえ」

「左様か」

家臣筋である幽斎にあれこれと指示されるのは気分のいいものではない。だが、致し方ない。目の前の男は細川管領《かんれい》家の親戚筋という由緒ある家柄に縁する者である上、和歌の古今伝授を受けている。こと和歌に関してはこの男の断が天下の総意に等しい。

「わかった。そこはもう少し捻《ひね》ることとしようぞ」

「そうなさいませ」

幽斎は柳のようにしなやかに頭を下げた。

ここのところ、忙しい中を縫って、和歌を教わるようになった。公卿との付き合いの中で、彼らが社交の手段として和歌を用いていることに気づいたからだ。どんなに力があっても歌心のない者は尊敬されぬようだと悟ってからは、幽斎を召し、日々修業に努めている。とはいっても齢を取ってからの手習い、自分自身、下手な歌詠みであることは心得ている。

「では、次の句をお詠みくだされませ」

幽斎に促され、白紙の短冊に手をかけたその時、外が騒がしいことに気づいた。なにがあったのかといぶかしんでいると、閉められていた障子が遠慮なしに開かれた。熱を孕《はら》んだ初夏の風が逆光になっている人影をすり抜けて部屋の中に飛び込んでくる。

「秀吉、至急の話がある」

仁王立ちで現れたのは、埃《ほこり》にまみれた戦直垂姿の蜂須賀小六であった。その様《さま》には、幽斎が溝に棲《す》む鼠を見るような顔を浮かべていた。

秀吉は背を伸ばして声を発した。

「おお、小六殿、何か面白いことがあったか」

小六は縁側に腰を下ろすと、平伏して声を発した。

「捕まったぞ。例の落首を詠んだ者が。今、大坂へと護送してきたところよ」

小鼻を膨らませて自らの功を誇る小六であったが、秀吉は内心冷ややかにその姿を眺めていた。むしろ、鼠一匹捕らえるのに随分時がかかったものだ、というのが本音である。だが、言いたいことをすべて吞《の》み込み、よくやった、と述べた。

「その不届き者の顔が見たい。小六殿、連れて来てはくださらぬか」

「こ、ここにか」

「無論、不届き者は庭に座らせることになろうがな」

「あまり、そなたと会わせたくはないのだが……」

変な渋り方をしている小六を説き伏せ、落首を詠んだ者を庭に連れて来させた。

急遽《きゅうきょ》縁側の前の庭は掃き清められ、筵が敷かれた。しばらく部屋の中で幽斎と共に待っていると、小六を先導にした一団が庭に恭しく入ってきた。槍《やり》や薙刀《なぎなた》を持った侍たちが、白装束に縄を打たれている男を取り囲むようにしてやってくる。その最前に立つ小六はまるで大将首でも運んできているかのような顔をして縁側の脇《わき》に座り、部下たちに命じて件《くだん》の罪人を筵の上に座らせた。

罪人は髷《まげ》を解かれたなりで平伏している。

「面を上げよ」

秀吉がそう声をかけると、恭しく筵の上の男は顔を上げた。

思わず秀吉は噴き出してしまった。

張り出した顎、のっぺりと広い額、福々しいまでの丸顔、そしてぎざぎざの乱杭歯《らんぐいば》。たとえるなら鮟鱇《あんこう》に似ている。とんでもない醜男《ぶおとこ》だ。裏では〝猿〟〝禿鼠〟などと綽名《あだな》されている秀吉でも、自分の顔を棚上げしたくなるほどに滑稽《こっけい》な顔立ちをしている。あまりに変わった顔立ちのせいで年齢を測ることさえできない。しかも、左目を取り囲むように青あざがついている。絵に描いたような乱暴を受けた面構えだ。

見れば、横の幽斎も、扇子で口元を隠して肩を震わせている。縁側の下で跪く小六はといえば、言わんことではない、と言いたげに顔をしかめていた。

秀吉は笑いをこらえながら、名乗るように促した。すると、鮫鱇面の男は物怖《ものお》じ一つ見せずに口を開いた。

「曽呂利新左衛門ってもんや」

強い訛《なま》りの癖がある。難波《なにわ》の町人たちの使う言葉だ。

「そろり……？　面白い名前じゃな」

「芸名みたいなもんや。わしは武用の鞘師でんねん。わしの手になる鞘はそろりと音もなく収まるってんで、曽呂利新左衛門って名乗ってますのや」

ひょうげた男だ、というのが最初の印象であった。思わず頬を緩めたくもなったが、謹厳な己を取り戻しつつ、低い声を浴びせた。

「そなたがあの落首を詠んだのか。『たいこうが』というあれを」

「わしの詠んだもんや」

「こうも早く認めるとは、殊勝だの」

「よかれと思ったんやけどな」

曽呂利が最後に口にした言葉に引っかかりがあったものの、あとは下役人どもに任せて首を飛ばせばそれで終《しま》いだ。そう算段を打ち、手を振ろうとしたその時、幽斎が、そういえば——、と呟き、曰《いわ》くありげに顋に手を遣《や》った。

「曽呂利新左衛門。思い出しましたぞ。少し前まで売れっ子だった鞘師ですな。なんでも、以前は畿内一帯から依頼が舞い込むほどだったとか。今は人気がなくなって零落したと聞いてますがな」

興味が湧き始めた。本身に比べ、鞘を始めとする拵《こしらえ》はさほど珍重もされぬし、そもそもその道の名人があるという話もあまり聞かない。正直を言えば、拵が変わったところでそんなものは誤差でしかあるまい、というのが戦を渡り続け数々の刀を用いてきた武人、秀吉の本音である。だが、世間の者たちがさほどに誉《ほ》めそやすからにはなにか種はあるはず——。

「面白いのう」

秀吉は顋に手をやると、庭に座ったままの曽呂利を見下ろす。

「のう、曽呂利。この秀吉のために、鞘を作る気はあるか」

小六から制止が入った。だが、その言は他ならぬ曽呂利の答えによってかき消された。

「秀吉はん、鞘をご所望でっか」

「ああ、天下第一の鞘が欲しい。出来るか」

「簡単でっせ。でも秀吉はん、まさか、天下第一の鞘を作らせておいて、わしに何も見返りがないなんてことはありまへんわな」

　この期に及んで取引をしようというのだ。その剛腸ぶりには、思わず変な笑い声が腹から出てしまった。

「よかろ。もし、満足な逸品が出来たなら、そなたの命は助けてやろうか」

「ほんまでっしゃろか」

「嘘《うそ》はつかぬわ。――何日で出来る？」

「そうやなあ。材料さえ揃《そろ》えば、骨組みは三日。装飾までやれってんなら材料が揃ってひと月ってところやろうか」

「わかった。くれてやろう」

　秀吉はそう口にすると、腰の差料《さしりょう》を鞘ごと無造作に引き抜いて曽呂利に投げやった。この刀の鞘を作れ。そう命じると、曽呂利は不気味な笑みを浮かべて頷いた。

　普通なら、命拾いの機をくれた相手に対してはおもねりをするものだろう。しかし、曽呂利の笑みは追従《ついしょう》とは随分その性格が違う。してやったりと言わんばかりの表情であった。

　追って沙汰《さた》する、と述べ、曽呂利を下がらせたのちも、秀吉の脳裡《のうり》には鮫鱇が頬を緩めたような、そんな曽呂利の表情が残っていた。

　だが、秀吉はあることにも気づきかけていた。あれほど憎かったはずの落首の下手人をいざ目の前にしてみると、妙な親近感のようなものが湧き上がってくる。何故なのか、その理由に見当がつかず、嚙《か》み切れなければ味気もない獣肉をいつまでも口に含んでいるような不快感に襲われていた。

それから数日の後、書院前の縁側にある秀吉は、曽呂利と対面していた。

鞘を作るにはその人の手を見なくちゃあきまへん、という曽呂利の願いを容《い》れる形だ。曽呂利を座敷に上げるわけにもいかず、さりとて秀吉を牢屋に入れるわけにもいかない。そこで、御殿の縁側に設《しつら》えられた階《きざはし》の上と下での対面ということになった。

両手に枷《かせ》こそついていないものの、腰に縄を回され足枷をはめられた曽呂利は、侍衆監視のもと、秀吉の伸ばした手をまじまじと見やっている。

「へえ……。噂《うわさ》は本当なんやなあ。秀吉はん、指が六本あるわ」

「余計なことを申すな」

冷たい声を返すと、曽呂利はおどけるように肩をすくめた。

秀吉は生まれながらに親指の上にもう一本、親指大の指が生えている。籠手《こて》を購《あがな》う際には特注せねばならず、人から借りることもできない。この指のせいでからかいやいじめにも遭ってきた秀吉からすれば、あまり好き好んで人に見せるものではない。

曽呂利は細筆を持ち、秀吉の掌に沿わせた。本当なら直《じか》に触りたいとのことだったが、さすがにそれは許さず、代わりにこちらの用意した筆でならば、と許可を出した。こそこそと掌を這い回る筆先はなんとなくくすぐったい。

と、曽呂利はひょうげた声を発した。

「おや、秀吉はん、出世の相がありまっせ」

「なんだ、手相も見れるのか」

「仕事柄、こうして人の手を見るうちに、わかるようになりましたのや」

秀吉の掌を筆先でなぞりつつ、曽呂利は色々なことを教えてくれた。出世の相は相当強く出ているらしく、財運や権勢運も強い。人や環境に恵まれ、一生面白おかしく生きていける、そんなよい相が出ているという。

「指が多いっていうのも、実は奇瑞《きずい》やで。神仏に選ばれたお人の手相や」

「そうなのか」

これまで、余計な指はただただ忌々しいものでしかなかっただけに、肩の重荷が下りたような心地がした。

しばらく秀吉の掌の上で筆を遊ばせていた曽呂利であったが、ある時になって大仰に眉をひそめた。

「けど、秀吉はんには、女難の相と家族に恵まれぬ相が出てまっせ。こちらの二つにはご注意、やな」

思い当たることがないではない。

秀吉にはねねという糟糠《そうこう》の妻がある。随分と励んだものだが結局ねねとの間に子を儲《もう》けることはできなかった。もし百姓夫婦なら子がなくてもよかったろうが、秀吉は今や天下に近い大大名だ。子を作らぬわけにはいかぬと言い訳をしながら側室を迎えるようになった。だが、夫の下心混じりの言い訳に妻が気づかぬ道理はない。側室を迎えるたびに小言で突《つつ》かれ、少しずつねねへの気持ちが離れ始めている己に気づいている。

己の種が薄いのではないかと疑うこともある。実際、側室を何人抱えても、思うように子供ができない。

女難の相、家族に恵まれぬ相というのは、まんざら外れてはいない。

「――注意するとするかの」

心中のざわつきに蓋《ふた》をして短く応じる。すると曽呂利は、それがええ、と短く笑い、紙に細筆、墨を所望してきた。秀吉が近習に命じて持ってこさせると、曽呂利は紙の上に秀吉の手を写し取り始めた。精巧に写すわけではなく、肉の奥に隠れた骨を写し取るような模式図だ。

何に使うのかと訊《き》けば、曽呂利は追従めいた笑みを浮かべた。ぎざぎざの乱杭歯、そしてその間にはびこる黒い染みが覗いた。

「柄《つか》っちゅうんは拵の肝心要。ここをしくじると全部がおじゃんや。そやさかい、秀吉はんの手を思い出せるように、写させてもらっておるんや」

さらさらと紙の上に秀吉の等身大の手を写し取った曽呂利は、周囲にいる侍衆に「もうええで」と言葉を放った。すると縄目の先を腕に巻いていた侍は立ち上がり、秀吉の手を写し取った紙を持つ曽呂利を牢屋へと引っ立てていった。

「楽しみにしたってえや」

まるで友垣にでも語り掛けるようにそう口にした曽呂利であったが、侍衆たちに急《せ》き立てられるようにして庭の奥へと消えていった。

取り残された秀吉が六本ある己の指を眺めていると、後ろから野太い声が浴びせられた。

「秀吉、あの男、早く斬ってしまえ」

振り返ると、縁側の柱に寄りかかるようにして蜂須賀小六が立っていた。まるでそこに不倶戴天《ふぐたいてん》の敵がいるかのように、先ほどまで曽呂利がいた庭の筵を睨みつけている。

階を上がり縁側に登り切った秀吉は右手を袖《そで》の中に隠し、快活に笑ってみせた。

「はは、なりませせぬわい。一度約してしもうたのじゃ。破れば、面倒なことになろう」

「それだけ、か」

小六の目は秀吉を射殺《いころ》さんばかりに鋭い。おお恐《こわ》い、とおどけてみせてもなお緩む様子もない。仕方なく、本音を少しだけ述べた。

「ここのところ、公卿への出入りが多くてな。公卿方々は穢《けが》れを嫌うゆえ、あまり手荒な真似はしとうないのじゃ」

「だが、それこそ天下の位が地に落ちよう」

「何、ああした者を掌で転がすのも天下人の度量よ」

思えばかつての秀吉とて天下人であった信長にいいように掌で弄《もてあそ》ばれていた。御屋形《おやかた》様は己の才知を愛しておられるのだ、とかつては誇らしい思いがしたが、いざ己が信長と同じ地位に立ってみると、そんな秀吉の自負を見破った上で上手くあしらっていただけだと気づかされる。

なるほど――。一つ賢くなった。曽呂利新左衛門のことが気になっているのは、結局のところ、信長と同じことをしてみたいという好奇心のようなものなのだろう、と。

小六は寄りかかっていた柱から体を離し、秀吉の前に立った。その顔には深い憂いが滲んでいる気がしてならなかった。

「ときに、三法師《さんぼうし》様を今後どうするつもりだ」

三法師は亡き信長公の嫡孫で、織田家嫡流を継いでいる。家督を継いでしばらくは安土《あづち》城の仮屋敷にいたものの、未だ幼少のゆえ、織田家の宿老、丹羽長秀《にわながひで》のもとにいる。

「出し抜けですのう」

「聞いておきたく思ってな」

小六の総身から気が立ち上っている。迂闊《うかつ》なことは言えまいと考え、熟考の末に答えた。

「いずれ、織田家覇道の始まりの地である美濃へ入ってもらおうと考えておる。三法師様を守り立て、わしは後見に入るつもりじゃ」

「そうか」

それっきり小六は口をつぐんだ。どうやら小六の望む答えであったようで、先ほどまでは面の皮をひりひりと焼きつけるほどであった殺気は随分緩んでいた。

小六をその場に残し、小さく頭を下げた秀吉は己の居室である奥の書院へと向かっていった。その途上、庭を望む縁側を歩きながら、ふと小六の言を思い出していた。

『三法師様を今後どうするつもりだ』

馬鹿め、と秀吉は吐き捨てた。今更織田にこの座を譲るはずがないではないか。

今の地位の始まりは、確かに織田信長より授けられたものだ。しかし、信長死後の混乱を収め、畿内を静謐《せいひつ》に導いたのは誰だ。柴田勝家《しばたかついえ》や徳川家康《とくがわいえやす》を降《くだ》し、各大名家に睨みを利かせているのは織田宗家ではない。あくまでこの羽柴秀吉だ。

人畜無害の織田宗家を滅ぼすつもりはない。適当に祭り上げて実際の権は一切与えなければよい、という腹積もりでいる。

だが、秀吉の幕下には織田家の家臣が大勢いる。秀吉とて、織田家の家臣であるという過去はいかんともしがたい。今の秀吉の急務は織田家という秩序を超越した、自らを頂点とする新しい秩序の構築であった。その用意は着々と進んでおり、近々、これまで取ってきた苦労が形になる。

曽呂利など、大仕事を前にすれば些事《さじ》に過ぎぬ。

そう口の端で吐き捨て、笑い声を発したい衝動を抑えながら、秀吉は日光の投げ込まれた縁側を通り抜けた。


それから十日の後、長岡幽斎、蜂須賀小六の監視のもと、曽呂利の拵《こしら》えた鞘の披露目の日がやってきた。

曽呂利はこの日も庭に敷かれた筵の上に座っていた。さすがに髷は結い直したようだが、鏡も与えられなかったのか、髷の結び目がずれている。事前に湯浴《ゆあ》みをしたのか顔には垢《あか》っぽさもなければ脂っ気もなかったが、鮟鱇顔の造作のせいか、なんとなく下卑て見える。身にまとっているのもそこまで汚れていない藍染めの半着に黒い伊《い》賀袴《がばかま》というなりだが、あまり似合ってはいない。以前身にまとっていた汚れた長襦袢《ながじゅばん》のほうがよほど板についていた。もっとも、腰には縄がかかったままだ。

縁側に置かれた床几《しょうぎ》に腰かけている秀吉は、左右に座る幽斎と小六を一瞥《いちべつ》した後、曽呂利に言葉を発した。

「ご苦労。随分と早かったな」

曽呂利から披露目がしたいという報《しら》せが入った時には我が耳を疑った。僅か十日で鞘など作れるはずはない、と高をくくっていただけに呆気《あっけ》に取られてしまった。だが、庭先に座る曽呂利は不敵に頷いた。

「へえ、できましたで。ご確認下されや」

曽呂利の傍らには、白布で覆われた三方《さんぼう》が置かれている。反り返った長細い形状からしても刀であろうと見て取れる。

近習が下に降り立ち、三方を掲げるように持ち上げると、縁側へと渡された階から上がり、秀吉の前に音もなく座った。そして、秀吉に向かい、掲げていた三方を差し出してきた。

秀吉は床几から立ち上がると白布を取り払った。

一振りの刀がそこにあった。当世流行している打刀《うちがたな》の拵で、鞘は黒塗り、鍔《つば》には獅子《し》の彫り物がなされており、柄は鮫皮《さめがわ》の上に黒く染めた鹿革を菱巻《ひしま》きにしている。良くも悪くも何の変哲もない。まるで装飾もなく、武骨な印象すら受ける。黒塗りの漆鞘は、秀吉の困惑面を映していた。

秀吉は柄巻を握った。その時、これまでに感じたことのない吸いつきを覚えた。手になじむ、などという問題ではない。手と一体になったかのようであった。

期待を込めて鯉口《こいぐち》を切って鞘を払ってみる。曽呂利新左衛門の鞘は音がしないことで有名なはずであった。

だが——。

鞘を払った瞬間、しゃらり、と抜刀の音が辺りに響いた。

幽斎も小六も目をしばたたかせている。この場にいる近習や侍たちも信じられぬとばかりに目を白黒させている。鞘に映り込む秀吉の顔も呆気にとられたように歪んでいた。

そんな中、曽呂利新左衛門だけは涼しい顔をして乱杭歯の口元を緩めていた。

心中から湧き起こる疑問や怒りを呑み込みながら、秀吉は刀を鞘から完全に抜き払った。白刃が露《あら》わになり、反射した光が縁側の床に照り返す。

「どういうことぞ、曽呂利。そなたの鞘は音がしないのではなかったか。まさか、牢の中ゆえ手元が狂ったとでも申すつもりかの」

秀吉は抜き身の刀を手に持ったまま、一歩一歩前に出る。縁側から庭に掛けられた階を一歩一歩下りながら、さらに言葉を重ねた。

「なるほど、このわしを愚弄《ぐろう》しておったのか。ならばよかろう、ここで手打ちにしてくれよう」

無造作に刀を振り上げたその時だった。

曽呂利は慌てふためく様子もなく、手を前にかざした。

「いや、ちょっと待ってえな。話を聞いてくれなきゃあかんで」

「申し開きがあるのか」

「へえ。そりゃもういくらでも」

曽呂利は手を下ろして膝《ひざ》の上に両手を置いた。首を差し出しているようにも、これ程度ではへこたれぬとでも言わんというのか、いずれにしても不遜《ふそん》な様であった。

「まず、この鞘の鳴りはどう説明するつもりじゃ」

「へえ、これ、わざとなんでっせ」

「わざと、だと」

周囲の侍たちからどよめきが起こる。小六などは呆然《ぼうぜん》とし、幽斎は興味深げに顎に手をやっている。皆の視線が集まる中、曽呂利はまっすぐ秀吉を見据えて頷いた。

「へえ、そもそも、ええ拵ってえのは、持ち主によって変わるもんやと思われまへんか。刀を抜いても音のせん拵は確かに一級品やけど、そんなもんを尊ぶんは、一兵卒とか武芸者みたいな連中だけや。秀吉はんのようなご身分やったら、むしろ刀を抜いた音をさせて周囲に危難を伝えたほうがええ」

言われてみればそうだ。

鞘の音についてとりあえず棚上げを決めた秀吉は、さらに問うた。

「この鞘、やけに装飾が少ないのはなぜじゃ」

「秀吉はんくらいのお人になれば、いつもごてごてと着飾ってはるやろ。刀までごてごてしてたら見てる方は胸やけしてまうわ。刀や小物はいっそのこと簡素やけどよく見るとええ仕事をしたと分かるような仕上げの方がええと踏んだんや」

確かに鞘を見れば、顔や後ろの風景が映るほどに磨き上げられている。簡素だが手はかかっている。曽呂利の言うことには納得し切れぬものがあったが、これは好みに属する事柄だ。

「なるほど。そなたの申すことはいちいち尤《もっと》もであるな」

秀吉が曽呂利の言に頷きかけたその時、小六が床几を蹴って口から泡を飛ばした。

「騙《だま》されてはならぬ。今のは曽呂利の口八丁に過ぎぬ。それに、この男はそもそも秀吉を誹謗《ひぼう》する落首を詠《うた》った者であるぞ」

だが、筵に座る曽呂利はあっけらかんと口を開いた。

「は？　何を言うてはるんでっか。わし、別に秀吉はんを馬鹿になんてしてないで」

「落首を詠んだのを認めておったろう。あれはどう読んでも秀吉を――」

するると、曽呂利は芝居がかった笑い声を上げた。これには小六も二の句が継げずに固まってしまった。皆が呆気に取られる中、辺りを順繰りに一瞥した曽呂利は口角を上げた。

「なんや、あの歌、誤解されていたんでっか。どうもおかしいと思ったわ。あの歌は、秀吉はんの覇業を応援する歌やで」

「なんだと？」

ようやくひねり出すように声を発した小六を小馬鹿にでもするように、曽呂利は横《よこ》鬢《びん》を掻きながら己の歌の解説を始めた。

「あの歌の最初の『たいこうが』。これは太鼓と大功誇る秀吉はんを引っかけてるんや。で、『四こくのこめをかいかねて』。四こくのこめ、っていうのは四国に棲んではる米粒みたいに小さい長宗我部のこと。んで、かいかねて、ってのは貝鉦《かいかね》、つまりは法《ほ》螺《ら》貝《がい》と鉦のことや」

縁側で顎に手をやっていた幽斎が手を叩いた。

「だとすれば、あの歌の意味が変わりますな。『太鼓を鳴らした大功誇る秀吉様が、米粒のような相手に法螺貝や鉦を鳴らし、今日も五斗米を買い、明日も船に乗って長宗我部を討つ』という戦勝歌になる」

「そやそや」

曽呂利は満足げに頷いた。

しばらく呆気に取られていた秀吉であったが、やがて、肚の底からむくむくと湧き上がってくる思いに包まれた。そして最後には、その感情が口をついて出た。

秀吉は笑った。大笑いに笑った。

抜き身の刀を鞘に納めて近習に預け、目尻の涙を拭いた秀吉は曽呂利を見下ろした。なおも、ともすると笑いが浮かぶ。

「見事な言い訳じゃな。頓智《とんち》というやつか」

そう、曽呂利の口にしていることはすべてが頓智だ。

曽呂利の詠んだ歌が不遜に聞こえるのも事実、そして、曽呂利の用意した鞘が鞘鳴りしてしまうのも事実なのだ。だが、それを口八丁でひっくり返してみせた。かつて主君の履き物を懐で温めた己の機知に通ずるものを感じてならない。

「面白い、お前を使ってやろう。わしに仕えい」

「ほんまでっか。そりゃありがたいなあ。ちょうど仕事を失くしていたところだったんや。助かりますわ。でも、鞘師じゃ嫌や。鞘師なんざお先真っ暗、これからわしは頓智の才で食わせてもらいますわ」

曽呂利の顔に翳《かげ》りが生じたものの、一瞬のことだったゆえ、気のせいにしか思われなかった。

秀吉は庭に降り立つと、曽呂利に顔を思い切り近づけた。曽呂利の鮟鱇面を前に、秀吉は出来うる限り声を潜めた。

「ところで、そなたの歌った歌の『たいこう』だが……。まさかあれは、関白を退かれたお方の尊称である『太閤』ではあるまいな」

秀吉がこの歌に拘《こだわ》ったのには理由があった。

織田家の秩序から抜け出すために秀吉が取ったのは、朝廷の権威を用いるという手段であった。かねてより朝廷と親密な関係を築き上げていた秀吉は公卿たちや朝廷に献金を繰り返し、近衛《このえ》家の連枝になってまである官位を得るべく奔走していた。そして最近、四国攻めを大過なく終えればその官位を与えるとの内示が下りていた。その位こそが関白なのであった。

この歌を詠んだ者は、関白の内示があったことを知っているのではないか。

無論、関白任官の件は秘中の秘だ。これを知るのは朝廷政策に関与させている幽斎の他には数えるほどしかいない。漏れた、というのが秀吉の懸念であった。もし変に漏れれば、快く思わぬ者が横槍を入れてくる恐れもあった。

曽呂利は小首をかしげた。

「何言うてまんねん、先ほど言った通り、『たいこう』は太鼓と大功の掛詞や。もっとも、太鼓の掛詞は我ながらちょっときついと思うけど」

偶然か。

胸を撫で下ろした秀吉は、目前の鮟鱇面を眺めながら、どこか己と似たところのある曽呂利という男に惹《ひ》かれつつあることにも気づき始めていた。

第二話　蜂須賀小六の場合

「どうじゃ、この景色は」

　上段の間で満面に笑みを浮かべる秀吉は満足げに窓の外に目をやった。小六も遅れて秀吉の視線に自分の視線を添わせると、どこまでも続く青空とずっと広がる城下の景色が庭の向こうに広がっていた。この城――大坂城を普請《ふしん》した頃は、町などほとんどなく竈《かまど》の煙も数えるほどしかなかったが、今ではあまりに多すぎて数えることなどできなくなっている。もはや京の都をも超えた天下の町に育ったと言っても過言ではない賑《にぎ》わいを得ている。

「凄《すご》いな」

「おお、小六殿もそう思われるか」

　嬉《うれ》しげに頰をほころばせた秀吉は、少し体をよろけさせながら立ち上がり、踊るような足取りで小六の前に立つと、小六の両肩を摑んだ。

「わしはこの町をもっと大きくするぞ。この関白羽柴秀吉の城下町にふさわしい町にな」

羽柴秀吉は関白に昇った。ちょうど四国討伐の最中、秀吉が有力公卿である近衛前《このえさき》久《ひさ》の猶子《ゆうし》に収まることによってこの任官が成った。小六には難しいことはわからないが、関白というのは帝《みかど》のお考えをも諫めることができるほど偉いお役目であるという。秀吉がこの国の頂点に上り詰めたのだという風に理解することにした。

秀吉の関白任官は、先年の四国攻めを好転させた。四国の主、長宗我部は最初、徹底抗戦の構えを見せていた。こちらとしても軍船の用意をしていたというのに、秀吉の関白任官から少しして、抗《あらが》いきれぬと悟った敵方が降り、四国討伐はいささか尻切れとんぼに終わりを告げた。

「そういえば」秀吉は屈託なく首をかしげた。「本当によろしいのか」

「くどい」

「小六殿は無欲だのう。せっかく四国に知行《ちぎょう》をやろうというのに、結局固辞なさるとは」

ちくりと痛む心中を諫めながら、小六はゆっくりとかぶりを振った。

「知行はうちの倅《せがれ》に頂いておる。それで充分」

「それが無欲というのよ」秀吉は珍しいものを見るかのように目をしばたたかせる。

「倅殿とは別に知行を与えてもいいと思っておったのに」

小六はつるりとした頭を撫でた。

「知行など要らぬ。俺はただ、天下人の傍で天下人の見る景色を眺めていたいのだ」

「はは、口が上手いのう、小六殿は」

「本心だ」

小六はぴしゃりと言った。

本心は違うところにある。小六は先の四国攻めの頃の記憶を思い浮かべた。古兵《ふるつわもの》は戦の変容を肌で感じていた。

小六が槍を抱えて戦場を駆けていた頃の戦はひたすら力と力のぶつかり合いだった。それはさながら、野生の狼同士の殺し合いだ。夥《おびただ》しい返り血を浴びて血霞《ちがすみ》舞う戦場を渡り、大将首目指して男どもが殺到する。そこは、体験した者にしかわからない清々《すがすが》しさがある。戦場では大将も雑兵もない。仮に足軽の如《ごと》き雑兵であっても大将を仕留めれば、次の戦では馬上の武士に登用されていることもありえた。

今の戦は違う。

戦の規模からして様変わりしている。かつての大戦といえば、千人規模のものだった。だが、先の四国攻めは秀吉軍十万の長宗我部軍四万、あわせて十四万だ。その十四万人はかつてのような狼の群れではなかった。最前列では牙を研《と》いで敵の喉首《のどくび》に食らいついているのかもしれないが、少なくとも小六が見た十四万人の戦は、どこか安穏とした、日常の延長に他ならなかった。

昔のような戦は起こらず、自分のような古い将に居場所などあるまいと気づかされたのが、あの四国攻めだった。

秀吉から領知の配分を打診されながらこれを断り、隠居の体を取るために頭を丸めて、願い出る形で秀吉の傍にある。もう己の知る時代でないのなら、かつての己を知る天下人の傍で死を待つのも悪くないと心定めている。

そんな小六の思いを見透かすかのように、秀吉は顔をしかめた。

「まったく、天下統一はこれからだというに。小六殿にはもっとご活躍いただきたいところなんじゃが」

天下統一。秀吉の口癖だ。

もっとも、これは信長公の口癖でもあった。ずっと信長公の背中を追い掛けてきた秀吉が信長公と同じ目標を掲げるのは当たり前のことかもしれないが、十代のころから秀吉を見てきた小六からすれば、大それたことを言うようになったと嘆息せざるを得ない。

しばし小六が押し黙っていると、秀吉は薄いひげを撫でた。

「どうなさった、小六殿。変な顔をして」

「昔を思い出していた」

「——ああ、懐かしいのう、もう何十年前の話じゃろうなあ。わしが親父に家を追われて困っておるところを、小六殿に拾ってもらったんじゃったなあ」

かつて美濃の小さな国衆だった小六は秀吉のことをあごで使っていたが、本人の願いもあって信長公に出仕させたところ、あれよあれよのうちに出世を遂げて、いつの間にか立場は逆転していた。だが、この律義者はかつてと同じく目上に接するように扱ってくれる。

「そういえば」秀吉は話の方向を変えた。「ちょいと相談したいことがあるんじゃが」

秀吉の言うには——。

ここのところ、幕下には茶人や連歌師や立て花の師匠といった文人が傅《かしず》くようになったが、この者たちを幕下にそのまま組み込むことは難しい。幕下は領国経営をしている政屋《まつりごとや》たちと、戦を遂行する戦屋《いくさや》に分けることができようが、どちらにも文人の入り込む隙間はない。そこで——。

「そういった者どもをまとめるために、一つの寄る辺を立ち上げてはどうかと思うんだがのう」

なんとも要領を得ない。

話を先に促すと、秀吉は小六の顔を覗き込んできた。まるまるとした目を見開きながら。

「文人どもはてんでんばらばら、己のことしか信じぬような者どもだからのう。言うことを聞くとは到底思えぬ。そこで、じゃ。小六殿に、文人どもの頭《かしら》になって欲しいんじゃ」

「俺は文に疎い。不適格だろう。やつらを上手く使うなどできんぞ」

「安心なされ。そのために、幽斎殿を添える。それに、人使いの点において、わしは小六殿を信じておる。どうじゃ、やってくりゃれ」

悪い話ではない。

話を聞いているうちに、自分にうってつけのお役目だとも思えてきた。秀吉が言うのは新たな役所を作るがごときことだ。となれば、戦屋にも政屋にも負けない有徳者が顔役になったほうがいい。戦屋を退いて秀吉の許《もと》に侍《はべ》っている小六は頭を務めるにうってつけだろう。幽斎もここに入ってもおかしくない人材ではあるが、幽斎は明智《あけち》光秀《みつひで》討伐後に秀吉に降った新参だ。少々早いと判断されたのかもしれない。

一方で、幽斎が信頼を勝ち得るまでのつなぎなのだろうというのも透けて見えて、少し寂しい気がしないでもなかった。

心中に浮かんだ様々な思いを呑み込んで、小六は丸めた頭を下げた。

「やらせていただこう」

「は、やってくれるか。ありがたい、さすがは小六殿じゃあ」

「俺はお前の天下を支えると決めたのだ。ならば、お前の頼みを断れるわけがない」

「うむ、頼む。この件についてはおいおい。小六殿のお働きに期待しておりまするぞ」

高笑いを遺《のこ》して踵《きびす》を返した秀吉の背中を眺めながら、小六は畳の目に視線を落とした。

天下が定まろうとしている。

己のような旧《ふる》い戦屋は一掃されていくのだろう。秀吉幕下には新しい戦に慣れた戦屋たちが侍り、新しい仕儀の政《まつりごと》を身につけた政屋たちが辣腕《らつわん》を振るうようになる。新しい時代に自分の席はない。だが、秀吉が自分のために席を与えてくれているうちは――。

天下に昇ろうとしている秀吉の背中に、小六は頭を下げた。

だが、なぜだろう、頭を下げた瞬間、胸が痛んで仕方がなかった。しかしその痛みに気づかなかったふりをして、小さく首を振った。

「小六殿」

大坂城の廊下を歩いている小六は、後ろから響いた声に振り返った。そこには、青い肩衣をまとい、供回りを引き連れて胸を張る石田佐吉が立っていた。

「おお、久しいな、佐吉」

佐吉はゆっくりと首を横に振った。

「もう拙者は名乗りを改めております。石田治部少三成《いしだじぶのしょうみつなり》です」

「ああ、そうであったな、佐吉」

「――小六殿にはかないませぬ」

眉をひそめつつも、佐吉改め三成は密《ひそ》やかに笑った。

四国討伐が終わった時、佐吉もまた論功の対象となった。堺での後方支援が評価されて万石を得、治部少輔《じぶしょうゆう》の位を得た。そして、それを機に、佐吉から三成と名乗りを改めたようだ。

それにしても――。ずいぶんと立派になった。

一目見ただけでも分かる上等な肩衣に身を包み伏し目がちに立っている様は、元を正せば長浜の寺坊主とは思えないほどだ。立場が人を大きくする。若い世代が台頭しつつあることを嬉しくも思った。新しい時代の空気を吸った若者が秀吉を支えていけば、いつまでもこの幕下は安泰だろう。

嬉しさと同時に寂しさもこみ上げる胸を撫でながら、小六は聞く。

「どうしたのだ、佐吉」

「お久しぶりにお姿を拝見いたしましたのでついお声を掛けてしまいました」

「そうか、そういえば久しぶりだな。佐吉、お前はここのところ何をしているのだ」

「拝領した知行の政作りと家臣集めに奔走しておりました。それもひと段落して、ようやく殿下のために仕事ができそうです」

「何の仕事をするのか決まっておるのか」

「堺奉行を拝命いたしました」

秀吉の期待が透けるようだ、と心中で小六は唸った。西日本への玄関口であり大貿易港である堺の奉行を任されたというのは、秀吉幕下でも相当の実力者と認められている証《あかし》だろう。もし堺が何者かに取られてしまえば、秀吉の足元が危うくなる。

そして、この人事は三成に何を求めているのかもまた透けて見える。

「そうか、お前は政屋か」

不思議な顔をする三成を前に、小六は頭を振った。

「済まぬ、独り言だ」

三成にはまるで戦屋としての才はない。柳のように細い腰では槍も満足に振るえないだろうから一兵卒としても不適格だろうが、政屋としては優秀だと判断されたのだろう。元々が茶坊主、やはり頭を使うほうが得意なのだろう。

一人で納得していると、三成が、そういえば、と声を上げた。

「小六殿、そういえば、小六殿にも辞令が下ったそうですね」

「ああ、一応な」

「小六殿がお務めになられる『御伽衆《おとぎしゅう》』の頭とは、いったいいかなる職掌なのですか」

「ああ」小六は秀吉に言われたままを説明した。「秀吉の暇つぶしのためにたむろする者ども、御伽衆を取りまとめるお役目だ」

「なるほど……」

口振りの割に、三成は納得した顔はしていなかった。

なにせ、小六自身にもよくわからない。

このお役目を拝命して早一月になるが、特に御伽衆なる面々に注意をする場面などない。御伽衆の頭なる役目は名ばかりのお飾り職なのではあるまいか、そんなことすら疑うようになっていた。

三成は顔をしかめた。

「小六殿は、以前のように戦場には出ないのですか。殿下の目は未だ従おうとしない者どもに向いておりまする。四国を平らげた今、次は九州島津となりましょう。東に目を向ければ北条や伊達《だて》もおります。戦は起こるでしょう。そのときに小六殿のご活躍の場が」

「いや、もうなかろうよ」

手を振った小六は笑った。本心であっただけに、胸が痛む。

感傷に身を震わせていた小六の前に、一人の男が現れた。

「おっと、そこを歩きなはるのは蜂須賀小六様に石田治部少様ではありまへんか」

突如として浴びせられた堺言葉に目の前の三成は顔を凍らせた。

む、と少し眉を上げげながら振り返ると、そこには鮟鱇顔の男が腰を丸めて立っていた。

曽呂利新左衛門だ。

「どうした、曽呂利」

むっとしながら小六が声を上げると、曽呂利は右手に持っていた扇子で自分の頭を小突いた。

「いやいや、豪華な顔ぶれやなあと思いましたんで。御伽衆お頭と堺奉行様の立ち話なんて、そうそう見れるもんやありまへん。天下第一のお城だからこそやなあって」

調子者が、と肚の内で毒づく。

反感をできるだけ嚙み殺しながら、小六は慎重に声を上げた。

「で、曽呂利、何用だ」

「そんな、冷たいなあお頭ァ。これでもこの曽呂利は小六様の部下やで」

曽呂利はあの落首の一件で秀吉の幕下に加わった。もっとも、武芸ができるでも銭勘定が得意でもない曽呂利を幕下のどこに組み込むのかは事務方の悩みの種だったようだ。しかし、茶人や連歌師といった文人たちを支配する御伽衆が発足したことで、このなんとも扱いに困る男にも居場所ができた。かくして曽呂利は御伽衆の一員、つまりは小六の部下に収まった。

「しかし」小六は一喝した。「いかに部下とて、上役の立ち話を聞いていい法はない」

「さいですなあ」

けらけらと笑うと、曽呂利の鮟鱇のような顔が禍々《まがまが》しく歪んだ。その様は見ていて気持ちのいいものではない。

「わかったら早くここから去れ」

「へいへい、小六殿がそうおっしゃるんなら仕方ありまへん」

まるで踊るような足取りで、曽呂利は小六たちの間をすり抜けて向こうへ行ってしまった。

その背中を見送りながらため息をついたのは、三成だった。

「まったく、殿下の気まぐれにも困ってしまいますね。あのような男をなぜ家中に引き入れたのか。あれでは穀潰《ごくつぶ》しではありませぬか」

「同感だ。だが、俺にはわかる気がするぞ」

なにせ、昔の秀吉があのような男だった。

「秀吉が信長公に仕え始めた時のことを聞いておるか」

「ええ、知っております。確か、信長公の草履《ぞうり》取りの頃、懐で草履を温めていたとか」

「その話は冗談かもしれぬが、秀吉にはそういうところがある。きっと、秀吉はあの曽呂利にかつての自分を重ねているのではないかな」

「あの曽呂利に、殿下が？　まさか」

「しかし、秀吉も元は足軽だ」

本当は足軽ですらなかったのだろう。かつて秀吉がまだ小六の家人だった頃に昔話を聞いたことがある。あまり喋《しゃべ》りたがらなかったが、それでも会話の端々に現れる子供の頃の思い出話には土の匂いがこびりついていた。いずれにしても、天下にあまねく存在する塵芥に過ぎない秀吉は才覚だけを武器にして関白にまで至った。そんな秀吉が曽呂利を買うのは、自らの出自によるものかもしれない。そして、まだ信長が存命だった頃、秀吉のことを疎ましく思っていた者が多かった理由も、曽呂利の後ろ姿のおかげでなんとなく理解できた気がした。

小六は話の方向を変えた。

「佐吉、お前は曽呂利をどう見る」

「曽呂利を、でございますか。ご質問の意味がよくわからないのですが」

心中で小六はため息をついた。見ない間に『無駄な言質《げんち》は取られないようにすること』というつまらない処世を佐吉は身につけてしまったらしい。

こちらから水を向けるしかあるまいと断じて、小六は正直に言った。

「俺は、気に食わぬ。かの男のありようが」

「気に食わぬ、ですか」

「ああ、奴《やつ》の振る舞いは危ういと思っている。長宗我部の一件もそうだ」

小六が怪しむのには根拠がある。

この前の四国討伐の後始末でのことだ。

当初、秀吉幕下内では、『長宗我部は何としても断絶させるべき』との意見で一致していた。一度秀吉に対して対決姿勢を露わにし陣まで張った相手に対し寛典《かんてん》など必要ない、というのが表向きの理屈で、裏では召し上げられた四国の地の分配を廷臣たちが期待した上での決定だった。この評定の場には秀吉も鎮座し、いちいち頷いていた。

にも拘《かかわ》らず、後日この方針は、秀吉の鶴の一声によってひっくり返された。

『長宗我部は四国のほとんどを平らげた英傑である。かのような優秀な弓取りをあたら死に至らせるのは好ましくなく、また関白の足元に平伏した者を誅殺《ちゅうさつ》するなど例なきことである。よって、長宗我部が降伏してきた以上は、厳しい仕置を取ることはない』

その方針転換によって、長宗我部は首の皮一枚繫《つな》がった。長宗我部の当主元親《もとちか》は命までは奪われず、土佐《とさ》一国の領主にまで知行は減らされたものの家名の存続は許された。

三成は怪訝《けげん》そうに眉をひそめた。

「あれは、殿下の気まぐれによるものではないのですか」

「調べてみたのだが、秀吉が心変わりをした前日に、曽呂利が秀吉の元に伺候《しこう》している。しかも、その際は二人っきりだな」

「つまり、その際に、何か曽呂利が入れ知恵をしたと」

「ああ、少なくとも俺はそう考えている」

三成は深刻そうに眉を吊り上げた。

「だとすれば、由々しき事態ですね。要は、吹けば飛ぶような小者の言が政にまで影響を与えているということですから」

「ああ、しかも、四国討伐はこれから起こるであろう戦の仕置にも影響を与えることだろう」

これまでの天下統一戦は、近畿に群雄割拠する小名たちを併呑《へいどん》する戦いだった。だが、これからは違う。島津や北条といった大大名との戦いになる。秀吉を舐《な》めてかかり、まるで従おうとしない大大名にどう対峙《たいじ》すべきか。ある意味、四国討伐はその試金石だった。であるからには、四国討伐は細心の注意を払い、最善の手を打つべきだった。

もしその『最善』に、一町人の入れ知恵が入っていたとするのなら——。

「ふむ、内偵する必要がありますね。では——」

「ああ、頼む。調べてほしい」

嬉しげに頬を緩めながら三成は頷いた。

相談がある、と幽斎に呼び出された小六は、大坂城下にある幽斎邸を訪ねた。小六が御伽衆の頭で幽斎はその下にいるのだから、本来なら幽斎から訪ねてくるのが筋というものだが、家格からしても幽斎のほうがはるかに大物だ。まったく成り上がりは損だ、とぼやきながら、幽斎邸の豪奢《ごうしゃ》な門をくぐり、細やかに手入れされた庭を横目に縁側を進んだ。

「いや、御足労頂き申し訳ない」

にこにこと笑いながら書院の間で小六を迎えた幽斎は着流し姿だった。一応正装でやってきている小六に対するには略装に過ぎるが、あえて小六は咎《とが》めなかった。長岡はかつての管領家に縁する名家だ。その当主相手に何を言うわけにもいかない。

「何の御用ですかな」

花が生けられている床の間を一瞥しながら、小六はどっかりと腰を下ろした。上座は譲らない。

幽斎は特に気負いを見せることなく下座につくと、小六に脇息を勧めて口を開いた。

「いや、実は殿下についてご相談したいことがありましてな」

「秀吉がどうかしたのか」

「殿下がもっと歌の勉強をしたいとご所望でしてな」

まるで、山猿が何を言っているのだ、と言いたげな皮肉めいた顔を浮かべる幽斎に反感がないでもなかったが、小六はあえて捨て置いた。

「秀吉も関白となってから公家衆との付き合いも出てきたゆえ、そのような教養が必要なのだろうな、馬鹿馬鹿しいことだが」

幽斎は呆《あき》れ顔を隠さない。

「しかし、教養は一朝一夕に身につくものでもないゆえ」

秀吉が御伽衆を発足させたのはこの辺りにも理由があるらしい。お世辞にも風雅の道に通じているとはいえない秀吉が、様々な文人たちから知識や秘伝を教わり、社交の場で生かそうという腹積もりであったようだ。また、公卿との付き合いの中で秀句を披露するとなった際、御伽衆の者に代作をさせるという意味もある。

強い口調で幽斎は続ける。

「小六殿はご存じでないやもしれませぬが、最近は連歌が流行っておりまして」

一人の発句に、どんどん句を足していくものだ。その形式上、即興でのやり取りや機知が求められ、いまや宮中はおろか町の風雅人の間でも愛好者は多いという。

「連歌は今や地下人《じげにん》はおろか殿上人《てんじょうびと》までたしなむもの。公卿たちとご一緒する機会もまた多いゆえ、殿下に連歌の教授をすべきではないかとわしは思うのですが、小六殿の意見を拝聴しようと考えましてな。どうお思いなさる」

「どうも何も。秀吉がそれを望んでいるのならば、あえて俺が咎め立てをする理由はない」

「左様ですか。ならば、わしと曽呂利とで教えることとするが、それでよろしいですかな」

小六は声を上げた。

「待たれよ。幽斎殿が教える、ということには異存などあろうはずもない。しかし、なぜそこに――」

「曽呂利の名があるか、でございますか」

幽斎の目が光った。そのあまりの鋭さに、一瞬小六が怯《いる》むほどだった。

その威圧のままに、幽斎は続けた。

「曽呂利は不遜でございます。されど、あの男ほど優れた戯《ざ》れ歌を作る男もまたおりませぬ。このわしが舌を巻くほどの実力者でございますぞ」

かもしれない。だが。

「しかし幽斎殿――」

「お聞きしますが、小六殿には曽呂利に代わる人間をご存じで」

知るはずもない。そう見下しながら、幽斎は目の前に座っている。

悔しいことに小六には手持ちの札がない。小六が御伽衆の頭に就いていられるのは、秀吉幕下における力関係の帰結でしかない。古今伝授を受けた風雅の第一人者である幽斎には、幕下での力関係では押し切れようが、話がこと風雅のこととなれば譲らざるを得ない。

「決まりですな」

小鼻を膨らませながら、幽斎は宣言した。

その顔が気に食わない。小六は切り出した。

「曽呂利が歌の教授につくことに異存はない。しかし、その際には必ず俺が秀吉の傍に侍る。それでよろしいか」

幽斎の顔が曇る。

「そう不思議な顔をなさるな幽斎殿。俺は御伽衆の頭。であるからには、秀吉の傍に侍るのは当たり前のことではないか。それとも、何か不都合でもおありかな」

一瞬、嫌な顔をした幽斎だったが、すぐにその表情をひっこめた。

「ええ、もちろんいらして下さいませ」

幽斎との会談を終えて大坂城の詰め部屋に戻ると、そこには三成が待っていた。部屋の隅に端坐《たんざ》していた三成は、小六に気づくや否や弾《はじ》けるように立ち上がった。

「おお、お待ちしておりました」

「どうした佐吉、何かあったのか」

「何をおっしゃる。お約束の件、調べて参りましたぞ」

「ああ、あれか」

四国討伐における秀吉の変心について、三成に調べさせていた。

「どうだった」

「それが――」

声をすぼめて三成が語り出したところによれば――。

どうやら曽呂利は秀吉に、このようなことを吹き込んだのだという。

『もしも苛烈《かれつ》な処置を行なえば反発は必至、されど、許せば相手は逆に恩義を感じて関白様に従うはずや』

歌まで贈った。

『弁当のむすびを放れば懐く犬　手をくれるまで遊ぶ春の野』

それ以来、秀吉は長宗我部を許す方向へと舵《かじ》を切ったらしい。

「やはり、曽呂利が裏で殿下に色々と吹き込んでいたようで」

餌《えさ》をばらまけば長宗我部は尻尾を振るだろう、と曽呂利は言っている。

曽呂利の言が正しいかどうかは問題ではない。むしろ、あのような軽い者の言葉が用いられるということのほうが看過できない。

「で、小六殿、曽呂利は今、どうなって――」

「ああ。最近、幽斎殿と一緒に歌を教える予定がある」

「いささかまずいのでは……？　あまりあの男を殿下と引き合わせるのは」

「だからこそ、俺が一緒に侍ることになっている」

「ならば安心」

ほっと胸をなでおろす三成を前にしてもなお、小六の心は浮かなかった。

「ほっほっほ、やはりお前の話は面白いのう」

上座の秀吉は始終ご機嫌だ。

目を細めて秀吉にお追従の笑みを浮かべる幽斎を横目に見ながら、小六は胸が塞《ふさ》がるような思いでいた。そして、幽斎がこちらの視線に気づくや、勝ち誇ったような顔を浮かべる。それもまた小六の胸糞《むなくそ》を悪くする材料の一つだ。

秀吉を前にあれこれと喋っているのは曽呂利だ。

「そうそう、町にあるお坊さんがおらはりましてな。その者、まるで経文を知らぬ糞坊主やさかい」

「ほうほう」

この通り、まるで連歌の話も風雅の話もしていない。世間の笑い話をあれこれと喋っているだけだ。だが、それでも秀吉は満足らしく、表情をころころ変えながら曽呂利の話に聞き入っている。そして最後には、関白という天下第一の位《くらい》を忘れてしまっているかのように腹を抱えて笑い出す。

これのどこが歌の教授なのかと憤慨していると――。

「お前の話は真《まこと》に面白いぞ、曽呂利」

「へえ、お褒めのお言葉、おおきに」

曽呂利の笑い話が終わったらしい。恭しく頭を下げた。

秀吉は目尻に涙を溜《た》めながらも、首を大きくかしげた。

「しかし曽呂利、わしはあくまで歌の教授を頼んだはずじゃが？　だというのに、そのような笑い話ばかりされても困ってしまうのう」

小六の安堵《あんど》を逆なでするように、曽呂利はその鮟鱇顔を上げた。

「いや、関白はん。もうわしは歌の道を教えておりまっせ」

「嘘を申せ、お前はずっと落とし噺《ばなし》ばかりしていたではないか」

曽呂利は大仰に首を横に振った。

「恐れながら、面白い話っちゅうのが大事なんや。なんちゅうたらええかな、歌ちゅうんは『面白い』ちゅう気持ちが一等大事なんや。それがない奴がどんなに紅葉《もみじ》葉《ば》散らされた山を見ようが、古歌に歌われた松島を見ようがなんの気持ちも起こりまへん。結局、ええ景色をええと思うんは人間の心がけ次第って奴や。面白い話を聞いて笑うっちゅうのは意味があると思うで。――なあ、幽斎の旦那」

突然話を振られた格好《かっこう》になった幽斎は、苦笑混じりに頷いた。

「そやさかい、こうやっておもろい話をしてるって次第ですわ。おもろい話をおもろい、って笑い飛ばせることが、風雅の道の近道っちゅうこっちゃ」

「そういうものかの」

腕を組んだ秀吉は何度も頷いた。

だが、小六だけはその理屈に理解ができない。

所詮《しょせん》笑い話は笑い話ではないか。もしその上に風雅の道があるというのなら、少なくとも俺の踏み込むべき道ではない――。そう小六は肚の内で毒づく。黒いもやが小六の中で広がっているのを見透かしているかのように、曽呂利がこちらを向いた。鮫鰊顔を歪めて。

「小六殿、難しい顔をなさっておいでやで。わしが今していた話はそないな顔で聞くものやありゃしまへんで」

「風雅の道がわからんものでな」

取りつく島を作らずにそっけなく言うと、曽呂利は顔をしかめて秀吉に向いた。

「そいや関白はん、ちょいとご相談があるんやけど」

「なんだ。言うてみい」

「この会は、関白はんに和歌を教える会、ちゅうことでええんでっか。ちゅうことは、わしに役料を下されるんやろ」

これには脇に座っていた小六は思わず怒鳴り声を上げてしまった。

「控えい曽呂利、おのれは秀吉公の抱えであろう。そのような立場の者が役料を催促するなど何事であるか、分をわきまえよ」

戦場で敵の心胆を冷やしに冷やした一喝が、まるで曽呂利には通用しない。こちらにぬらりと向き直って涼しい顔のまま自分の言い分を語り始めた。

「いや、お侍はんも、殿様から拝領する知行の他に、お役目があればそのお役目分を頂くもんやろ。ってことは、わしかてお役目料を頂くのが筋ってもんや。なあ、幽斎殿」

「……む、むう」

不承不承ながら頷く幽斎は、己には関係ないと言わんばかりに目を泳がせた。

そして曽呂利は秀吉にも向いた。

「のう、関白はん」

「その、通りだの」苦々しい顔をしながら、秀吉も薄い顎髭《あごひげ》を撫でる。「筋は通っておる。関白として天下の政に携わるわしにとって、道理は海よりも深く山よりも高いものじゃ。よかろう、この度よりお前に役料を下すとしようではないか」

「へへえ、流石《さすが》は関白はん」

曽呂利は平伏した。だが、また、何か言い忘れたことがあるかのように口を開いた。

「お役目料についてわしから中身を催促してもええでっか。いやいや、天下の関白はんからしたら、わしごとき塵芥の願いなんてそれこそ屑《くず》以下のもんやありゃしまへんか？　ねえ」

鼻を鳴らした秀吉は威儀を正して見せた。

「その通りだの。——申してみい」

さすがに小六は割り込んだ。

「ならぬ秀吉。戯れとは申せ、このようなことをするものでは……」

「小六殿、構わぬ」

そう秀吉に言われてしまっては、小六とて黙るしかない。

言いたいことを肚の内に納めた小六は、鮟鱇のように大きな口から零《こぼ》れる言葉を待っていた。しかし、そんな小六の心配とは裏腹に、曽呂利の口から飛び出したのはいささか小さな話だった。

「一日目には米一粒をいただく。これでどうや」

「こ、米一粒とな?」秀吉は不機嫌な顔をした。「関白を舐めておるのか」

「いやいや、天下の関白はんを舐めるなんて恐れ多い。そんなことをしてたら首がいくつあっても足りまへん。それに、わしは言いましたで、『一日目は米一粒』って」

秀吉が小首をかしげる前で、曽呂利は続ける。

「一日目は米一粒頂きます。けど、二日目には倍の二粒、三日目には倍の四粒頂きます。そうやって前の日の倍を貰うあんばいで、百日まで頂きたいんや」

「ほう。それでいいのか?」秀吉は拍子抜けしたように言った。「やはりお前、わしのことを舐めておるな。今すぐ用意させてもいいくらいだぞ」

「いやいや」曽呂利は手をひらひら振った。「何せ貧乏暮らしが長かったもんで、毎日少しずつ頂きたいんや」

「なるほど、尤も」

ぐっとふんぞり返って満面に笑みを浮かべた秀吉は手を叩いて奥の部屋に控えてい

た近習を呼んだ。恭しく入ってきた近習の耳を引っ張り、あれこれと指示するやまた走らせた。

「さっそく用意を命じたぞ。一日に一粒、二日目は倍の二粒。三日目は倍の四粒だな。確かにこのように役料を払うことにしよう」

「さいでっか。さすがは関白はんや」

「ははは、そうであろうそうであろう」

秀吉の高笑いが部屋中に響いた。

その笑い声を聴きながら、小六はほっと胸をなでおろした。まあ、大したことではあるまい、と。


だが、この戯言《ざれごと》が、秀吉幕下を混乱に陥れることになる。


「まったく、なんてことを決めてしまわれたのですか」

あの三成が顔を真っ赤にして小六の詰め部屋に怒鳴り込んできたのにはさすがに驚いた。何かあったのか、そう水を向けると、今にも嚙みついてきそうな剣幕で犬歯を覗かせた。

「曽呂利への役料の件です。あの時、殿下のお傍に小六殿もいらっしゃったのでしょう。なのに何という体たらくですか」

「な、何かあったのか」

三成は懐から白紙を取り出して小六の前に置かれた文机に広げた。そして、矢立《やたて》を持つや、上の端に「一」と乱暴に書きつけた。

「曽呂利の要求をまとめると『一日目は一粒、二日目は倍の二粒、三日目はその倍の四粒、というように倍にしてゆき、百日分それを頂きたい』というものです。それにお間違えはございませんね」

頷くと、三成は続ける。

「それに従い勘定すると、十四日目には米一合に達しまする」

それくらいが何だというのだ。微々たるものではないか。そう訝《いぶか》しんでいると、三成はぎりぎりと歯嚙みしながら紙の上に筆を躍らせた。

「ということは、十五日目には米二合、十六日目には米四合、その次の日は米八合となり……。二十日目には五升を超える計算となりまする」

「だから、それがどうしたというのだ」

「わかりませぬか。たった一粒から始まったものが、ここまで積み上がってしまうのです。それを百日まで繰り返せばとてつもない量の支払いを曽呂利にしなくてはなりませぬ。仮に三十日も繰り返せば、曽呂利に支払わねばならぬ役料は一万升を超えまする」

「ひ、一月でか」

しかし、これでもまだ序の口だ。気付けば三成の眼前にある紙に躍る数字は途轍《とてつ》もなく大きなものになっている。

「その次の日は二万升、その次の日は四万升、その次の日には八万升です。……正直、百日目の支払いがどのようになるか、勘定方の者たちも匙《さじ》を投げておりますよ」

ついに三成は紙に大きくばつを描いた。

「なんと……」

話を聞いていた小六も、まさかこんなことになるとは夢にも思っていなかった。一日目に一粒、二日目に二粒、という話の小ささに目を晦《くら》まされて事の重大さをまるで理解していなかった。

小六は刀を手に押っ取って立ち上がった。

「ど、どちらへ行かれるのです」

「知れたこと」

曽呂利に対して抱いていたもやもやとした思いがようやく眼前で像を結んだ。あの曽呂利という男は、やはりただならぬ男だ。

「軽挙妄動《けいきょもうどう》は慎んで下され」遠く三成は声を掛けてきた。「殿中で手荒な真似をすれば、さすがの小六殿といえども――」

若造の言葉など小六には聞こえなかった。殿中が何だ、立場が何だ。戦屋にそんなものは関係ない。

廊下の床を打ち鳴らすように駆け抜けて、御伽衆の詰め所の戸を思い切り開いた。十畳一間の部屋の中では数名の御伽衆たちが世間話に花を咲かせていたが、そこに曽呂利の姿はない。

「曽呂利はどこにいるか！」

怒鳴り声を発すると、御伽衆の一人が肩を震わせながら、茶室の方にいる、と廊下の向こうを指した。

勢いよく部屋の戸を閉めて茶室に急ぐ。

大坂城内の茶室は秀吉が作らせたものだ。わずか四畳程度の茶室が天下の城、大坂城にあるというのもおかしな話だが、これが最近の風雅なのだという。ふざけた趣味もあったものだ、そう毒づきながら外から呼ばわると、人一人が屈《かが》んで通るしかないほどに狭い戸が開いた。戸の中から現れたのは、小六よりもはるかに背の高い座頭だった。その老人は胡乱《うろん》な目をして小六を見下ろした。

「おお、利休殿か」

「誰かと思えば蜂須賀殿ではありませぬか。珍しいですな、あなた様が茶室に来られるなど」

利休は柔らかく微笑んだ。

対しづらい。というのも、この男、千《せん》利休は、信長お気に入りの茶人だったからだ。秀吉幕下にいる者たちの多くは秀吉子飼いだ。そういう人間たちからは小六も一目置かれているが、利休のように信長に近しい立場からそのまま秀吉幕下に入った者は、どうにも上手く扱うことができない。

利休もまた、慇懃《いんぎん》ながらどこか小六を小馬鹿にするような気配がある。

「いかがなさいましたか」

笑みを絶やさない利休に、小六は殺気を飛ばした。

「ここに、曽呂利がいると聞いたのだが」

「曽呂利殿ですか。おられますよ」

「話がある故、すぐに出て来いと申し伝えてくだされ」

利休は笑顔で否《いな》んだ。

「お断りいたしまする。今、拙者は曽呂利殿との約束の時間を果たしているのです。二人で茶を楽しもうという得難い約束です。申し訳ございませんが、少しお待ちいただいて――」

「そのような場合ではない」

小六は青筋を立てて怒鳴りつけるも、利休は笑みを崩さない。小六は気づいている。この笑みの裏に、こちらを蔑む視線が見え隠れしている。

「お断りいたしまする」

にじり口の中に戻ろうとする利休であったが、小屋の中から声がした。

「利休はん、どうやろ、もし利休はんさえよかったら、小六様と一緒に茶でも」

すると、利休は顔をしかめて小六の顔を見た。

「いや、しかし――」

まるで、このような野人に風雅の何がわかるか、と言わんばかりの顔だった。

が、小屋の中の曽呂利は密やかな笑い声を上げた。

「利休殿、小六殿はわしら御伽衆の頭やで。そのお方を手ぶらでお帰しするわけにはいきまへん。そうでっしゃろ?」

「むう、それはそうですが……」

「難しいこと言いっこなしや。――ほな、小六様、お入りくらはい」

突然神妙な態度を取りおった。一つ頷いて上がり込もうとすると、その前に利休が立ちはだかった。

「腰のものをお預けくださいませ。ここはそのような無粋なものを必要とせぬところにございますれば」

腰にぶら下げた刀を利休は見咎めた。

そうだった。利休は茶の場に刀を持ち込ませないので有名だ。かつて信長の開いた茶会に参加した際、知らずに刀を持って家臣の面前で叱られたことがあった。

仕方なく刀を互い違いになった利休に預け、小さなにじり口から中に入った。

四畳半の狭い空間。西に面した壁に小さな窓が一つあるばかりで、墨絵の掛軸以外はほとんど装飾がない。そんなどこかうすら寒さや閉塞感さえ感じる一間に、曽呂利は確かに座っていた。

熱っぽい殺意を全身から放つ小六に反して、曽呂利はどこか涼しげだった。

「これは小六はん。ようおいらっしゃいましたなあ。——ここのところ、利休はんから茶を教わっているんですわ」

「茶を、だと？」

「へえ、茶の湯と狂歌は通じるものがありまっせ」

芸事に興味はない。手の指を鳴らしながら、小六は声を上げた。

「秀吉をたばかったな」

「たばかる、とは人聞きの悪い。何かわしがいたしましたか？」

「一日一粒、二日目には倍の二粒、さらに次の日には倍の四粒という話だ。百日に直せばもはや勘定すらままならぬほどの量というではないか！　そんなもの、役料などとうに超えておるわ」

するると、曽呂利はくつくつと煮えたぎる茶釜《ちゃがま》から湯をすくって茶碗に入れるや、茶《ちゃ》筅《せん》でちゃっちゃとかき回して小六の前に出した。

なんだ、と目で訴えると、曽呂利はぎざぎざの歯を見せながら笑った。

「なに、茶を点《た》てたんですわ。どうぞ冷めぬうちに」

曽呂利は薄く微笑んだまま、茶を勧める仕草を崩そうとしない。そして、駄目押しのように、

「毒なんて入っておりゃしまへんよ」

と言われてしまっては、もう口をつけるしかなかった。

作法など知らない。適当に茶碗を両手で包んで一気にあおった。苦い味と香りが口いっぱいに広がる。美味《おい》しい茶は甘いらしいが、味の細かな違いなど見出すことはできない。というより、茶というものに、咽喉《のど》を潤すものということ以上の価値を見出すことがまるでできなかった。

草の匂いに辟易《へきえき》しながら茶碗を脇に置いた小六は曽呂利を睨んだ。

「お前の点前などわからんから何も言えんぞ」

「さいでっか、そりゃ残念やなあ。天下二の茶やっちゅうのに」

うそぶく曽呂利を前に、指の関節を鳴らして本題に入る。

「――曽呂利、役料の件、返上せい」

「返上、でっか。そりゃいったいどういう――」

「言ったままだ。秀吉に頭を下げて、役料の件は帳消しにせよ」

「あーなるほど、そういうことでんな」顎に手をやった曽呂利はいやらしく顔を歪ませた。「もしも関白はんの口から『役料は払えん』なんて言うたら、関白はんの権威が地に落ちますわなあ。『関白はんは約束も守れへんのか』なんて思われた日には、もう取り返しがつきゃしまへん。けど、わしが『その役料はいりまへん』って頭を下げれば、だーれも傷つくことはあらへん、そういうことでんな」

小六が考えた落としどころがこれだった。

どんなに戯言とはいえ、秀吉が実際に約束をしてしまっている以上、反故《ほご》にしてしまっては秀吉の名に傷がつく。だが、もし曽呂利の側が折れれば秀吉の名が傷つくことはない。

断らせるつもりはない。もし断ろうものなら――。思い切り手を強く握った。かつて、幾人もの兵たちをくびり殺してきたこの手で殺してくれる。

小六の覚悟とは裏腹に、意外にも曽呂利は実に従順に頷いた。

「へえ、別に構いやしまへん。そもそもあれは戯言や。適当に何か頂ければそれで十分やで」

肩透かしを食らった格好になった小六はどこか徒労めいた思いに襲われた。

が、次に続く曽呂利の言に、また小六は身を固くした。

「けど、一つ小六様にお願いがあるんや。無理難題やありゃしまへん。簡単や、わしの質問に答えてほしいんや。天地神明に誓って嘘はついたらあかんで。もしそうしてくれる言うなら、喜んでさきの戯言はなかったことにしまひょ。どや」

どや、も何もない。二人だけの場で、質問に答えればいいだけのことではないか。

小六は頷いた。

「ああ、いいだろう」

「さいでっか、さすがは小六様や。――じゃあ、さっそく。なんで小六様は、関白はんのことを『秀吉』って名前で呼ぶんや？」

「なぜ、だと？　あいつと俺とは付き合いが長い――」

「いや、付き合いが長いだけじゃ理由にならんで。関白はんの幕下には小六様よりも付き合いの長い人がいらっしゃるみたいやけど、呼び捨てにしてはるのは小六様くらいのもんや。それが気になって気になって仕方ないんや」

痛いところを突いてくる。

何も言えない小六を前に、曽呂利は続ける。

「小六様は関白はんに心から従ってはおらんってことなんやないか、ちゅうのがわしの見立てや」

心中を射抜かれた思いだった。だが、それを露見させるわけにはいかない。

「なんだと、そんなわけが」

「ある、とわしは思うんや。だってそうやろ？　小六様は元々信長公の家臣であって、関白はんの部下やあらへん。今、小六様がここにいるんは――そやな、運みたいなもんや」

その通りだ。小六は肚の内で唸る。

今、こうして秀吉の幕下で大きな顔をしているのは、ただ単に秀吉と一緒に歩む道しかなかったからだ。

秀吉が中国地方方面の方面軍団長に任命された時、主君である信長公から『貴様はもとより猿のことをよく知る者ゆえ、与力の将として助力せよ』と命じられた。しかし、その信長公は中国攻略の途上、本能寺《ほんのうじ》の炎に巻かれて死んでしまった。そして、主君に先立たれて行き場を失った与力将は、そのまま一番身近にいた大樹のところに身を寄せた。ただそれだけのことだ。

「そんで、いまだに関白はんのことを呼び捨てている、ってことは、や。――小六様は、いまだに関白はんを主君だと思っておらんちゅうことやろ。そう考えると、あんさんの行動にも意味がある気がするんや」

いつの間にか、曽呂利は小六のことを『あんさん』と呼んでいる。だが、小六はその無礼をとがめるどころではなかった。背中に嫌な汗を掻き、心中はどす黒い思いが嵐のように吹き荒れていた。

「あんさん、関白はんから知行を拝領しなかったやろ。『知行よりも関白はんの傍に居たい』とか言うてはるようやけど、本心はそうやない。あんさんはきっと、関白はんから知行を貰うのが嫌やったんやろ？　もし知行を貰うてしもたら、関白はんの臣下ってことになってまうもんな」

曽呂利の言うとおりだ。

小六にとって主君とは——秀吉ではない。信長だった。

信長に「秀吉に従え」と命じられたから従っているだけだ。信長が死んでもなお、その言葉を愚直に果たしているだけだ。

でなくば、耐えられない。

かつて秀吉は自分の手の者だった。しかも、末席に座りあれこれと使い走りに使っていた数ある小者の一人、言うなれば使役馬や農耕牛のようなものだ。だからこそ、信長公への出仕を手伝ってやった。居てもいなくても困らないとばかりに。だが、その小者はあれよあれよの内に出世を遂げて、今や主君の信長をはるかにしのぐ権勢を築き上げ——小六との立場はすっかりひっくり返った。

己は信長公の家臣だ。そして、主君の遺命によって秀吉に従っているだけのことだ――。そう偽りながら、今まで秀吉の幕下で働いていた。

黙っていることを答えと取ったのか、曽呂利は続ける。

「まあ、あんさんがええならそれでええんとちゃうか。結局人生は一度きりや。その人生でも、自分を騙しながら生きるのが人間の弱さってもんや。それであんさんが納得してるならな。でも――」

曽呂利の座る姿が、なぜか秀吉のそれと重なった。ぐらりと床が揺れる心地がした。

「多分、関白はんは見抜いてはるで、あんたの心の内なんて。んで、上手いこと掌の上で転がしているんと違うか」

曽呂利は冷たい笑みを浮かべる。

「あんさんと関白はんはまるで違うわ。あん人は自分ですべてを選び取った人や。けどあんさんは――。自分の命運を誰かに預けちまった人や。だからこそ、あん人はあんさんのことを呼び捨てにはしないし、呼び捨てさせるに任せてる。あんたをうまいこと飼っておくための処世やろうなあ」

違う。違う違う違う！　だが、曽呂利はそんな小六の心中の言葉を読み切っているかのように、にたりと笑った。

「そ、つまり、すべては道化なんや。あんさん、結局は関白はんに化かされて、いいように使われてるだけやで」
なんだと——。
途端に胸が苦しくなってきた。それどころか体が重い。顔を上げているのも億劫《おっくう》だ。
そして、曽呂利の顔が、秀吉の哄笑《こうしょう》と重なった。
はは。
乾いた笑いを上げた曽呂利は、ゆっくりと立ち上がった。そして、小六の肩を軽く
叩いて、にじり口から表へと出ていった。
「ほな、さいなら」
と軽やかな挨拶を遺して。
茶室に一人残された小六は今まで感じたことのない体の重さと、必死で闘っていた。
空咳《からせき》を何度も繰り返す小六の顔を、三成が覗き込んでくる。心配げに眉をひそめる
三成の後ろには、小六を嘲笑《あざわら》っているように口元を歪ませる木目天井が見える。
「かなりお加減が悪いようですね」
「ああ、そうだな」
ようやく静まった咳の合間に、小六は頷いて見せた。
あの日以来、小六は病床にあった。

医者に診《み》せたものの、原因がわからない。気力が湧かず、体を起こすのも億劫だった。仕方なく、御伽衆お頭の役目を辞して隠居に入った。

時折見舞い人は来る。だが、秀吉は来ない。それどころか遣い一つ寄越《よこ》すことはない。

所詮臣下の一人に過ぎない、という曽呂利の見立てが小六に突き刺さる。

「のう佐吉、秀吉は最近どうだ」

「いつも通り、部下にあれこれと指示を飛ばして、御伽衆の話に笑いながら日々を過ごしておいでですよ。どうやら島津への討伐計画をお考え始めのようでして」

もう秀吉の頭の中には小六の影などないのだろう。そんな気がした。

「佐吉。俺は、死ぬべき時を間違えたかもしれん」

「突然何を――」

三成の言葉を遮って、小六は心中に渦巻いている言葉を吐き出した。

「俺は、信長公が死んだときに命を終えるべき人間だった。いや、秀吉の部下として生きられぬと気付いた瞬間に、俺は死ぬべきだったのだ」

「な、何を」

「最後まで聞いてくれ。俺は、秀吉の部下になどなりとうなかった」

深刻げな顔で頷いた三成から視線を外し小六は天井の木目を睨んだ。その木目の一つがさながら、目と鼻と口のある人間の顔に見えてくる。その顔が秀吉のそれとぴたりと重なる。

「秀吉は藤吉郎《とうきちろう》と名乗っていた昔から俺が使っていた人間ぞ。今さら家臣になどなれるはずもなかった。——でもな、俺は一方で、あいつと一緒に歩めたことは幸せだったと思っておる。おかげで楽しい人生だった。それに嘘はない」

毛利《もうり》を相手に戦っていた頃が一番楽しかった。信長公という共通の主の下、一つの目的を通じて秀吉とも手を取り合っていた。あの頃の残滓《ざんし》が、曲がりなりにも秀吉に仕えていた小六を支えるものだったのかもしれない。

まあ、いい。小六は溜息と一緒に未練を吐き出した。すべてはもう、終わったことだ、と。

「老人の愚痴に付き合わせたな」

「いや、大恩ある小六殿のお言葉です。お気になさらずに」

「そうか。ならば、ついでに聞いてくれぬか。この老骨最期の頼みを」

「はい」

真剣な面持ちで三成は小六の顔を覗き込んできた。

「曽呂利のことだ」

「奴が何か——」

「あれは獅子身中の虫ぞ。機を見て、除け」

「な、なぜ」

上体を無理矢理起こして三成の肩を摑んだ。出来る限り力強く。この男の体に自分の思いを刻みつけてやるつもりで、強く、強く。

しばらく困ったような顔を浮かべていた三成は、小さく頷いた。

「――必ずや」

「よくぞ言った、佐吉。いや、三成」

すると、口を真一文字に結んでいた三成の目から、ぽろりと滴が零れ落ちた。

「何を泣く」

「必ずや、お約束を果たしまする」

深々と一礼した三成は、また来ます、と言い遺して部屋を去った。

一人になった小六は、またその身を横たえた。

そして、一人、胸の中に残る思いと闘う。

信長様、なぜあのような形で逝かれてしもうたのだ。

そして――。

秀吉。

俺にとってあいつはなんだったのだろう。

己よりはるか先を行ってしまった男だ。ありていに言えば悔しいし嫉妬《しっと》もある。もしあいつと同じ境遇を与えられていたのなら、同じくらいの仕事はしただろうという自負はある。だからこそ、あいつの眩《まぶ》しさが悔しい。

そんな気持ちとは裏腹に、この秀吉のこともまた嫌いにはなれなかった。

奴はさながら日輪だ。

地に熱を与えて全天で輝き、ときには旱魃《かんばつ》をもたらす。されど、作物を育て天下を栄えさせる源。

ああ、そうだったか。

最初から、あの男に挑むなど馬鹿げたことだったのだ。

そう思い直せば、気分が楽になってきた。

ごほごほと空咳を何度も繰り返しながら、小六は開け放たれた障子の向こうに広がる空の様子を窺った。しかし、こんな日に限って日輪の姿を見ることは叶《かな》わなかった。

不意に寒さに襲われて、布団の中に潜り込んだ。そして、子供のように足を抱えて丸くなり、胸の奥に抱えている日輪で自らを温めながら、眠りの畔《ほとり》に立った。そして、どろどろした、沼のような眠りへと沈んでいく。浅いところでまどろむうちに、深い奈落へと落ちていく。そして最後には、光がまるで届かない、完全なる闇の中に身も心も溶かしていった。

『ほな、さいなら』

あの男の言葉が蘇《よみがえ》る。

小六は、別れの言葉を口にすることはなかった。もう、その力もなかった。

第三話　千利休の場合

四畳半の天地。茶を点てるにはただこれだけあればよい。

その境地に至ったのは、果たしていつのことだったろう。茶筅を操りながら、泡立つ緑色の水面に自らの問いを映す。しかし、答えはそこには映らない。

茶が泡立って明るく深い緑色を発したのを見計らい、茶碗を今日の客の前に置いた。髪を剃り上げ十徳《じっとく》を纏うばかりの略装に身を包むその客は、碗の景色を手の中で楽しんだのち、縁に口をつけた。しばらくすると茶碗を床に置いて、目の前の客、昌山道《しょうざんどう》休《きゅう》——足利義昭《あしかがよしあき》は薄く笑った。

「結構なお点前《てまえ》」

「恐れ入りまする」

利休《りきゅう》は深々と頭を下げた。

義昭は顔を上気させた。その口から飛び出す言葉は、顔の割に深く、沈んだ声だった。

「さすがは、天下の茶人と呼ばれるだけのことはあるのう」

数年前、禁中《きんちゅう》で帝に茶を献じたことがあり、この時、世の人に天下の茶人などとそやされた。しかし、そんな言葉が虚《うつ》ろで無価値なものであることを利休自身が一番知っている。それだけに白けた。

天下一にいかほどの意味があろうか。昨今言われる天下一とは、貴顕に最も近いというだけの意味でしかない。それが天下一だというなら、茶がただの立身出世の手管でしかないということになってしまう。

利休は心中にある様々な思いを呑み込み、話の方向を変えた。

「そういえば、頭を丸められたのですな」

義昭は力なく微笑を湛えた。

「致し方ありますまい。もはや、予の居場所はどこにもない」

征夷大将軍《せいいたいしょうぐん》に上った足利義昭は多くの大名を巻き込んで信長包囲網を作り上げたほどのお人だが、零落して久しい。信長公に放逐された後、今では頭を丸めて、島津のとりなしによって、北条を屈服させた秀吉の許に侍って風雅の道を生きている。

よき余生だ。少なくとも、臣下の者に殺された兄君義輝《よしてる》公などよりはよほど恵まれた生を送っている。

「平和な世がやってくるなぞ思っておりませなんだ。長生きしてみるものですな」

利休は目の前の貴人を励ますように言った。

「ああ、左様だのう」

義昭は無感動に応じた。

北条討伐の折に奥州の雄である伊達が降った。詳しい事情はわからない。だが、陣立てを見て勝てぬと察したのか、秀吉の陣幕に白装束で現れて恭順を願い出たという。その後しばらくして北条が滅んだことで、秀吉に楯突く者はいなくなった。

「しかし」義昭は薄く笑う。「これからではないかな」

「は、それはいかなる……」

「なに、簡単なこと。これからは天下を治めるための戦いとなる。これには相手はおらぬ。ゆえに厳しい戦いとなる。――予はその戦いに挑まれる秀吉殿を支えねばならぬ」

頭を下げると、にじり口の戸が叩かれた。

「なんだ。今お客人を迎えて茶を――」

困惑顔の弟子が言うには、秀吉公からすぐに城に出仕するように、との要請がやってきたらしい。

利休は客人と顔を見合わせた。

「断るわけにはいかぬか。――申し訳ございませぬ」

義昭は鷹揚《おうよう》に首を横に振った。

「何を申される。秀吉公のご命令であろう。予のことなどよい、早く行かれよ」

「申し訳ございませぬ、この埋め合わせはまた次の機会に」

大きな体を折り曲げながらにじり口を出た利休は、天下人の元に駆けた。こうもあくせくするのは本来の茶人の姿ではあるまいに。そうぼやきながら。


「利休、よう参った」

とるものとりあえず城に登ると、藺草《いぐさ》の香りが漂う二の丸の書院の間に通された。白地に獅子の刺繍がなされた羽織姿で上段の間に腰を掛ける秀吉は、満面に笑みを浮かべて利休を迎えた。上座から降りてきて、今にも肩を抱きそうなほど近くにやってきた。この分け隔てのなさは、まだ信長公の一部将であった頃から変わらない。しかし、今や関白にまで上った人間がその振る舞いでよいかといえば別問題だ。

「いかがなすったのですか、突然この利休めを呼ばれるなぞ」

「いや、お前の茶が飲みたくなったがゆえに呼んだまでよ」

秀吉は屈託もなく言い放った。

自分でもわかっているが、今一つ感情を隠すのは得意ではない。それがゆえに茶の道を志したくらいだ。

そんな利休の心の内を察したのか、秀吉は少し顔をしかめ、

「冗談ぞ冗談。お主には軽口が通じぬのう」

と自分の言葉を撤回した。

「では、本日はいかなるご用向きにて呼び出したのでございますか」

「うむ、実はの、お前に頼みたいことがあるのじゃ。わしのための茶室を作れ」

大きく頷いた秀吉は、利休の前に巻物を投げ遣った。許しを得てそれを開くと、かつて利休が造成して秀吉に献上した三畳一間の縄張り図が描かれていた。

「ほれ、お前に以前作ってもろうたこの黄金の茶室じゃがな、飽きたのじゃ」

黄金の茶室――。数年前に利休自身が指揮を取って造成した、すべてが金で彩られた茶室だ。『成金趣味だ』と指弾する者もあったが、それは違う。確かに造作に金がかかるものの、いざその中に入ってみれば、この茶室が作り上げる天地がただの成金趣味の所産でないことに思い至ることだろう。採光窓一つない部屋の中で、炭の放つ炎の明かりだけが部屋を照らす。ぼうっと浮かび上がる黄金色は、日の下に晒《さら》された黄金とはまた違う薄ぼんやりとした綺羅《きら》色を見せる。利休が追い求めた『侘寂《わびさび》』に肉薄した場だ。あの茶室は利休の関わったものでは最高傑作のひとつだろう。

「あれは人数を呼べぬ」秀吉はそっけなく続ける。「十数人に茶を点てることができるような大部屋が欲しいのじゃ。黄金の茶室を超える大茶室を造れ」

「し、しかし」利休は応じた。「黄金の茶室は拙者の茶の一つの完成形にございます。あれを超える茶室となりますと」

秀吉は細身の肩を道化のようにすくめてみせた。

「何を言うておる。お前はこの関白の命に応えられぬと」

「そうは申しておりませぬ。この通り歳を取りて頭が固いゆえ、少々のお時間を頂きたく」

「それもそうよな」秀吉はいやらしく笑う。「よかろう、少々の時間をやろう。その代わり、必ずやわしを唸らせる茶室を作れ。金に糸目はつけんぞ」

「わかりましてございます」

利休は困惑しながらも、肩をいからせる秀吉に頭を下げた。

これは難題であるぞ――。

大坂城三の丸の庭を望む草庵《そうあん》に籠《こも》る利休は茶釜が湯気を立てるのを待っていた。熾《おき》火《び》にあぶられて茶釜がすんすんと音を立てる。それでもまだ釜の水面には泡が立ってこない。茶を点てるには早い。

さながら、この茶釜のようなものだ。利休は心中で呟く。

いい発想は出せと言われてすぐに湧き出でるものではない。山のような経験や書物、他人と交わした話を火にくべてやって、自分の中に満たされている水を沸騰させる。早く煮立たせてもいけない。急に沸騰させてしまうと湯に棘《とげ》ができて美味《うま》い茶とならない。ゆるゆると火をかけてやって、ようやくまろやかで口当たりのいい湯となる。

しかし――。どうもうまくいかない。

四畳半の美は、師の武野紹鷗《たけのじょうおう》から相伝した利休の茶の道のすべてだ。余計なものや伝統を取り払い、ただ亭主と客という二項対立を作り上げた異界、これが四畳半の要諦《ようてい》だ。茶とは何か。茶を点てる人間が、客を茶でもてなすことであると規定するならば、場など四畳半もあれば十分だ。黄金の茶室の三畳間は四畳半の精神を突き詰めたものだ。

それだけに、秀吉の求める大茶室なるものに前のめりになれずにいる。

大きな体を折り曲げながら、利休は茶釜を覗き込む。まだ湯は煮えていないようだ。

すると、にじり口が音もなく開き、懐かしい響きのする声が浴びせられた。

「おや、やっておいででんなあ」

元々利休も堺の人間だが、京の公卿たちや尾張の田舎者たちと付き合うようになってから堺言葉を控え、今ではすっかり抜けてしまった。だが、似たような経緯で秀吉の傍にいるはずのこの男は、いつまで経っても堺言葉を改めようとしない。大きく裂けた口、ぎざぎざの乱杭歯、小さな目。亡き蜂須賀小六が『鮟鱇』と呼んでいたが、その綽名《あだな》は言い得て妙だ。

にじり口から顔を突っ込んできたのは、曽呂利新左衛門だった。

「今日は非番ではありませんでしたかな」

心中に土足で踏み入れられたような気分になった。だが、のれんに腕押し、この男は感情の機微を測ることをしない。あるいはすべて弁《わきま》えつつ、あえて見て見ぬふりしているのかもしれない。

「はは、わしは関白はんのことが大好きやさかい、非番の日もこうして城内をうろうろしてんねん」

利休と曽呂利は同僚だ。利休は茶人、曽呂利は狂歌人として、御伽衆の席に名を連ねている。もっとも、利休の席次の方がはるかに上だ。今や御伽衆筆頭である長岡（細川）幽斎の名を超えて天下の名人と誉めそやされている利休と比べ、曽呂利は取るに足らぬ小者として城の中を悠々と泳ぎ回っている。

「そいや利休はん」曽呂利は茶室にゆっくりと入ってきた。「茶を頂きたいんやけど、ええかな。あいや、ちぃーっと喉が渇いてしもうて」

「――ええ、結構ですよ」

利休が頷いた頃には、茶釜がすんすんと鳴きはじめ、蓋の隙間から蒸気が漏れ始めていた。

柄杓《ひしゃく》を中に差し入れて湯を茶碗にすくい茶を点てる。そしてそれを曽呂利の前に進める。

「さ、お飲みください、冷めぬうちに」

「へえ、では確かに」

曽呂利は作法を守らない。そのままぐっと一気に飲み干し、口元を袖で拭うと粗野な笑みを浮かべた。

「いやあ、さすがは利休はん、茶葉がめちゃくちゃええ」

皮肉に聞こえたが、利休の気のせいだっただろうか。

心中にぽつぽつと浮かんできた不愉快を踏みにじるように、曽呂利はからからと笑いながら茶碗を畳の上に置いて世間話を始めた。

「そいや、利休はん、ご存じでっか？　最近、京とか大坂で落首が流行ってはるんやて」

それがどうした。そんなもの、南北朝動乱の昔から何か起こるたびに流行しているものではないか、心中でそう吐き捨てた。そもそも曽呂利自身、自分で詠んだ落首から秀吉公の目に留まり、こうして出仕しているのではないか、と。

「おんやその顔、あまり興味がない、ってお顔やなあ」

「ほう、そうおっしゃるということは、何か拙者たちに関係があると」

「関係大ありや」

曽呂利の言うところだと、落首の内容が、天下人の生まれをあげつらったものなのだという。

「山猿がどうの、鼠がどうの、みたいな落首が多いんや。どうしたわけやろ」

落首というのは、今も昔も治天《ちてん》の君への折紙だ。善政を敷いている君主へ向けられる落首には棘はないが、悪政を敷いている者に対する筆鋒《ひっぽう》は鋭い。

数年前に京の北野《きたの》で大茶会が催されたことがあった。殿上人地下人、金持ち貧乏人の区別なくいかなる身分であれ参加できるとした大茶会だった。だが、公家衆や大名衆はこぞって参加したが、町衆はまったくやってこなかった。本来は十日余りかけて行なわれるはずの茶会だったが、予想以上に町衆が集まらず、初日で開催が打ち切られたくらいだった。

秀吉は庶民から不人気だ。

「この話、逐一秀吉公の耳に入っておるみたいやな。どうも、石田治部少はんあたりが生真面目やさかい、なんでもかんでも関白はんに報告してまう」

さもありなん、と言ったところか。

秀吉幕下で各大名家の調整役についている石田三成とは、茶会などを通じて付き合いがある。確かにあの男は有能な人物には違いがないが、いささか杓子定規《しゃくしじょうぎ》なところがある。あれは吏僚《りりょう》としては優秀だが、それ以上でもそれ以下でもない。

短く曽呂利は嘆息した。

「もしも、蜂須賀小六様がご存命やったらなあ」

「あの方は清濁併せ呑むお方でしたな」

曽呂利も頷いた。

「わしはあん人に命を助けられたようなもんやからなあ」

曽呂利によれば、かつて堺の鞘師だった曽呂利は、秀吉を寿《ことほ》ぐつもりで書いた落首が不遜と取られてあわや首が飛ぶところまで行ってしまった。その際に取り成してくれたのが小六だったらしい。このいかにも不遜な狂歌人も、命の恩人には頭が上がらないようだ。

「あん人がいてくれた頃は、『あれは関白はんには伝えんでええ』って胸に秘めてたんやろうなあ。偉い人やで」

何も言えずにいると、曽呂利が勝手に言葉の真意を話しはじめた。

「流言飛語、評判。そういうもんは、放つ方は何の力もないと思ってはる。でも、違うで。その言葉を向けられた側からしたら、鉄炮玉と何ら変わらへん。秀吉はんは天下一のお人やさかい、日本中から矢玉が飛んで来るんや。小六はんはきっと、関白はんを守る鎧だったんや」

思わず利休は銃の引き金を引く身振りをする目の前の男を見た。

この男、笑い話しかせぬ軽薄な男だと思っていたが、深い見識を持っている、と。

そやさかい。曽呂利は続ける。

「もう関白はんには鎧がない。そやから、わしら御伽衆が関白はんを癒《いや》してさし上げねばあかん。関白はんの傷を癒せるのは、茶の湯とか笑い話、つまりはわしら御伽衆だけやで」

「うむ、そうかもしれませぬな」

感心しながら頷くと、曽呂利は無造作に畳の上の茶碗を利休の前に寄せた。

「おいしいお茶、おおきに」

「また、お越しくだされ」

曽呂利は立ち上がると、風のようににじり口から出ていってしまった。

一人、四畳半に残された利休は昔の光景を思い出していた。

蜂須賀小六が倒れた時のことだ。

利休の茶室でのことだった。なぜかあの時小六は怒り心頭で『曽呂利はいるか』と怒鳴り込んできた。そうして草庵の中にいた曽呂利と二人にさせたところ、しばらくして血相を変えた曽呂利がにじり口から飛び出してきた。中に入れば、すっかり魂が抜けてしまったように壁に寄りかかる小六がいた。曽呂利が言うには、『突然小六様が動かなくなってしもうたんや』とのことだった。卒中が疑われたが、医者はその兆候はまるでないと首をかしげた。

そのまま病床に入った小六は、数か月後に息を引き取った。

惜しい人を亡くした。ここのところ、とみに思う。

長岡幽斎は風雅の人としては超が付くほどの一流だ。元々が和歌の人だから道に対する理解は深いし自分の専門外のことに関しても勘が鋭い。しかし、幽斎に求められているのは御伽衆のとりまとめ役だ。その点、風雅を歯牙《しが》にもかけなかった小六の方が、はるかに己のなすべきことを深く理解していた。

風雅の道は孤独な一人旅だ。しかし、それらの人々を集めれば手綱を握らなくてはならなくなる。果たして幽斎は己の役割を理解しているのだろうか。

その点、よほど曽呂利の方が聡《さと》いと言える。

あの男は言った。『関白はんの傷を癒せるのは御伽衆だけ』と。元来風雅の道は秀吉の傷を癒すために存在するものではないが、御伽衆という枠組みの場にあっては、すべては関白殿下の御為《おため》となる。そこに本来の風雅など存在しない。

どんどん世の中が縮んでいる気がする。いや、世の中の全てが秀吉の御為に回っている、のだろう。

これは仕方のないことなのだ。そう利休は考え直す。これまでとは異なる天下が現れようとしている。そして、地に這いつくばる者たちは新たな天下の中で己の占める場を探さなければならないのかもしれない。

「ああそや」

すると、またにじり口から曽呂利が顔を突っ込んできた。

「いや、本題を切り出すのを忘れてしもうてたんや。お忙しいところすんまへん」

「何かお困りのことでもありましたかな」

そう問いながら、利休は己のための茶を点て始めた。茶入《ちゃいれ》から茶を掬《すく》い取り、柄杓で湯を掬い取る。

曽呂利は鮟鱇顔を思い切り歪めた。

「実は――。秀次《ひでつぐ》様からのお願いなんやけど、これが無理難題で困ってるんや」

豊臣《とよとみ》秀次公のことだ。

秀吉の甥《おい》に当たる。秀吉には長く子がなかった上、一族もあまり多くないゆえ、数少ない親戚筋として秀吉幕下でも存在感のある御仁だ。かつては若さゆえに至らぬところもあり失敗もあったと聞くが、最近では北条討伐でも功を挙げ、百万石を賜ったと聞く。

「実は、秀次様が茶会を開きたいと言うてるんや。ほら、最近いろんな大名さん方が自分で茶会を開くのが流行やろ？　んで、秀次様もその流行に乗っかりたいんやて」

利休は茶を練る手を止めた。大封を得た大大名の秀次が茶会を開くことは不審なことではないし、身を弁えないことでもない。しかし、茶の話ならば自分に話が来てもおかしくないはず。なのになぜ自分の耳には一切入っていないのか、その一点が気になった。

しかし、曽呂利はその疑問には答えてくれなかった。

「そんで、わしがその茶会をやらなあかんってことになってしもうたんや」

鞘師上がりの男が茶会を？

茶会は今や大大名の威信をかけた儀礼となっている。失敗は許されない上、他の大名に負けないような新たな趣向が求められるようになっている。

「ほんまに大弱りなんや。わしは趣向を凝らすのは得意やしそれなりに茶のことも知ってるつもりやけど、いかんせん茶会ちゅうもんを開いたことがないもんで。そこで、利休はんに茶会のことをお聞きしたいんや。お知らせの書き方、とか、席順とか」

細々としたことを気にしている場合ではない。この鮟鱇顔は茶のことをそれなりに知っているとうそぶいているが、芸事というのは『それなりに』では通用しない。

「曽呂利殿。もしよければ拙者がお手伝いしましょう」

助け舟を出したつもりだった。しかし、利休の差し出した手を曽呂利はにべもなく払いのけた。

「利休はん、今お忙しいんやろ？　そんなお忙しい人を煩わすわけにはいきまへん。この茶会はあくまでわしが尻を持ちますわ。なんで、利休はんにおすがりするんは最小限にさせてもらいます」

なんとなく腹が立った。止めていた茶筅をまた動かし始める。

「そこまでおっしゃるのならば構いません。――わかりました。やってみるがよろしい。しかし曽呂利殿。茶の道は少し齧《かじ》ったくらいで極められるほど甘い道ではありませんぞ」

「あいや、耳が痛いですわ。よく師匠にそんなことを言われましたわ」

「師匠？」

「まあとにかく」曽呂利は利休の問いに答えなかった。「今後、あれこれ茶会についてお伺いすることになるかもしれんけど、まあよろしゅう頼みますわ」

「――ええ」

「ほな、さいなら」

慌ただしく頭を下げた曽呂利は言いたいことを言って、にじり口から突っ込んでいた顔をひっこめた。

利休は苦々しい思いで曽呂利を見送った。

あの男、へりくだって見えるし事実へりくだってくる。だが、実際のところは違う。

あの男は地を這い獲物がやってくるのを待つ豹《ひょう》のようにこちらの喉元を窺っている。しかし、なぜあの男がそのような顔をするのかがわからない。あれは狂歌師、つまりは風雅の人間だ。もちろん風雅の人にも功名心や認められたいという強い思いがある。しかし、あの男の全身から漂う気配は違う。むしろあれは、かつて蜂須賀小六にも感じた、戦屋の上げる殺気にも似ている。

まあ、いい。そう心中で区切りをつけて、曽呂利のことを頭から追い出すと、秀吉から受け取った茶室の図面に目を落とした。

ふと、茶を点てかけていたことを思い出した。見れば、茶筅が差されたままの黒茶碗が所在なげに床に置いてある。覗き込むと、練り込み切れていない茶がくすんだ色合いを発している。茶筅を取り上げて口をつけたものの、焼けつくような熱さに思わず顔をしかめた。

それからしばらくして、利休の元に文が届いた。裏を返して差出人の名を見れば、豊臣秀次公の名がしたためてあった。その文には、近く茶会を行なう旨が大書されていた。

細々としたことを聞きたい、と言ってきた割に、その後一度として曽呂利から問い合わせはなかった。顔を合わせなかったわけではない。それこそ、御伽衆の詰め所に顔を出せばほぼ毎日のように曽呂利はいたし、暇な時にはあれこれと世間話もした。だが、曽呂利の口からは例の話は一つとして出なかった。立ち消えにでもなったのであろうと思い、あえてこちらからその後のことを聞かなかった。そうして忘れかけていた頃になってこの書状が舞い込んできた。

一読した感じでは整った形式の文を前に、利休は独《ひと》り言《ご》ちた。

「いったい誰から学んだのだ」

いや。利休は考え直す。もしかすると、この茶会、既に曽呂利は関わっていないのではないか。曽呂利では力不足と他の茶人を宛《あて》がったとすればどうだろう。曽呂利があえてあの話をしてこなかった訳もわかる。

利休は誘われるがまま、その茶会に顔を出した。

会場は聚楽第《じゅらくだい》の庭、つまりは野点《のだて》の会のようだ。天下からあまねく集められた名木の織り成す林。その枝葉が風の吹く度に音を立てる。そんな林を借景とした会場には赤い毛氈《もうせん》が何十畳にも敷かれ、赤い大傘まで立っている。その傘の下に、茶釜と茶碗がいくつも置いてある。だが、百人にはなろうという客たちは緋《ひ》毛氈の上に座ろうともせず、遠巻きに庭の隅に立っているばかりだった。

利休も他の客と同様にしていると、後ろから肩を叩かれた。

「おお、そこにいらっしゃるは利休殿ではありませぬか」

声を掛けてきたのは足利義昭だった。この小太りの元将軍は、武将には似合わぬ人懐っこい笑みを利休に浮かべてきた。

「ああ、殿下も呼ばれていたのですか」

「この新参者を呼んでいただけるとは、秀次殿は度量が大きいお方だ。次代を担うのはあのお方かもしれませぬな、はっはっは」

まったく奇のてらいがないだけに不気味だ。

かつては信長を相手に謀略を仕掛けたあの意気軒昂《いきけんこう》な将軍が、いまやまるで牙の抜かれた犬だ。やはりこれも、秀吉を中心に収斂《しゅうれん》していく天下のなせる業なのだろうか。

「しかし」義昭は首をかしげた。「これほどの茶会だというに、利休殿がお客とは面妖ですな」

「天下に茶人は拙者一人ではありませぬ」

中途半端に察しがいいのも困りものだ、と目の前の前将軍をながめて心中でぼやいていると、客たちの中からどっと歓声が沸いた。

歓声の方に向くと、そこには今日の茶会の主、秀次が立っていた。

しかしながら、その姿に我が目を疑った。

利休が心中で嘆くほど、秀次の姿は奇矯《ききょう》なものだった。何せ、女物の打掛をまとい顔に白粉《おしろい》を塗りつけて頬に猫のひげのように三本の赤い線を引いている。これは、少し前に流行った傾奇者《かぶきもの》のそれではないか。

この場にいる誰もがどよめいている。しかし、秀次はそんなことを気にしている様子はない。

「今日はよう集まってくれた。わしの茶会、是非楽しんでいただきたい。――今回の趣向は『永劫回帰《えいごうかいき》』じゃ、是非楽しんでくれ」

圧倒される客を尻目に秀次は毛氈の前に差された傘の下に移り、用意されていた床几に腰かけた。

それを合図に、客たちは緋毛氈の上に案内された。特に席は決まっていないらしく、前にいた者から順番に案内されている。

「ほう、傾奇者とはいきなり度肝を抜いてきますな」

前を行く義昭は顎に手をやって頷く。

「そ、そうですな」

利休も頷いて見せたが、正直それどころではなかった。

秀次の傾奇者のような振る舞い。あれは利休の茶が否定してきた『余剰の美』に他ならない。この世間に溢れている事象から『ただ茶を点てる』ところにまで抽出し、その中にあるほのかなあぶくを佳《よ》きものとして拾い上げてきた利休からすれば、あの秀次の行ないは自分の築き上げてきたものに泥を塗られた思いすらした。

さらなる驚きはこののちに現れた。

利休と義昭の前に座った、やはり秀次と同じように白塗りに頬に三本線を引いた小者は、作法も何もあったものではない手つきで小さな茶碗をいくつも並べ、それぞれに湯を入れて一気に勧めてきた。右を見ても左を見ても、どの客にも同じことをやっているらしい。

目の前にある三つの茶碗に義昭も首をかしげている。

「ほう、なんでござろう、この趣向は」

すると、傘の下に悠然と座る秀次が声を上げた。

「貴殿らの前に、三つの茶碗がある。茶、黒、白の茶碗があるはずじゃ。この茶碗にはそれぞれ別の産地の茶が点てられておる。それをぴたりと当ててみい。最後まで当てることができた者には、わしから祝いの品がある。是非とも頂点目指して日頃肥やしている舌を競ってほしい」

全身の血が逆返る思いだった。

「闘茶《とうちゃ》ではないか」

「闘茶？　闘茶とはなんでござろう」

義昭は小首をかしげている。

目の前の無粋者への苛立《いらだ》ちを腹の奥に納めて、利休は説明を加えた。

「我が師である武野紹鷗が侘びの茶を見出すより前にあった茶の飲み方です。このように、産地の違う茶で茶を幾つも点てて、その味で産地を当てさせるという——」

「面白い趣向だのう」

何を言っておるのか。頬を緩める義昭に心中で吐き捨てた。

闘茶がしばしば賭け事の対象になってきたがゆえ、茶は最近まで俗なものとされてきた。だが、本来の茶はそのようなものではない。禅宗と共に伝わってきたことからもわかるとおり、元は聖なる側に属するものだったはずだ。堕落した茶を聖なる側に取り戻したのは師匠である武野紹鷗であり、その衣鉢《いはつ》を継ぐ自分である——。そのくらいの矜持《きょうじ》を利休も持っている。

だが、だというのに、傘の下に座る秀次はそんな利休を眼中にも入れず、口を開いた。

「ささ、皆々様、冷えてしまう。さっそく茶を喫して、前に置いてある短冊にそれぞれの産地を書きとめるよう」

こめかみがきりきりと痛んできた。

その宣言を受けて、客たちは茶碗を持ち、競うように味を吟味し始めた。

利休は碗こそ手に取ったが、口には含まない。

「いかがなされた、利休殿」

茶碗の中身に口をつけた義昭は不思議そうな目を向けてきた。その視線に気づいた利休は、ふん、と鼻を鳴らした。

「香りから味まで見てしまえば、拙者ならばたちどころにわかってしまいます。それでは不公平というものにございましょう」

「ほう、さすがは天下一の茶人ですなあ」

黒茶碗に手を伸ばした義昭はとかく感心していた。

利休はそんな義昭に曖昧《あいまい》に微笑み返しながらも心中で歯噛みしていた。

この茶会を考えたのが誰かは知らぬし知りたくもない。が、師匠や己が否定してきた悪しき慣習を今さら引っ張り出してきたこと、ここで後悔させてやる。利休の心中には正義感にも似た気負いが渦を巻いていた。

言われた通りに短冊にそれぞれの銘柄を書いて、給仕役に渡す。

しばらく待っていると、全員が短冊に書き終えたのか、打掛の袖を払いながら秀次が床几から立ち上がった。

「よし、答え合わせじゃ。あそこをご覧ぜよ」

秀次の指の先には即席の櫓《やぐら》が三つ並んでおり、それぞれの頂上に茶、白、黒の旗が風に揺れている。そして、秀次がおもむろに大きく扇子を振るったとたん、櫓の上から幕が下ろされた。

その幕には茶の銘柄が大書されていた。

客たちの悲鳴めいた声を聞きながら待っていると、秀次がまた声を上げた。

「では、全問ご名答のお人を呼ぶゆえ、前に出てこられよ。――まずは、千利休殿」

おお、と場がどよめく。

当たり前だ、と鼻を鳴らしながら前に出る。

「続いては、幽斎殿」

ふてぶてしい顔で現れた僧形の幽斎は、利休に訳ありげに笑みを向けた。恐らく、思いは同じだろう。幽斎もまた天下第一の風雅人として名が轟《とどろ》いている。

「そしてもう一人。策伝《さくでん》殿」

さくでん？

聞いたことのない名前だ。そのような風雅人がいただろうか。

小首をかしげていると、客たちの人ごみの中から、その影は現れた。

頭を丸めた僧形。墨染めの法衣を身にまとい、控えめに笑みを浮かべる青年は、まるで春に吹く風のような爽《さわ》やかさを秘めている。それに、目がいい。その若い身空でどうしてこのような、と嘆息したくなるほど、その青年の目は澄み切り、深い黒色をしていた。

薄く微笑んだままの青年は、幽斎や利休に深々とお辞儀した。

「策伝、と申します。本来ならば皆様とお話しできるような身にあらねど、本日はなにとぞお許しくださいますよう」

話しぶりも、まるで朝方の湖のように澄み渡っている。一種の老練さすら感じる。

「策伝殿、か。よろしく頼みまする」

利休が頭を下げた。

と、秀次は呆れ声を発した。

「なんぞ、結局当てることができたのはこの三人だけか。まったく、諸侯、もっと勉強なされ」

客たちからどっと笑いが起こる。

秀次は視線を客から残った三人に向けた。

「では、残り三人で、競っていただくことにしよう」

「競う?」声を上げたのは幽斎だった。「どう争えばいいのですかな」

「ああ、それは――」

秀次が目を泳がせた、その瞬間だった。

どこかから、ひょうげた声がした。

「こっから先は、わしから説明させてもらいまひょ」

庭の隅に立っている松の木陰から恭しい足取りで現れたのは、十徳に身を包む曽呂利だった。

な——！　曽呂利がここにいるのか！　ということはもしや。

「まさか、この会の取り仕切りをなさっておられるのは、曽呂利殿——」

「そやけど何か問題でもございまっか？」

「拙者に教えを乞《こ》うておりながらその後なんの話もなかったものですから、てっきり話が流れていたのだとばかり——」

「ああ、すんまへん。昔のことを思い出すうちに、細々としたことも思い出してきたんや。んで、天下の茶匠のお手をわずらわせるのも悪いなあ思て、あえてお声を掛けへんかったんや」

昔のこと？　引っ掛かるものがあったが、既に何かを問えるような時は過ぎていた。

「では、皆はんに、最後の趣向をご用意しまひょ。とは言うても、さっきまでとやることは変わっておりまへん」

「なんだ」幽斎は声を上げた。「お前にしては工夫がないな」

「幽斎の旦那ならそうおっしゃると思いましたわ。当然、趣向は用意してありまっせ。お三方に利き茶してもらうんは——」

　曽呂利は手を叩いた。

母屋の裏から傾奇者姿の近習たちが三方に茶碗を乗せてやってきた。やはり、茶、白、黒の茶碗だ。なんだ、これでは何も変わらないではないか。そう訝しみながら、茶碗の中身を見やった瞬間、利休は声を失った。

「こ、これは……」

幽斎も蒼《あお》い顔をしている。

伏し目がちにしていた策伝は、細い顎を撫でながら、へえ、と声を上げた。

「まさか、ほうじ茶とは」

茶碗の中には、茶色の液体がなみなみと注がれていた。

普通、茶は火にかけることなく葉を粉にしたものを湯とかき混ぜて点てる。しかし、ほうじ茶は、茶葉に火を通してから湯に浸して作るものだ。そもそも点て茶とはまるで作り方が違うし、火であぶっているために風味や飲み口も随分変わる。

「こん中に一つ、栂尾茶《とがのおちゃ》をほうじたもんが混じってるんや。それを当ててくれいう遊びや。どや、おもろいでっしゃろ」

栂尾茶というのは宇治《うじ》よりも歴史の古い茶葉の最高級品で、ちょっと茶にうるさい者ならば誰しもが筆頭に名を挙げる茶の名前だ。しかし、それゆえに栂尾茶のほうじ茶など飲んだことのある酔狂者など何人もおるまい。さしもの利休といえども、栂尾茶をほうじるなどというもったいない真似はさすがにしたことがない。少し香りを嗅《か》いでみる。しかし、香ばしさが立ちすぎて違いがわからない。これは香りだけでの判別はほぼできない。

「飲んでもよろしいですか」

そう申し出ると、曽呂利は目をくわっと見開いた。

「なんや利休はん、まさかさっきの闘茶は香りだけで見分けたんでっか」

頷くと、曽呂利は目を剝《む》いた。だが、どこか芝居がかっている。

「どっひゃあ。さすがやなあ。——でも、さすがの天下の茶匠もほうじ茶はあかんやろ」

言いぶりに腹が立った。

利休は適当に黒い茶碗を手に取ると、そのまま縁に口をつけた。その瞬間、何かが閃《ひらめ》いた。

利休は縁から口を離した。

「これだ」

場が今日一番のどよめきを見せた。

「ちょ、利休はん、困るんや。これ、皆で答えを出して競わせる体にするんやから。それに、他のものと飲み比べしなくてもええんでっか」

利休はぴしゃりと答えた。

「これしかありえませぬ。それに、これ以上、このような座興にお付き合いはしたくない」

声を上げた曽呂利は渋々といった体で、ぽつりと口を開いた。

「……ご名答や」

当たり前だ。心の内で、利休は吐き捨てた。

闘茶が終わった後、客には酒が振る舞われた。

とっぷりと日の暮れた中、人々が乱痴気騒ぎの中に身を沈めている。普段ならばこうなる前に場を辞すのがいつもの流れだが、なまじ茶会の主役になってしまった利休が途中で場を抜けることはできなかった。普段から付き合いのある人々や、顔も見たことのないような者たちが、いや今日の利休殿は神がかっておった、さすがは天下の茶匠だ、などと誉めそやしていく。その人々に応対しているうちに、この場を後にすることができずにいた。

明月を見上げぬ無粋ここにあり、か。

夜空にぽっかりと浮かぶ月を眺めながら、利休が下天に広がる馬鹿騒ぎに辟易していると、するりとある影がすり寄ってきた。

策伝だった。

「本日は真にありがとうございました。勉強になりました」

うやうやしく頭を下げる策伝には、まったく酒の匂いがない。

「飲まれないのですかな」

すると、策伝は真面目くさった顔をして頷いた。

「拙僧は修行の身ゆえ」

「ほう。しかしなぜ」利休は策伝の顔を覗き込む。「そのあなたが斯様《かよう》なところにおるのですかな。今のご時世、酒を飲まぬほど戒律を厳しく己に課しておられる方が、こうして享楽の場に身を置いているのが解《げ》せませぬが」

策伝は形のいい唇を蝶《ちょう》が羽ばたくかのように動かした。

「拙僧は己が生を変えたいのです。そう願うのならば、寺に籠り読経をしていてもなんら変わりはしませぬ。むしろ、進んで濁世に出、その中で己の生き方を変えるしかありますまい。そう思うがゆえのことでございます」

頭でっかちな気もするが、若さゆえの気概というものだろう。

とりあえず頷いていると、策伝は少し顔をしかめた。

「あの曽呂利なる男は何者なのです」

「拙者もさほどは知らん」

以前、四国討伐の際に堺で拾った鞘師だとのことだが……、それ以上のことを全く知らぬということに、利休は不気味さを覚え始めていた。

「あの男に興味がおありかな」

「いえ……」

策伝は黙りこくり、一つ頭を下げると利休から離れていった。

しばし一人で所在なく過ごしていると、人波の間を漕《こ》ぐようにして曽呂利が現れた。茶匠の格好を改めないままで、手には銚子《ちょうし》のつるを持っている。千鳥足でやってくるや酒臭い息をこちらにぶつけてきた。

利休は声に怒気を孕ませ、曽呂利にぶつけた。

「曽呂利殿、茶人の真似事はもう終わりでござる。その衣装は脱がれたらいかがです」

すると、曽呂利は上機嫌に利休の肩を叩いた。

「何を言うてまんねん。わしは茶人やで」

睨みつけても、曽呂利には響かないようだ。酒臭い息を吐きながら、利休の横で湯気を立て始めた茶釜に目を向けた。

「おや、利休はん、酒を飲まれないんでっか」

「これでも拙者は茶人。ゆえ、茶でも点てようかと思っておりましたところです」

「はは、さいでっか。——そや」曽呂利は手を叩いた。「わしが利休はんのために茶をお点てしてもよろしょうおすか」

「曽呂利殿が」

「闘茶の一等やのに、賞品を受け取ってくだはらんのが悪いんや」

　先の闘茶で勝ち残ったのを受けて曽呂利が『一等の賞品をお贈りさせてほしいんや』と口にした。だが、闘茶などという馬鹿げた茶への抗議の意味もあって申し出を強い口調で断った。

「どう悪いと？」

「いやいや、それじゃあ秀次公のお気持ちがおさまらんのですわ。秀次公の顔を潰さんためにも、是非わしの茶を受けてや」

　さすがに秀次の名前を出されてしまっては頷くしかなかった。

　乱痴気騒ぎの真ん中で、突如として曽呂利の点前が始まった。

　最初、利休は鼻を膨らませていた。このような鞘師風情《ふぜい》に何ができようかと。しかし、曽呂利が茶杓《ちゃしゃく》を持った瞬間、利休の背中に冷たいものが走った。

　細部にこそ神が宿る。師匠である武野紹鷗の教えだ。それがゆえ、茶杓取る手一つおろそかにしてはならぬ。体に鉄の芯《しん》を入れよ、とよく怒られたものだ。

　そんな師匠の姿と、曽呂利の姿がぴったり重なった。息を呑みながら曽呂利の所作を見据えている。だが、どの場面においても曽呂利にしくじりはない。茶釜の蓋を取るしぐさ一つ、柄杓を手に取り茶碗に湯を垂らす所作一つ、そして茶を練る動き。そのどれを取っても完璧《かんぺき》、いや、利休の思い描く完璧のひな型である師の姿すらも霞《かす》む。

曽呂利は茶碗を利休の前に音もなく置いた。

「どうぞ」

曽呂利が茶を勧めてくる。その姿すらも、かつて仰ぎ見た師匠の姿に重なる。

背中に冷たい汗を掻きながら、作法通りに茶碗の景色を楽しんでから、茶に口をつけた。香りの具合といい練り具合といい入神の域にまで達している。

縁から口を離した利休は思わず感嘆のため息をついた。

「曽呂利殿、一つお聞きしても。どこで、これほどの茶を学ばれたのですか。それに、これほどの茶の腕をお持ちになりながら、なぜ皆々に隠しているのですかな」

曽呂利は仕方なさげに肩をゆすった。

「ご質問が二つになってはりまっせ。……まあええ。じゃあ、まず一個目のご質問やな。わしの茶の師匠は武野紹鷗先生や」

ということは、曽呂利は兄弟弟子にあたることになる。しかし、このような弟子がいるなどと紹鷗先生は言っておらなんだが……。しかし、これほどの茶の腕ならば、武野紹鷗先生の薫陶《くんとう》を受けたとするのは逆に説得力がある、などと利休は小さく頷く。

「二つ目の質問や。なんで茶ができることを隠してるのか、って話やな。けど、これ、逆に考えてほしいんや。わしにとって、茶ができることをひけらかす意味はあるんかって話やな」

「それは、どういう意味ですか」

曽呂利は指を一本立てた。既にその顔には酒気は消え失《う》せている。

「わしはあくまで頓智話の曽呂利や。そないな人間が茶が得意、ってんじゃあ誰もわしの話を笑って聞いてくれなくなりますわ。そやろ、笑い話ってのは、肩の力を抜いて聞くもんや」

なるほど。確かにそういうものかもしれぬ。そう合点していると、曽呂利が冷や水を浴びせてきた。

「何より――。今の茶がつまらん。それに尽きますわ」

曽呂利はぎざぎざの乱杭歯を見せながら口角を上げた。利休を挑発するように上目がちに。それはまるで、深海に棲む顎の大きな魚が水面のはるか下から船の上の人間を睨んでいるようで、どこか不気味だった。

「聞き捨てなりませぬな」

怒気を発したが、曽呂利は微笑でもっていなした。

「おや、利休はんほどのお方が気づいておられないんでっか？　茶の懐が、かなり小さくなってしもた気がしてるで」

「小さくなった、のではない。小さくしたのです」

かつては下卑た遊びと化していた茶を、わずか四畳半のもてなしにまで引き上げたのだ。それはさながら、煮しめの作業にも似ている。汁を濃くするためにひたすら火にかけて水気を飛ばし、具にその味を染み込ませていく。そう、闘茶などというのは、その煮しめの際に飛んでいった水気のようなものでしかない。

しかし、利休の言を、いや、利休の茶を曽呂利は笑う。

「小さくした、でっか。それならそれでええんやけど」

「なんだ、奥歯に何か挟まったような言い方ではありませぬか」

「いや、ここんところ、利休はん、何かに怯《おび》えるように小さくなってはる。なんやろな思て」

拙者が？　何かに怯えている、だと？

「気のせいならええんや。でも、気のせいやないというんやったら――。ちょいと来た道を振り返ってみてもええんと違うかなあ」

来た道を、振り返る――？

「利休はん、堺の人間やろ？　でも、利休はんは忘れてはる。堺の人間の心意気って奴を」

曽呂利の言葉は、まるで羽毛のように柔らかく、剃刀のように切れ味が鋭い。

「――ほな、さいなら」

昏《くら》く顔を歪めた曽呂利は立ち上がり、乱痴気騒ぎの中に身を溶かしていった。

だが、残された利休はそれどころではなかった。

利休はひたすらに、自分の心中で疼《うず》く何かと闘っていた。

「おお、利休、待っておったぞ」

目の前に座る秀吉は満面に笑みを浮かべている。今日は随分とご機嫌らしい。

平伏した利休を前に、秀吉は鼻を鳴らした。

「そういえば、先に秀次が催した茶会、大盛況だったようだのう。聞けばあの曽呂利が取り仕切ったとの由。わしはたまたま出られなんだが、まったくあの男の頓才はとどまるところを知らぬ。うかうかしてられぬの、利休」

合わせて笑っておいたが、腹の底にある茶釜がくつくつと煮えている。

そんな利休のことなど知ってか知らずか、秀吉はのんびりと口を開いた。

「この前頼んだ茶室の件だがのう、どうじゃ、新しい茶室は考え付いたか」

利休は、自ら引いた大きな茶室の図面を秀吉の前に広げた。しかし、矢立を引き抜くや、その図面に大きくばつをつけた。秀吉の顔が曇る。

「なんじゃ利休」

「申し訳ございませんが、拙者には出来ませせぬ」

「お前はこの関白の命に応えることができぬ、そう申すのか？」

秀吉の目が眠そうに半開きになっている。秀吉がこの顔をするときは機嫌の悪い時だ。それを知りながらも、利休は秀吉をなだめようとはしなかった。

「出来ませぬ。拙者以外の者を立てられればよろしかろうと存じまする」

「ほう？」

顎に手をやる秀吉の額には青筋が立っている。白刃の上を歩いているような気分になる。しかし、それでも利休は折れなかった。

「大部屋で茶ですと？　茶は四畳半あれば充分にございます。天下人であれ町人であれ、人間の体は同じ大きさ。そして、もてなしは客と主人の二つだけで良いはず――」

秀吉は扇子を利休の方に力いっぱいに投げてきた。扇子が利休の頭にぶつかり、畳の上に転がった。まるで痛くない。むしろ、場に張りつめた空気の方がよほど痛い。

ほう。ほう。ほう。

何度も声を上げた秀吉は、ぬらりと立ち上がった。

「町人風情が馬鹿にしよる」

「そんなつもりは滅相も。されど、拙者には、四畳半の茶室を超えるものを造ることはできませぬ。もし設えたとしても、出涸《でが》らしのようなものでございましょう。この利休の名で世に出せるものではありませぬ」

拙者の作った茶は。

利休は心中で叫ぶ。

すべての無駄や虚飾を取り去った先にあるものだ。四畳半をさらに小さくすることはあり得ても、四畳半を広げることはありえない。たとえ天下人の命令であったとしてもだ。

なぜなら、美とは、権勢や世俗の権威をもそぎ落とした先にあるものだからだ。

そう、最初からこれが答えだった。

若い頃、いや、ごくごく最近まで、利休は己の正しさをつき通すだけの自儘《じまま》さを持ち合わせていた。だが、天下人の茶匠となったこと、「利心、休めるべし」、つまり、尖《とが》った心を丸めるべし、という利休なる名を拝領したことで、自分の中にあったはずの錐《きり》のような心を見失っていた。そうして今では、天下一の茶匠などという馬鹿げた号に、自分自身が縛られていた。

曽呂利の主催した闘茶会を目の当たりにした時に感じた怒りは、若い頃に持っていた、他人を斥《しりぞ》け傷つけるがゆえに心の奥底にしまい込んでいた激情そのものだった。

あの男に感謝しなくてはならぬのかもしれない。奴のおかげでもう一つ、階を上ることができたのかもしれない。

秀吉はそんな利休の思いなど知る由もない。ぎりぎりと歯を噛みながら、ひたすらこちらを睨んでくる。

「――わかっておろうな、利休」

「天下の茶人などという空虚な号になど未練はございませぬ」

「そうか、そうかの」

怒気を全身に浮かべながらもすとんとその場に座り直したきり、秀吉はまるで地蔵のように黙りこくってしまった。

「しからば、これにて失礼させていただきまする」

秀吉は何も言わなかった。だが、それを答えと取って平伏すると、利休はゆっくりと立ち上がった。

そうして踵を返したその時、秀吉がようやく口を開いた。

「――お前はわしに楯突《たてつ》こうというのじゃな」

言葉自体は明快だ。むしろ、利休の頭を掠《かす》めているのは、さらにその先のことだ。天下の茶人と誉めそやされる人間であったとしても、天下人の威光には逆らうことができない。天下人に収斂する今の御世にあって、天下人に疎まれるとはどういうことか。北条の例を引くまでもあるまい。遅かれ早かれ、見えざる手によってこの地位から弾かれてしまうだろう。

利休には確信があった。だからこそ、応じた。

「然《しか》り」

天下から弾かれたからといってそれがどうしたというのだろう。今の利休からすれば、天下など取るに足りないもののようにしか見えない。少なくとも、自ら歩んできた茶の道を曲げることなどできはしない。いや、何人《なんぴと》たりとも、この道を曲げることなどできはしないのだ。ならば、何を恐れる必要がある？

天下の茶人ではない。ただ独り、美の道を歩む人間にとって、天下など路傍の石ほどの意味もない。

利休には見えていた。天下を超越したところにある、遥《はる》かなる大道が。


秀吉の前を辞してから縁側を歩んでいると、曽呂利と行き当たった。

曽呂利は鮟鱇のような顔を嬉しげに歪めた。

どうしたのです？　そう水を向けると、曽呂利は何度も頷いた。

「いや、利休はん、なんだかすごく晴れやかなお顔やなと思て。なんかあったんでっか」

「――いや」

嬉しげな顔をしていただろうか。自分の頬を叩いた利休はわざとしかめ面を作った。

　すると、顔を曇らせた曽呂利は頭を下げた。

「――いや、すんまへん」

　突然脈絡もなく頭を下げられてどう答えたらいいものかと思案していると、曽呂利の側からその意味するところを語り始めた。

「この前の秀次公の茶会の件や。少々興が過ぎましたわ。利休はんもあんまりご機嫌ではあらへんようやったし。あのあと考えたんや。あれはさすがにあかんて。そやさかい、こうして謝るんや」

　利休は口の端から笑い声を漏らした。

「あれは拙者も大人げなかったと反省しています。――むしろ、今では感謝いたしております」

「どういうことでっか」

　顔を上げ、曽呂利は小首をかしげた。

　あの茶会。今にして思えば、あれこそが曇っていた眼を晴れさせてくれた機会だったような気がしてならない。秀吉の天下に委縮し、ただただ天下の茶人という号にしがみついていた自分を、茶の深奥を追求してやまない昔の自分へと引き戻してくれた。確かにあの闘茶は不快だったが、逆にあの怒りによって、自分の中でくすぶっていた思いの正体に気づいた。

そう、己は――。自分の茶を突き詰めたいだけなのだ、と。

「あなたのおかげで蒙《もう》が啓《ひら》けました。かたじけない、曽呂利殿」

呆気に取られた風の曽呂利を前に、利休は内心でほくそ笑んでいた。今、体中を包んでいるこの充実感は、ただ己だけのものなのだ。

しかし、曽呂利は首を横に振った。

「あきまへん、利休はん」

何を言われたのか分からず次の句を見つけられずにいると、曽呂利は悪戯《いたずら》っぽく肩をすくめた。

「利休はん、ここの暮らしが長すぎて、お言葉が尾張訛りに引きずられてまっせ。利休はんは堺の人間やろ？　やったら、こうして堺言葉を喋ればええんや。それが堺の魂ってもんや」

そういえば、しばらく堺言葉を喋っていなかった。そんな心の内すらも、もはや堺言葉ではなかったことに利休はとにかく驚いていた。拙者は、身も心も、言葉すらも天下に絡め取られていたのか、と。

だが、曽呂利は鼻を鳴らし、呆れ顔で利休を見やった。

「何にもわかっておらへんなあ、利休はん。あんた、大事なことを忘れてはりまっせ」

困惑していると、曽呂利は冷たい視線を容赦なく浴びせてきた。

「あんさんが秀吉はん、信長はんに近付いたんは何故や。思い出しや」

「茶をお教えするために決まって――」

「そやあらへんやろ」

曽呂利の黒目がちの目を眺めているうちに、利休は昔の記憶に引きずり込まれた。

納屋衆という恵まれた商家に生まれた利休が茶頭《さどう》として天下人の幕府、ついで信長に仕えたのは、大商人であった父の差し金だった。天下人の機嫌を取り、少しでも我が家が富貴に近づくような言質を取れ、そう言われた。だが、信長の幕下に入ってすぐ、父の言葉は一気に吹き飛んだ。信長の周りにいる天下一の茶頭たちに触発されるうち、茶の道の深奥を追求するのが面白くなって、気付けば堺のために働く、という目的を忘れてひたすらに茶の道に打ち込んでしまっていた。

「ようやく、思い出されたようやな」

息をついた利休を見やる曽呂利はにっこりと笑って頭を下げ、

「ほな、さいなら」

とひょこひょことした足取りで縁側の向こうへと吸い込まれていった。

その背中を目で追いながら、利休は、

「ほな、さいなら」

と返事をした。だが、その言葉の響き方は、かつて自分が使っていたはずの堺言葉とはまるで違う、借り物のような響きしかしなかった。

もう戻れはしない。もはや己は堺の人間ではない。天下の茶人、千利休や。

口の端で堺言葉をもう一度転がしてみたものの、もう、かつてのような発音はできなかった。

第四話　石川五右衛門の場合

「待て、待たぬと斬って捨てるぞ」

呼子を鳴らしながらやってくる連中の目は、闇夜の中でもわかるくらい血走っている。捕まるに任せても撫で斬りにされるはずだ。そもそも、捕まってやる気などない。懐をまさぐってある物を取り出す。三寸ほどの直径のある玉に紐《ひも》がくっついている。この紐に火をつけて地面に転がすと、けたたましい爆発音と夥しい煙が一気に湧き上がった。最近堺の貧民窟で出回っている毒草入りの煙玉だ。煙が目に入ればかなり痛い。

捕り方たちの悲鳴を背中に浴びながら駆けていた。

てめえらみたいな侍衆に俺が捕まるもんかと心中で吐き捨てながら走っていると、先回りしてきた連中が行く手を阻んだ。

「囲め囲め、皆で捕まえろ」

木枯らしのように駆けて前に立ちはだかる一団に迫り、蜻蛉《とんぼ》のように中空を舞った。

誰一人として手が届く者はいなかった。

唖然《あぜん》とする男どもを尻目にさらに駆ける。もう追手は巻いただろうと油断した、その時だった。

路地裏から、突然音もなく何かが飛んできた。

最初、それがなんなのか分からなかった。だが、甲高い音を立てるそれが足に絡まり締め上げられた瞬間に、ようやく合点がいった。忍びの武器、鎖だ。

なんでこんなところに忍びが？　そんな疑問が湧いた次の瞬間には、強力で路地裏にまで引っ張られていた。地面に倒れかかった形になりながらも腰から小刀を抜き放った。

「やめや」

そう口にする男が目の前にいた。

小刀を男に投げつけようと振りかぶった。だが、次の瞬間、その手も鎖で封じられた。見れば、後ろに鎖を操る覆面男が控えており、目の前にいる赤い羽織の男は両の手を胸の前で揉んでいる。

罵倒でもしてやろうと口を開こうとしたが、目の前の男が口を開いたことで、機先を制される格好になってしまった。

「まあ、静かにしたほうがええと思うで、ほれ、見てみい」

促されるがまま、裏路地の奥から表通りに目を向ける。槍を持った武士たちが砂塵《さじん》を舞い上げながら大通りを駆けていくところだった。目を血走らせる捕り方たちが離れてしばらくしてから、その男は口を開いた。

「あそこで騒いでいたら、たぶんあんた、今頃あん人たちに捕まってたで」

「どういうつもりでえ。ってことは、おめえらは捕り方じゃねえってことかい」

そう聞くと、闇の中にある男は大きく頷いた。

「そん通りや。わけあって名前は言えんけど、捕り方やない。それだけはわかってくれると助かるわ」

「じゃあなんで俺を捕まえる」

「そうやなあ。二つ理由があるんや。一つは――。今日、あんさんが盗んだ文箱。そいつを返しちゃくれまへんか」

今日忍び込んだのは、前将軍の足利義昭の屋敷であった。万石取りの大名だというからどれほどの重宝があるかと思いきや、屋敷の中には掛け軸一つない有様だった。かといって何も盗まぬのも気が引けて、奥書院の天袋の中に大事にしまってあった蒔《まき》絵《え》の文箱を盗んできた。

このような状態ではそもそも断ることはできない。うつぶせになったままで頷くと、後ろにいた覆面男が鎖を握ったままの手を差し出してきた。懐から文箱を出して押し付けるように渡してやると、覆面男は中身を改めた後目を細め、また赤い羽織の男の後ろへ下がった。

赤い羽織の男は顎に手を遣った。開いた口からは乱杭歯が覗《のぞ》く。

「あともう一つ。ある人を探しておんねん。で、あんたがその人や思たからこうして捕まえてみたんや。人違いやったらほんまに申し訳ないけど、あんた、石川五右衛門《いしかわごえもん》はんでお間違いはおまへんか？」

間違いはない。新都大坂で荒稼ぎをしている大泥棒の石川五右衛門である。

舌を打つ五右衛門に対し、男は続ける。

「武家屋敷を中心に盗みに入って、町人どもから結構な人気があるっていう義賊やな。あんた、とても義賊って面《つら》やないけど、お間違いあらへんやろ」

「間違いない、としたらどうしたってんだ」

義賊の呼び名は自分から言い出したことではない。武家屋敷ばかりを狙《ねら》って盗みをしているうちに、『弱い人間の処には忍び込まない泥棒の鑑《かがみ》』と持ち上げられているだけのことだ。今の世は、武家が一番財物を持っているだけで、もし商家が金を持っている世だったならそこに忍び込んだはずだ。

「お、ってことは、お認めなはるんやな。あんたが本物の石川五右衛門はんやって。――まあ、先ほどの大立回りからみてもわかるってもんやけどなあ」

男の勿体《もったい》つけた言いっぷりに腹が立ってきた。

「なんでおめえは俺を探してるんだ。どこぞの大名の差し金かよ」

「実は、あんたに頼みたい仕事があるんや」

「仕事、だと？　この俺に？」

「ああ、武家屋敷にぎょうさん忍び込んでるあんたにしか任せられへん仕事や。どうやろ」

断ることのできる空気ではない。いまだに五右衛門の右腕と足には鎖分銅が絡まっている。

五右衛門は胡坐《あぐら》を組んで小刀を手放し、腕を組んだ。

「こんなんじゃあ、そもそもてめえの掌の上だ。断ることなんてできねえだろうが」

「はあ、断らせる気なんておまへんし」

「悪党だな、あんたも」

「よう言われますわ」

けたけたと笑う男の目には狂気が滲んでいる。堅気のそれではない。いったいこいつは何者なのだろう、と疑問も湧く。

「まあ、あんたからしても悪い話やない。この仕事をこなせば、あんたの手元にはとてつもない金が入ってくるで。それこそ、十回くらい一生遊んで暮らせる金が手に入るんとちゃうかな」

一生遊んで暮らせる金だって想像するのが難しい。だというのに、目の前のこの男はその十倍の金が手に入るかもしれない、そう言っている。

「はん、とんだ与太話だな」

鼻で笑った五右衛門のことを、男は鼻で笑い返す。

「与太かもしれん。けど、美味しい話かもしれん。どや」

目の前の男を睨む。闇に遮られ、男の顔は見えない。

五右衛門の心中は半ば決まりかけていた。

実力者を侍らしているというのに、その者だけでやろうと考えていない、それほどの大仕事だということだ。大仕事ということは、危険を伴うということでもある。一匹狼の五右衛門からすれば自分の流儀には合わないが、いよいよ危なくなってきたらとんずらをこけばいい。それより、目の前に迫っているのは、今ここの危機だ。そして、この虎口を切り抜けるためには詭計《きけい》、詐術を以てするより他はない。

五右衛門は首を垂れた。

「わかった。あんたらの手足になろうじゃねえか」

「へえ、ようやく呑んでくらはりまっか」

「ああ。で、何をしたらいいんだ」

が、男は、首を横に振った。

「いや、今すぐに何をせえってわけやない。そのうち、あんたんところに使いをやります。そん時から、あんじょう働いてもらいまっせ」

五右衛門を縛っていた鎖が緩まった。

ようやく戒めから解き放たれた五右衛門は跳んだ。くるりと中空で一回転して、音もなく地面に降り立った。

「わかった、じゃあ今度な」

そうしてまた町に飛び出そうとしたその瞬間、五右衛門の背中に男の言葉が刺さった。

「逃げても無駄やで」

肘《ひじ》で脇腹を突かれたような心地に襲われた。だが、大坂は広い。富貴な者も多いが、そのおこぼれにあずかろうとやってきた貧乏人たちの吹きだまりもまた多い。そうやってできた貧民街はまるで風化した鍾乳洞《しょうにゅうどう》のように入り組んでいて、その闇の中に身を溶かしてしまえば探すのは難しい。

「ああ、逃げも隠れもしねえよ。――ただし、あんたらが俺のことを見つけられなかったら諦《あきら》めてくれよな」

お得意の飛びっくらで裏路地から表通りに飛び出した。あいつらが追ってくる様子はない。

　一生遊んで暮らせる金の十倍が手に入るかもしれない仕事と聞いて興味が湧いた。五右衛門とて人間だ。気にならないと言えば嘘になる。だが、虫のいい話なんていうのは眉に唾をつけて聞くべき話で、あんな危うい奴の口から聞いた話は一刻も早く忘れてしまったほうが自分のためだ。

　くわばらくわばら。

　五右衛門は指を舐めて眉を撫でた。

　二度と会うこともないだろう逆光の男の面影を思い浮かべながら、五右衛門は舌を出した。ざまあみろ、と。


　そんな変な男との出会いから三日後。五右衛門は大坂から離れていた。

　さすがに大坂はまずい、そう考えた五右衛門は、ほとぼりが冷めるまで、堺に逗留《とうりゅう》することに決めた。

　最近は世の中が良くないのか、どんな町にも粗末な小屋が軒を並べるようになった。そんな貧民窟の通りには、食うにも困っている連中が破れた筵を敷いてその上に横たわっている。中には病にでも罹《かか》っているのか皮膚がただれている者が打ち捨てられているも同然に倒れている。こういうところにこそ隠れる場はある、そう当てをつけて、饐《す》えた臭い漂う裏通りの道端に座っていたのだが——。

「いや、探したぞ」

声を掛けられた。

顔に見覚えはない。というより、何度見てもその顔を思い描くことができない。細面で目が細いということ以外に特徴らしい特徴を挙げることができない。陰気な感じもしないし陽気な感じもしない。背が高いでも低いでもなく、色が黒いでも白いでもない。そんなどこにでもいるような男だった。

誰だこいつは、と首をかしげていると、男は目を細めた。

「いや、三日前の夜に会ったであろう。ほれ、鎖分銅で縛り付けた」

あの時、変に訛った言葉遣いをする奴とは別に、五右衛門を鎖で縛り付けていた覆面の男がいた。姿を見ることができなかったが、そういうことか。

あの日の夜を思い出したその時、五右衛門はばねのように跳ねた。

本能だった。逃げなくてはならない、と体が判断した。

男のほうが速かった。五右衛門の両肩を摑んで強く制すると、初めて口角を上げて笑った。だが、その笑い方は作り物臭かった上、何より目が笑っていない。

「先の夜のことを何も学んでおらぬと見える。お主もそれなりに忍びの業を学んでおるようだが——、純粋な力比べでわしには勝てぬぞ」

彼我の実力の差を認めなければならないようだ。変なつぼを押されているのか、指一本動かすことができない。

またその場に座り直した五右衛門は、目の前の男を睨みつけた。

「なんでここにいるって分かった」

「大坂で一日探したものの見つからなかった。ゆえ、大坂から出ていると考えたわけぞ。しばらくほとぼりを冷まそうと考えるだろうから、きっと大坂にも程近い堺におるだろうという目算は立った、というわけだ」

「鋭いじゃねえか」

ひゅう、と口笛を吹く。しかし、そんな五右衛門の余裕めかした態度は次に続く男の言葉によって吹き飛ばされた。

「この町には、家族がいる。そうだな」

「なんで、そこまで知ってるんだ」

堺には嫁と妾《めかけ》と子供が住んでいる。

すると男は、作り物臭い笑顔をまた浮かべた。

「甲賀者《こうがもの》から逃れようなど無駄なことだ」

聞いたことがある。確か、甲賀というところには山から山に駆けてあやかしの術を用いる忍者の一族があると。確かに、あの鎖分銅の使い振りは俗謡に歌われる忍者のそれだ。五右衛門のようなけちな泥棒とはわけが違う。敵《かな》うわけがない。

「わかったよ。もう逃げも隠れもしねえ」

「いったいどういう風の吹き回しぞ」

「決まってらあ。あんたからは逃げられないって踏んだだけのことだ」

「正しい」

甲賀者を名乗った男は顎に手をやって頷いた。

名乗ったらどうだ、と五右衛門が促すと、一瞬虚を突かれたような顔を浮かべて、男は答えた。

「忍びに名前などなく、通り名のみを持っている。――わしは、黒風《くろかぜ》。甲賀の黒風」

「黒風、か。まあいい。あんたにはその名前しかないんだろ」

黒風は頷いた。

五右衛門は早速本題に入った。

「で、黒風。何をしたらいいんだよ、俺ァ」

「そうだな。差し当たっては――」黒風は何度も頷いた。「今日の夜、大坂にあるお屋敷に忍び込んでもらおうか」

「屋敷？　誰の」

「木村常陸介《きむらひたちのすけ》」

豊臣秀吉の甥であり養嗣子である秀次の付家老に当たる人物だ。このまま順当にいって秀次が次の天下人となれば、その下で権勢を振るうことになるだろうお人だ。そうでなくとも、現在十八万石を与えられた大大名である。

その屋敷に、忍び込めと黒風はいう。

「ほう、今をときめく常陸介の懐のものを奪おうって腹かい。悪くないな。たんまりと頂けそうだ」

そうほくそ笑んだ五右衛門だったが、呆れた、と言わんばかりにため息をついた黒風に思い切り否定されてしまった。

「いや、今回は盗みではなく、奴の屋敷にこれを置いてきてほしいのだ」

黒風が懐から出してきたのは、一枚の文だった。

「常陸介に文を届けるのが仕事ってか。そんなこと、あえて俺がやるべきことか――」

「話は最後まで聞いてもらおう」

黒風が言うところだと――。

この手紙は常陸介に宛ててあるらしいが、誰にも見られてはならない。蔵の奥にある文書用の長持にこれを忍ばせておけばよい……。

「なんだそりゃ」

「これは稽古《けいこ》ぞ。これしきのお使いで捕まってしまうようならば、そもそもこの仕事に適格とは思えぬ、ということ」

試されているってわけか。元々はねっ返りの性分が強いだけに、その手の挑発には弱い。

「舐められたもんだ。これしきの仕事、目をつぶってでもできるぜ」

「大きく出たな」

「そもそも、常陸介の屋敷には仕事で入ったことがあるんだよ」

金目のものが置いてある場所も知っているし、書類や文束が置かれている蔵の位置も知っている。普段は用のない、誰もいない蔵に忍び込んで、埃臭い中悠々と歩いて、長持を開いてその手紙を押し込めばいいだけだ。

「さっそく頼む」

黒風は手紙を差し出してくる。

ふん、と鼻を鳴らした五右衛門は、その手紙を受け取り、懐に収めた。

つまらねえなあ。

昼間、堺の表通りに筵を敷き、座り込んでいた五右衛門が生欠伸《なまあくび》を浮かべると、横に並んで座っている黒風がたしなめてきた。

「しまりのない顔だな」

「もう何日大名のところに忍び込んでると思ってるんだよ」

「かれこれ十日にはなるか」

「そういうことを聞いてるんじゃねえよ」

木村常陸介の屋敷に忍び込んだ日を境に、毎日のように大名家に忍び込む羽目になっている。その内実はといえば、お屋敷の文蔵に忍び込んで、黒風に渡された手紙を忍ばせておく、というだけの仕事だ。

この仕事には面倒な条件がついている。「決して誰にも見つかってはいけない」というのがそれだ。誰かに気配を感じ取られたら無理をせずとにかく逃げること、と厳命されているのだ。もっとも、歴戦の泥棒である五右衛門が大番役の連中に見つかったことなど一度もなかった。それこそ鼻歌まじりに忍び込むことができるというものだ。

と、こんな調子で結局十日あまり、様々なお屋敷に忍び込んで手紙を文箱や長持に投げ込んできたのであった。

黒風は表通りの往来を見やりながら、無感動に言った。

「しかし、本当に誰にも見つからないとは。さすが天下の大泥棒の面目躍如か」

「まあな」

五右衛門は鼻の下を指でこすった。

だが、それにしても――。

「おい、一つ教えてくんな」

「なんだ。わしでわかることならば」

「一体、お前らは何をしようっていうんだ？　毎日のように大名の屋敷に忍び込んで手紙を持ち込んでばっかりで、一向に物を盗もうとしねえじゃねえか。そんなんじゃあ全然金が入ってこねえじゃねえか」

すると、黒風は短く笑った。

「少なくともわしは金でこの仕事をしているのではない」

黒風は五右衛門から視線を外して、往来の向こうを見やった。人々が行き交う堺の町。そして、人々の喧騒と雑踏の波間に、貧民窟が現れては消える。しかし、以前よりもその雑多な町は確実に、そしてひたひたと広がっている。

ため息をついた黒風は筵の上で呟いた。

「この町も、随分と変わったな。わしがこの堺に流れてきたのは天正十三年の頃。あの頃はまだこんなに貧民窟が大きくなかった。だが、気づけば町を包んでしまいそうなくらいに大きい」

ああ。五右衛門は頷く。

貧民たちは堺の人間ばかりではなく、都の豊かさに魅せられてやってきた者たちもまた多い。そういった面々の元の素性を正していけば、秀吉が起こした戦の後始末によって先祖伝来の地から弾かれてしまった者たちや、秀吉に主家を滅ぼされて流浪を余儀なくされてしまった武士たちのなれの果てだ。

天下人への怨嗟《えんさ》の声が、あの貧民窟からは漏れ聞こえてくる。

「わしもまた、かつては貧民窟にいたのだ。故郷を追われ、貧民窟に身を溶かしていた。いや、貧民窟にしか居場所がなかった、と言ったほうが正しい。だが、それをあの方が手を差し伸べてくださった」

「あの方？　ああ」

あの日に逢《あ》った、あの男だろう。

「あの方のおかげで今こうして生きていくことができている。だから、わしはあの方についていくと決めた。ただそれだけのこと」

「そうかい」

あまり興味のある話ではなかった。

元が風来坊だ。主《あるじ》がどうの、恩義がどうのなどという忠義心はそもそも五右衛門には存在しない。昨日は面白おかしく生きてきた。今日も面白おかしく生きている。そして、明日からも面白おかしく日々を暮らせたらいいと考えている程度の人間だ。

『あの人のためならば死ねる』などとは口が裂けても言えない。

普段ならば馬鹿にするところだが、それができなかったのは、あまりに目の前の甲賀者の表情が真に迫っていたからだ。忍びも一皮むけば武士、とどこか他人事な感想を持っていた。

一方で、目の前の甲賀者がどこか羨《うらや》ましくもあった。

俺に信じるものなんてあるだろうか、と胸に手を当てた。主なんて存在を持ったことはない。駆け出しの頃に親分は持ったが、すぐに喧嘩《けんか》別れしてしまった。女子供なんてものはたまたま縁を持っただけで顧みることなんてありはしない。かといって、世間にたまにいる、「信じるのは自分のみ」なんていう奴ほどにはうぬぼれてはいない。

のんべんだらりと日々を過ごし、何を為《な》すでもなく、何を信じるでもなく過ごしている。そのことが、恐ろしいことのように思えてきて、肩が少し震えた。

「黒風。で、今日は何をしたらいいんだ」

話の方向を変えた。

黒風もまた話の方向を変えたいようだった。何度か頷いて続けた。

「そうだった。――では。お主は、石田治部少を知っておるか。かつて堺奉行をしていた男ぞ。元は近江の出身者で、秀吉の元であれよあれよのうちに出世して、今では博多奉行までやっておる」

　あまり聞かない名前の上、金のなさそうな肩書きでもある。今までの経験では、なんとか奉行と名のついた役についている人間の屋敷に大していい物はない。きっと実入りが少ないお役目なのだろう、と心の隅で同情をしているうちに、黒風は話を先に進めていた。

「その石田治部少の屋敷に、刀がある」

「刀だあ？」

「なんでも、秀吉から拝領したもので、治部が命の次に大事にしておるらしい。それこそ天下の名宝らしく、石田治部少も自慢して回っておる」

　売ったら数か月は遊んで暮らせる金が手に入るかもしれない。そうやって算盤《そろばん》を弾いている五右衛門に黒風が水を差してきた。

「その刀を盗んだ後、秀次公の屋敷の蔵に納めよ」

「はあ？　何言ってるんだよ。その刀、とんでもねえお宝なんだろ。秀次公にただでくれてやるなんてもったいないこと、出来るわけがねえだろうが」

　黒風は眉一つ動かさない。

「あの方は、稽古だとおっしゃっている。まだあの方は、お主のことを見定めているところなのだ。本当にお主が、言った通りのことをやる人間なのか、それとも口だけの男なのかを。そして、お主に最後にやってもらう仕事は、それほどの大仕事だということ。それをしかと心得るべし」

「へいへい」

とはいっても、そんなに難しい仕事ではない。

やるか。

五右衛門は立ち上がった。

すると、黒風は、言い忘れた、と口にした。

「今回は、わざと尻尾を出すよう。盗まれたと石田治部が気づくようにな」

数日の後、五右衛門は庇《ひさし》の作り出す闇の中に身を溶かしていた。

夜空にはぽっかりと月が浮かんでいる。これまでの経験でこういう日の方が盗みにはもってこいだということを知っている。月明かりのある日は大番役の連中は気が抜けている。なまじ明るいがゆえに気分もそぞろになってしまうのかもしれないが、五右衛門にそれを確かめるすべはない。

月明かりが柔らかな光で下天を照らす中、暗がりを選び、風のように石田治部邸の中を駆ける。

石田治部は戦下手だという。調べてみて知ったことだが、北条攻めの時に大軍を擁しながら支城の一つを落とし切れず、大将の面目を失ったということがあった。その前評判の通り、治部の屋敷にはこれといった武士はいないようで、見廻《みまわ》りをしている者も槍働きよりは筆を持つ方が似合いそうな連中ばかりだった。

縁側から床下に入り込む。真っ暗だがここに見廻りはやってこない。音さえ立てなければなんということはない。仮に音がしたとしても猫か何かと思って相手にもすまい。

昼の間に黒風から差し入れられたこの屋敷の図面を思い起こしながら、五右衛門はひたすらに目的の場所へと進んでいく。

母屋を抜けた先にある離れの間だ。

離れの屋根は瓦葺《かわらぶ》きなのか月の光を照り返している。その建物の入り口を見れば見張りの兵が二人立っている。もっとも、二人とも壁にもたれかかりながらうつらうつらとしている。

音もなく離れに近寄った五右衛門は梟《ふくろう》の如く一足飛びで屋根に上がり、瓦を幾つか外して出てきた板目の隙間に錣《しころ》を差し入れた。音がしないよう、ゆっくりとすこしずつ引いていく。しばらく格闘していると、音もなく板が取れた。そうしてできた犬が通れるほどの隙間から天井裏に入り込み、梁の上に座った。天井板を少しずらして下の様子を眺める。人の気配はない。

音もなく、五右衛門は下に降り立った。

そこは書院造の部屋だった。ひどく小ざっぱりとして、あまり装飾もない。そのくせ本の類はいくつも棚に収まっていて、この部屋の主の人となりが映されているかのようだった。泥棒稼業をしていると部屋を見るだけで住人のことがわかるようになる。この部屋を一望した時、五右衛門はこの部屋の主のことを好きにはなれないことを悟る。もっとも、向こうとて泥棒と仲良くする気はないだろうが。

床の間を見ると、月明かりの中、刀架に収まる一振りの刀に目が行った。しかし、これは違う。

黒風からはこう聞いている。

『大した造りではない、黒塗りの拵《こしらえ》をした刀だ。しかし、抜いてみれば名刀であることはすぐにわかる』

床の間に飾られている刀はごちゃごちゃと装飾された太刀拵の刀だ。まるで目的の刀とは違う。だが、一応抜いてみる。どうやらこの刀は戦場で使っているらしく刀身に真新しい傷がある。悪い刀ではないが、このような刀、あえて盗む価値もない。

天袋の戸を開く。すると、中には何振りもの刀があった。金糸刺繍がなされた刀袋に入る刀、禁色《きんじき》の刀袋に入る刀……そんな刀が無造作に入っていた。どれも名刀だろう。しかし、目的のそれとは違う。

別のところを探し始めたほうがいいだろうか、と思い始めたころ、その棚の奥から、一振りの刀が出てきた。

金糸刺繍がなされた刀袋に入っていた刀は、黒く染めた鹿革を菱巻きにした、よく言えば武骨、悪くいえば貧乏くさい拵に収まっていた。足軽の差料と言われても頷ける。こんなもの自体が金糸刺繍の刀袋に入っていることからしてほぼこれが例の刀なのだろうが、ここで間違いを犯すわけにもいかない。

ゆっくりと刀を抜いてみた。

と――。

しゃらら、とまるで竜が嘶《いなな》くような音がした。

鞘走りの音は褒められたものではない。刀と鞘が合っていないからだ。いい鞘であればあるほど、刀を抜いた時に音がしない。だが、この刀は違う。ゆっくりと抜いたにもかかわらず、これ見よがしに鞘が鳴いた。

刀身が露わになった瞬間、思わず五右衛門は息を呑んだ。

欠陥品の鞘に収まっているというのに、五右衛門とて見たことのないような冴《さ》えを誇る名刀だった。本当にいいものというのは、そのもの自体に圧があり、周りを呑むような空気をまとっている。この刀はまさしくそれだった。刀の放つ気に当てられそうになった五右衛門は、その刀身を不似合いな鞘に納めた。乱暴に扱ったつもりはなかったが、また鞘が大鳴きした。

なんだ、これは。

不恰好な鞘に収まる名刀。あまりに歪《いびつ》、これでは刀が可哀そうだ。もっといい拵に包んでもらわなければこの刀も浮かばれない。ぼろをまとわされた貴人のようだ、と独り言ちたものの、鞘の漆塗りを見やって驚いた。素人が見れば漆をただ塗りつけただけに見えるだろう。だが、目が肥えている五右衛門にはわかる。鏡のように磨き上げられた鞘には並の職人では真似できない業前が込められている。だというのに、不思議と一流品を前にした時の気品や仕事ぶりを感じさせないのだ。

馬鹿なことをしやがる奴がいる、と鼻を鳴らした五右衛門だったが、その考えを頭から振り払って刀を刀袋の中に納め、物色した形跡もそのままに天井に跳び上がった。


店先の長縁台で団子を齧った黒風は、一言、ぽつりと言った。

「大したものだ」

その口振りの割に黒風の顔は眉一つ動かなかった。笑うことを忘れてしまって筋肉が委縮しているのではないか、そう疑いたくなるほどだった。

黒風とは互い違い背中合わせに座り、町の往来を眺めながら団子を齧った五右衛門は頷いた。

「そうかい」

「ああ、石田治部の屋敷から刀を奪ってきて、秀次公のお屋敷に隠してくる。これほどの難事を果たすとは」

五右衛門は流れゆく堺の往来に向かって石を投げた。商人風の男の足元に転がって行った石は、続く人の爪先に蹴飛ばされ右へ左へ転がっていった。しかし、そのうち人々の雑踏の中に消えていってしまった。

「武家屋敷っつうのは案外忍び込むのが楽なんだ。お屋敷の広いところなんて特に」

「そういうものか」

顎に手をやった黒風は、しばらく何かを思案しているようだった。いや、表情の読めないこの男のこと、存外何も考えていないのかもしれない。

しばらくして、黒風は口を開いた。

「――あのお方から、お褒めのお言葉があった」

「本当か」

「ああ。次はついに本番、とのこと」

十回くらい一生遊んで暮らせる金が手に入る仕事。本当ならそんな危ない橋は渡りたくなかった五右衛門だったが、ここまで来てしまえば逆に怖いものなど何もない。お釈迦《しゃか》様から腕輪を盗めと言われてもやるだろう。

黒風はこちらに向いた。

「お主に忍び込んでほしいのは――大坂城」

「お、大坂城!?」

思わず声が上ずったのを黒風がたしなめる。

「声が大きい」

「だ、だがよう、冗談でもそんなことを言えば――」

「冗談ではない」

だとすりゃあ――。心中で五右衛門は呟く。これは謀反だ、と。

大坂城といえば、この国の主である猿面冠者《さるめんかんじゃ》、豊臣秀吉が棲んでいる。そこに忍び込んで何かを盗めというのだ。

だが、よくよく考えてみれば筋が通っている。これまでずっと大名のお屋敷ばかり忍び込まされ、そのお屋敷の宝に手を付けてはならぬと厳命されていたのだ。大坂城に忍び込むための肩慣らしだったと考えれば辻褄《つじつま》が合う。確かに大坂城ならば、目玉が飛び出るような天下のお宝が眠っていることだろう。

にわかに話が大きくなってきた。

「だがよう」五右衛門は顎の下の汗を拭いた。「どうやって忍び込むってんだ。大坂城は他の連中の屋敷とは違うぜ、その辺わかって言ってるんだろうな」

天下の堅城というのは、建物としての威容のみを言うのではない。そこに集う武士たち、そして、主君を守るのだという思いが天下の堅城を堅城たらしめている。

実を言うと、五右衛門は一度大坂城に忍び込もうとしたことがあった。五右衛門にもまだ向こう見ずな頃があって、度胸試しのつもりだったが、蟻《あり》一匹通さないような大番役の網に阻まれて、結局何も盗めずにすごすご帰った苦い記憶がある。

五右衛門の言を黒風が一蹴した。

「安心せい、手はある。楯を知っておるか」

「当たり前だろ。使ったことはねえけどな」

「よい楯は何でも防ぐ。矢でも刀でも槍でも。だが、もしその楯に亀裂が入っていたらどうだ。そして、その亀裂の一番弱いところを知っていて、そこを正確に突く力があるとしたら」

言わんとするところを考えるも、導き得る答えは一つだった。

「つまり、大坂城には大きな亀裂があって、あんたはそれを知っている、ということか」

「然り」

黒風は頷いた。

しかし、五右衛門はこれ見よがしに顔をしかめてみせた。

「解せねえな。だったらあんたらだけでやればいいじゃねえか」

仲間が増えれば露見の危険性が増すばかりか分け前が減る。もちろん、こいつらが本当にこっちに分け前をくれるかといえば怪しいところだが、これだけの大仕事を前に信頼できぬ外の者を加えるというのは不自然だ。もしこの話が漏れたりしたら千載一遇の機会を逃すことになる。

黒風は首を横に振った。

「いや、これはお主にしかできぬ」

「何を言うんだか。あんた、忍びだろう」

「実際の忍びというのは世間に流布しているそれとは随分開きがあってな。忍びはまるで人間にあらざる生き物のように語られておるが、実際のところは、普通の武士が扱わないような武器の使い方に秀で、獣道の発見と利用によって山道を駆け、山に自生する毒草、薬草の種類を見分ける程度の能力しか有しておらぬ。お主のように気配なく屋敷に忍び込むことなどできぬ」

ほう。五右衛門は鼻を鳴らした。

「つまり、俺が必要だってわけかい」

「だからこそ、この件が成功した暁には、お主に分け前を用意するつもりだ。あの方もそうお考えのことだろう」

今まで、自分の力を必要とされたことなんてあっただろうか。そんな場面を思い出すことがどうしてもできなかった。

これまで、ずっと自分は爪弾《つまはじ》き者だった。あてもなくふらふらして喧嘩三昧《ざんまい》の泥棒三昧。こんなんでは駄目だと思い返して職人の真似事をしてみても生来の飽き性のせいで数日後には泥棒稼業に戻っていた。性質《たち》が悪いことに、どうやら泥棒稼業に天性の才能があるらしかった。他の人間に誇りようもない才覚を必要としてくれる人など、これまで現れるはずもなかった。

ようやく五右衛門は気づいた。もう、こいつらからは逃げられないのだと。一度他人から必要とされてしまった瞬間に、鎖などよりもはるかにやっかいなもので足を縛られてしまっているのだと。

悪くない。

自然と言葉が漏れた。

「いいぜ。やってやろうじゃねえか」

「かたじけない」

心なしか背中の黒風が微笑んだように見えたのは五右衛門の気のせいだっただろうか。

「で、どうやって盗みに入ればいい？」

「――そうだな」

そうして黒風は、五右衛門の前で策を披露した。


それから数日後のこと――。

闇夜に身を隠した五右衛門は大坂城の外堀の縁に立っていた。幾重にも張り巡らされた堀の向こうにそびえる天守閣。雲に隠れているのか月は顔を出さない。眠りに落ちた大坂の町、そして城。その風景の中に、五右衛門は身を溶かしていた。堀を見る。微風に誘われた水面には波紋が立っている。どす黒い水の底はまるで見えない。

この堀、本当に歩けるのかよ……。信じていないわけではないが、黒風の言っていたことが疑わしくなるのもまた事実だった。

『外堀には一か所、膝程度の深さしかないところがある。そこを歩いていけば、誰にも気づかれずに大堀を突破することができる』

黒風曰く、この浅瀬はいざというときに物資を秘密裡に運んだり、外との連絡を取る際に使うものらしい。これは城中でも限られた者しか知らない機密だという。そりゃそうだろう。もしこんなことがおおっぴらになれば大変なことになる。

五右衛門はあたりを見渡した。すると、堀のほとりに、赤く塗られた小石が置いてあった。

そう、これも黒風に言われていた。

『場所がわからなくなる恐れがあるゆえ、目印を置いておく』

と。

どうにも信用ならない。目の前に広がる大堀の底は全く見えない。その辺の石を摑んで投げてやっても、宵闇《よいやみ》と濁った水のせいで深さが判然としないのだ。

ほとりから身を乗り出して、足を恐る恐る差し入れてみる。足裏、踝《くるぶし》、ふくらはぎ、そして膝。ちょうど水面が膝に達した瞬間、足先が何かを捉えた。足を伸ばして足裏で感触を確かめる。

一気に堀の中に立ち上がった。

黒風の言うとおりだった。深いかに見えた堀も、ここだけは膝くらいの深さしかない。

出来るだけ水音を立てないよう、すり足で五右衛門は歩き始めた。ここは見張り台からも遠い。気づかれた様子はない。

大堀を突破した五右衛門は石垣をよじ登り、難なく城中に忍び込んだ。

五右衛門は黒風の言葉を思い出していた。

『堀を抜けて石垣をよじ登ったら、壁を右手にしてしばらく歩け。そこから最初の分かれ道を右に入り、その次を左、その次を右に曲がり、そのまままっすぐ歩く。さすれば、見廻りどもに見つかることはない』

ややこしい道のりだが、黒風からは紙に写し取るなと厳命されたゆえ、必死に覚えた。言われた通り、石垣をよじ登ったところには白壁がそびえていた。その壁を右手に歩いた。するとすぐに右に折れる場面が出てきた。黒風の言うとおりに曲がる。

五右衛門は首をかしげた。黒風ってえのは何者なんだ?

この順路は見廻りの連中をかわすためのものらしい。ということは、黒風は大坂城中の巡回手順をすべて知っていて、その裏をかくような侵入路を考えたということになる。ということは、黒風は大坂城の人間とある程度つながりがあって、そうした秘密を手に入れている可能性があるということだ。むしろ、大坂城内部に手引き者がいるのかもしれない。

言われた通りの道を歩いている間、一度も見廻りに行き当たることはなかった。

黒風に言われた通りに進んでいく。そうして気づけば誰にも見つかることなく三の丸、二の丸を抜け、ついには本丸に至った。

さっきまでは遠景に見えていた天守閣が、こちらを押し潰さんばかりの巨体でそびえている。

五右衛門の心中はといえば静かなものだった。うまくいきすぎていて気持ちが悪いくらいだったが、その気持ち悪さに気後れするほど五右衛門は肝が小さくはなかった。だが、気になることといえば……。

本丸から天守閣までのことは何一つ分からない。

これについては、黒風からも詫《わ》びがあった。

『すまぬ、どうしても本丸の詳細はわからぬ。見廻りも日によって順路を変えておるようだ。よって、そこから先はお主の腕に頼りたい』

今までの仕事にも手引きなどない。結局は自分で切り抜けるしかなかった。

本丸を抜けるのは大して難しいことではない。

どこの屋敷も大抵の造りは一緒だ。それに、武家屋敷には奥がある。奥に忍び込めばいい。女房衆や女官しかいない奥は、女人しか入ることができないというその性質上、見廻りも手薄だ。そしてたいてい奥の場所は天守閣のすぐ近くと相場は決まっている。

警備の切れ間を狙って本丸御殿の床下に滑り込んでずるずると奥に進んでいく。真っ暗な床下をしばらくうつ伏せで進むうち、御殿一帯を抜けた。

さて――。

五右衛門は天守閣を見上げた。

黒風はこう言っていた。

『天守閣には秀吉公の集めた財物が多く眠っている。名刀宝玉金銀珊瑚《さんご》なんでもござれ。しかし、今回狙うのはそんなものではない。お主は〝千鳥の香炉〟を知っておるか』

知らん、というと、黒風は注釈を加えた。

『かつては信長公のもとにあったという香炉。蓋を開くとき、千鳥が鳴くような声がするゆえ名がついたという。信長公のお気に入りだった様子。それを盗んできてほしい』

五右衛門は数寄に対する理解がない。小さな香炉一つを有難がる人間の気持ちなどわからないが、それが高値で売れるのならば別だ。さして黒風もこれ以上のことを口にはしなかったが、きっとその千鳥の香炉とやらを欲しい人間が山ほどいて、売れば結構な金になるということなのだろう。

天守閣は宝物庫のごとくになっているという。となれば、大番方の目は実に厳しかろう。

血が騒ぐ。

難攻不落の蔵を破ろうとするとき、五右衛門の心中に芽生えるのは泥棒の矜持だ。薄汚れていても矜持は矜持。泥棒として、何が何でもこの蔵から宝を奪ってやろうという気持ちになる。

物陰から天守閣の様子を見やる。その膝元には見張りの兵たちが立っている。やはり門周りを厳重に守っているようだ。

見張りたちには死角がある。わずか一点の小さなものだ。しかし、その中に体を滑り込ませることができれば。そのためには、ほんの一瞬でもいい、見張りたちの意識がどこか別の場所に飛んでくれればいい。祈るような気持ちで五右衛門は機会をうかがう。しばらく息を潜めていると、天佑《てんゆう》は向こうからやってきた。

見張りの交代らしく、向こうから四人ほどやってきた。

機だ。人が増えれば増えるほど目は増える。だが、不思議と意識そのものは散漫になるものだ。

その一瞬を五右衛門は見逃さなかった。見張りたちが交代をしているその間に五右衛門は物陰から飛び出して駆け、死角に滑り込んだ。

「おい、今何かが横切らなかったか」

見張りの一人から声が上がり、物陰に隠れる五右衛門の心音がこれ以上なく高鳴っている。

しかし、他の見張りたちが、

「いや、見えなかったが」

「見間違えたんじゃないか？　それとも、猫じゃないのか」

と賢明な見張りの言を否定し始めた。そして最後には、言いだしっぺすらも、

「ああ、そうかもしれない。ちょっと疲れているのかな」

と己の言を引っ込めた。

胸をなでおろす。あいつらの目が節穴で助かった。死角の中で冷や汗を腕で拭いた五右衛門は懐から鉤縄《かぎなわ》を取り出した。音もなく屋根にひっかける。手ごたえを確認するやするすると上って屋根に立った五右衛門は、屋根の上を音もなく歩いて、窓から部屋の中を覗き込んだ。

中には見張りが何人かたむろしているようで、明かりがゆらゆらと揺れている。

ここからは入れない、と。

鉤縄をまた使って第三層に上がる。しかし、第三層にも見張りがいるようで、今度は四層に上る。しかし、そこにも人がいる様子だった。

そうしてついに最上層に上がってしまった。最上層は欄干がある。その欄干に手をかけて中の様子をうかがう。誰もいないようだ。

欄干をひょいと跳び越えて、中に入った。

そこは板敷の一間だった。

月明かりに照らされたその部屋は、さながら極楽のような光景だった。板敷の床には毛の長い敷物が敷かれている。南蛮渡来の品だろうか。その敷物の上に四脚の机が

置かれていて、球状の地図の置物が置かれている。なぜ平面であるはずの地図がわざわざ球状にされているのか、それにこの地図が何を表しているのか、五右衛門にはわかりかねた。そして部屋の隅にはやはり南蛮渡来のものなのだろう、見たこともないような装飾がされた簞笥《たんす》や家具類が置かれ、その上に宝刀や金銀細工が所狭しと置かれていた。

五右衛門はふと、椅子に座って欄干の向こうに広がる景色を見やってみた。今は夜だから何も見えないが、昼間ともなれば大坂城、大坂の町、そして堺や海まで見渡せるはずだ。

春の宵は値千両、ならばこの景色はどうだろう。世間の連中をひれ伏させて、珍宝に囲まれて見るこの光景は値万両、万万両ではないか。

わけのわからない感傷に浸っているわけにもいかない。椅子から立ち上がった五右衛門は仕事を始めた。

この部屋のどこかに千鳥の香炉があるはずだ。なぜこの部屋に見張りがいないのか。事実上の宝物庫ゆえに見張りと雖《いえど》も足を踏み入れるのを禁止されているからだろう。見張りは唯一の入り口を封印して守りとしている、そう見た。

勘は当たった。

意外なほどすぐに、目的のそれは見つかった。

蓋の持ち手に千鳥があしらわれている小さな香炉。しかし、両手に収まってしまいそうなその香炉に、恐るべき力を感じる。これが天下の名品か。思わず取る手が震えるくらいだった。とはいっても五右衛門にものの良し悪しはよくわからない。これが千鳥の香炉であるという証拠はない。

確か、黒風が、『蓋を開けるときに千鳥の鳴き声のような音がする』って言っていた。

ここまで来て間違えるのも寝覚めが悪い。蓋をひねった。

瞬間、けたたましい音が香炉から響いた。

かなり大きな音が出てしまった。確かに千鳥の鳴き声のような音がした。だが、まさかこんなに音が大きいとは。もしかすると香炉の中で音が反響してしまったのかもしれない。

そうやっておたおたしている間に、下が騒がしくなってきた。

上から音がしたぞ。

まさか、あそこに忍び込めるはずが……。

見に行くぞ。

足音が階下から聞こえる。

まだ五右衛門は諦めていない。千鳥の香炉を小脇に抱えて天井裏に跳び上がり、天井板を少しずらして下の様子をうかがう。しばらくすると観音開きの戸が開き、見張りが部屋の中に足を踏み入れた。三人一組でやってきた連中は、あたりをきょろきょろと見渡して、「何か大事ないか」「いや、特に人の影はない」「気のせいか」などと言いながらも部屋の中を見回り始めた。

これでやり過ごせば俺の勝ち、か。

ふう、と息をついた、その瞬間だった。

懐に忍ばせていた千鳥の香炉がひとりでに鳴いた。さっきのとは比べ物にならないほど、大きな声で。

五右衛門がしまったと思った時にはもう遅かった。

「曲者《くせもの》！」

見張りの兵の一人が天井に槍を繰り出してきた。その槍が天井板を穿《うが》ち、割れた。天井板と一緒に五右衛門もぐらりと身を崩し、床に向かって真っ逆さまに落ちていった。

「まったく、ざまあねえなあ」

澄み渡る空を見上げながら、五右衛門は嘆息した。しかし、そうやって嘆息をするたびに後ろ手に縛られた腕が痛む。

「すまねえな、しくっちまった」

声をかけると、横にいた黒風は首を横に振った。黒風もまた五右衛門と同様に後ろ手に縛られ、髷も結わしてもらえずにその場に座っていた。その姿は白装束だ。

かまわぬ、そう黒風は言った。

「わしはお主にすべてを賭けた。となれば、しくじればこうなるのは当たり前のこと」

従容《しょうよう》としたもんだと口の端で呟く五右衛門は苦々しい思いの中にいた。

千鳥の香炉を盗んだかどで捕まった五右衛門であったが、話はそれだけにとどまらなかった。天下の大坂城に忍び込むからには内通者があるはずだし、仲間もいるはずだ、ということになったらしい。苛烈な調べの中、黒風は縛《ばく》を受け、極悪人の習いで嫁や妾、年端のいかぬ子供までも捕まった。

今日は〝極悪人〟石川五右衛門一味の処刑日だ。

人々が河原に集まっている。皆、天下の極悪人の面を拝みに来たようで、目をらんらんと輝かせて、竹矢来にすがりつくようにしてこちらに目を向けている。非難する気にもなれない。五右衛門だって子供の頃、処刑された極悪人の首に石を投げつけて遊んでいたくちだ。因果応報もまた、世の習いだ。

五右衛門はあることに気づいた。黒風の縁者がいない。

「ああ、わしには縁者などない。悉《ことごと》く死んでおる」

そういう時代だ。仕方がない。

黒風はわずかに目を伏せた。

「お主には本当に悪いことをした」

「どういうこった？」

「お主にすべての罪をひっかぶってもらうことになる」

「――ああ」

いつぞやに出会った、黒風の主のことを思い浮かべた。たった一度しか会っていない上、闇の中でほとんど顔かたちも覚えていない。この件の首謀者が誰かと問われれば、間違いなくあの男であったはずだがあの男は一切表に出てくることはない。本来ならここで最初に処刑されてしかるべき男は今、ここにはいない。

「一つ、聞いてもいいかい。あの男は何者なんだい？　あんたが庇《かば》い立てするほどすごい男なのかい」

しばし考え、黒風は答えた。

「わからぬ。ずっとわしはあの方についてきたが、わしとてあの方の行く先がわからん。結局何をしたいのかもな。もしかするとわしは捨て駒にされたのかもしれぬ」

だが。黒風の目は澄んでいた。

「わしは、あの方のもとで働けて幸せだった」

あんたはいいだろうよ。でも俺はどうする？　お前らの悪事に加わっちまったばっかりに一族郎党を地獄送りにしちまう俺はどう折り合いをつけろってんだ。そう心中で悪態をついた。

と、ふいに処刑を見守る人々の中から悲鳴にも似た声が上がった。

声の方向に向いた瞬間、思わず五右衛門は声を失くした。

五右衛門の視線の向こうでは大釜に火がくべられている。釜茹《かまゆで》で処刑されるらしい、というのは獄卒から聞いていたが、その釜の中に注ぎ込まれているものはさすがに意外の一言だった。

釜茹でと言えば湯で行なうものだ。しかし、その釜の中に落とし込まれていたのは、金色の液体だった。

ありゃあ——。

「油、か」

ぽつりと黒凪は言った。

さぞ熱いことだろう、という感想を尻目に、黒凪は皮肉っぽく続ける。

「余程我らが憎いと見える。あれだけの油を使えば相当の高値になるだろうに。まったく、豪奢な処刑があったものだ」

しばらくすると、釜の中に満たされた油がくつくつと音を立てはじめた。そして、それを見計らうように、赤い柄物の肩衣を着た偉そうな侍が立ち上がり、奉書を読み上げ始めた。

「右、石川五右衛門は畏れ多くも太閤殿下にご危害を加えんとし、大坂城に忍び込みたる罪、まことに不届き千万」

「ちょっと待てよ！　俺ァ秀吉なんざ狙って……」

横の黒風がたしなめた。

「気にするな。どうせ死に行く定め。ならば、何を言われてもよかろう。そもそも大坂城に盗みに入った時点で捕まればこうなるのは分かっていたろう」

「まあ、そりゃそうだが」

「愚痴はあの世で聞く」

それにしても、やってないことまで「やった」と言われてはたまらない。

だが、そんな五右衛門たちなど歯牙にもかけず、侍は奉書を読み上げ続ける。

「……よって石川五右衛門、その一味、ならびに一族は釜茹でに処す」

後ろに立つ処刑人が五右衛門を立たせ、見物人たちの近くに据えられた釜の前まで引っ立てられる。

処刑人に連れられるがまま、釜のそばに立った。飛び込みやすくするために即席で階まで作ってある。その階段を一段ずつ上がっていき、頂上に立った。多少見晴らしはいい。竹矢来の向こうにいる野次馬たちや警備の侍の姿もよく見える。だが、あの日、大坂城で見ることのできなかった景色の方がよほど絶景だったろう。思えば、未練らしい未練といえば天下一の大坂の町を己の目に焼き付けられなかったことだけだった。

真下を眺めれば煮えたぎる油地獄。そして、竹矢来の向こうから投げかけられる視線は落ちろ落ちろと急《せ》いてくる。

ふざけんな。五右衛門は野次馬への怒りを込めて、即興で歌を詠んだ。

「石川や　浜の真砂は　尽くるとも　世に盗人の　種は尽くまじ」

てめえらだって一つ間違えれば俺みたいになっちまう。天下人の機嫌を損ねりゃ、てめえだってこの油の中にどぼんだ。そんなはねっ返りを込めた歌のはずだった。

だが、見物人の中から、大きな囃し声が一つ、湧いた。

「ええ歌やなあ。じつにええ。天下の大泥棒、石川五右衛門らしいどでかい気宇の歌や」

見物人の一人が発したその言葉をきっかけに、見物人たちはどっと騒ぎ始めた。天下の大泥棒、石川五右衛門！　五右衛門、五右衛門、五右衛門！

大番役の侍衆たちもそんな歓声にどうしたものかわからないようで、おたおたとしていた。

見届け人であろう、侍の、

「はやく五右衛門を処刑せい」

という怒声に押されて、五右衛門を釜の中に突き落とした。

熱い、痛い、苦しい。

地獄の湯とはこれほどに苦しいものか。全身のただれる痛みと闘いながら五右衛門が今際《いまわ》の際《きわ》に見たものは、鮟鱇のような顔をした醜男が満足げに手を叩き、踵を返して人々の波間に消える、そんな光景だった。

第五話　豊臣秀次の場合

「恐縮でございますが、御前に置かれましては腰の物をお預けになられますよう」

あまりのことに豊臣秀次は声をなくしたものの、怒りのあまり震える唇を結び、努めて冷静に応じた。ここは殿中、喧嘩騒擾《そうじょう》があってはならない。夜の町のように静まり返り、端が霞んで見えないほどに広い殿中の中で、秀次は声をさらに潜めた。

「大の刀は既に預けてあろう」

しかし、取次役である石田三成は引き下がらず、秀次の腰を指した。

「そのお腰に差してございます小の刀もお預けくださるよう申し上げておりまする」

確かに太閤秀吉殿下に目通りするために礼を失してはなるまい。しかしながら、こちらも関白だ。義父に対してそこまでへりくだる法はない。

「無礼であろう、治部」

「某《それがし》はあくまで己の職務として申し上げているまででございます」

三成の声が冷たく大廊下に響く。

どうしたものか、と横の家臣に目を向ける。しかし、家臣は諦めたような顔を浮かべて首を横に振った。抗うだけ無駄、と顔で述べている。

脇差《わきざし》を鞘ごと帯から抜いて、乱暴に石田三成に投げ渡した。

「これでよかろう」

「ははっ、かたじけのうございます」

脇差を捧げ持ち、恭しく石田三成は頭を下げる。最近流行りの月代《さかやき》を剃ったその頭頂を眺めながら、心の内で、虎の威を借る狐《きつね》が、と毒づいた。

三成から視線を外し、その脇をすり抜けて御前に上がる。

この日通されたのは、百畳敷きの大広間だった。その部屋の奥、壁に描かれた竜の絵が霞むほどに奥まった上座に、太閤秀吉は一人、静寂に圧し潰されるようにして座っていた。

脇息にもたれかかり、うつらうつらと眠りこけている。白くなった髪の毛に、皺《しわ》だらけの顔。赤い錦の羽織に重そうな金襴《きんらん》の袴を合わせているが、痩身《そうしん》が浮いて見えるようだった。かつては戦場で家臣たちに怒号を飛ばしていた天下人の末路が半ば枯れかかった老人となってしまっていることに衝撃すら受ける。しかし、ある瞬間にまどろみから覚めたのか、何度か目をしばたたかせて欠伸をし、のんびりとした口調で口を開いた。

「……おお、秀次か。よう来たな」

その声はかつてのはつらつとしたものとは程遠かった。

小さくなった。それが秀次から見た秀吉の姿だった。

「ご無沙汰いたしております、義父上《ちちうえ》」

「ああ、すまぬな」

出し抜けの謝罪の理由に思い当たらずにいると、秀吉は言葉を重ねた。

「刀の件じゃ。本来なら関白であるお前が刀を外す必要はない。だがのう、ここのところ物騒でのう」

あのことか。刀を預けなければならない理由をようやく理解した。

半年ほど前だろうか。大坂城に賊が入った。既に捕まって処刑されているが、あの件で大坂城の警備を仰せつかっている大番役たちはひっくり返った。天下の名城、大坂城に賊が忍び込み、秀吉の命を狙い、本丸の天守閣にまで侵入を許してしまったとなれば、大番役が面目を失ったのは致し方ないことだ。その日を境に責任者が一新され城の警備はより厳しいものとなったが、それだけでは安心できないようだ。一度城に暗殺者が入り込んだ。これが秀吉にとってよほどの脅威だったのだろう。

仕方あるまい、と心中で唸っていると、秀吉は見る見るうちに顔を曇らせた。

「お前にも関わりのないことではないぞ、関白殿」

先ほどまでは名前で呼んでいたはずが、秀吉はこの時に限って役職名で呼ばわってきた。

「先の件、結局はお前の政がまずいせいで起こったことじゃ。野盗狩りはどうなっておる？　不穏な者どもの始末はどうしておる？　そのすべてを担っておるのがお主であろうが」

「は、しかし……」

「言い訳は聞かぬぞ。あのような下賤《げせん》な者どもが城に忍び込むとは、まったく世も末じゃ。そもそもお前は昔から生ぬるいのじゃ……」

そんな老人の小言をどこか遠くに聞いている秀次がいた。

義父上はどうしたというのだろう、という疑問が頭をもたげる。

昔は決してこんなお方ではなかった。昔は蜂須賀小六や千利休といった賢き家臣たちの元、善政とは言わぬまでも失政もなく、それなりに治政を行なっていた。しかし、小六も利休ももうこの世の人ではない。それどころか、利休は秀吉が殺した。秀吉の勘気に触れ、利休に切腹を命じた。そうして今やこの天下人は頑迷な猜疑心《さいぎしん》の固まりに成り下がっている。

秀吉を中心とする幕下には大きな綻《ほころ》びがあるということに、秀次は気づきつつある。天下統一をなした秀吉は、戦の矛先を大陸へと向けた。数年前、明《みん》への出兵が宣言され、大名たちは朝鮮に送られた。秀次は大坂に残っていたから詳しいことはわからないが、朝鮮から戻ってきた者たちは誰もが肚に一物を溜め込んでいるようだった。大名たちは秀次の前では口をつぐんでしまうが、あの戦は実質負け戦だ。結局のところ、負け戦は内部に毒を溜める羽目になる。はたして、目の前の老人は天下に漂う不穏な空気に気づいているのだろうか。

上目がちに、唾を飛ばしながらあれこれと罪科を並べ立ててくる秀吉を見る。秀吉は顔を真っ赤にしてとにかく怒鳴り散らしている。

瞬間、大広間に一声が響いた。

「太閤はん、もうこんなもんでええんとちゃいまっか」

そろそろと広間に入り悠々と歩を進めてきたのは——。赤い羽織姿の鮟鱇面、曽呂利新左衛門だった。

秀吉は真っ赤な顔を曽呂利に向けた。

「ええい、何を申すか。御伽衆風情が政に口を出すでないッ!」

太閤の怒鳴り声にも曽呂利は動じる風もなく、にやにやと不気味な笑みを浮かべている。

それどころか、次の瞬間、唖然たる行動をとった。

ぶっ。

秀次の心配をよそに、いよいよ秀吉は顔を赤黒くしてふるふると肩を震わせ、笏《しゃく》を両手で強く握った。

「屁《へ》をひりおったな」

なんということを。出物腫物、とはいうが、いくらなんでも太閤を前にしてよいことではない。しかも今、その太閤は怒り心頭なのだ。そのような緊迫した場面なのに、いや、緊迫しているから、かもしれないが、いずれにしても笑いがこみ上げてくるのが不思議だった。

「あいや、すんまへん」

まるで曽呂利は反省する様子もなく、へらへら笑っている。

いよいよ怒りを全身で示し始めた秀吉はやおら立ち上がり、平伏していた秀次の脇をすり抜けて曽呂利の前に立ち、手に持っていた笏を曽呂利の広い額に打ち据えた。

「おわっ、痛いがな」

「本来ならば打ち首ぞ。わかっておろうな」

「へえへえ、わかっておまんがな。……あ、そや太閤はん」

突然深刻げな顔を浮かべて曽呂利が切り出したからか、怒りを振り撒《ま》いていた秀吉は虚を突かれたような顔をした。そして、なんだ、と水を向けた。

「今ので一句出来ましたわ」

目をしばたたかせる秀吉を前に、曽呂利はへらへらと続けた。

「まあまあ、聞いてな。『おならして　国二か国を　得たりけり　頭はりまに　尻びっちう』」

思わず秀次は噴き出して、慌てて口をふさいだ。

うまい句だ。おならをしてしまい頭を叩かれた状況を、洒脱《しゃだつ》を込めてこの歌の中に詠み込んだわけだ。

恐る恐る秀吉の顔色をうかがう。すると秀吉は顔を真っ赤にしたままぽつねんとその場に立っていたが、やがて力なく笑い始めた。そして最後には疲れ混じりの深いため息をついた。

「毒気が抜かれてしもうたわ。もうよい。秀次もよい。もう下がれ」

「ち、義父上、今日の用件というのは」

「さっき話しておったことじゃ。ゆえ、もう下がれ」

「――は、はあ」

平伏した秀次は御前を後にした。そして、表で待っていた石田三成から刀をひったくるようにして取って影の差す廊下を歩き始めた。

「災難でしたなあ、秀次はん」

振り返ると、曽呂利が追いかけてきていた。

「いやあ、ここんところ、どうも太閤はんは怒りっぽくてあかんわ」

何度も頭を振る曽呂利のことを秀次がたしなめる。

「太閤殿下を愚弄するでない」

「はは、こりゃあかん。ついくせで。許してえや」

曽呂利は憎めない。昔からそうだ。際どいことを口にはするが、恨みを買うことはほとんどない。人徳があるでもなく『奴の言うことだから』と皆がお目こぼししているようなところがある。秀次とて『太閤を愚弄するな』とは注意したが、実際のところ、曽呂利がこれしきの放言を問題にされることはあるまい、とも思っている。ただ単にそこで注意をしたのは、周りに対して『太閤に気を遣っている』ことを示すためでしかない。

何を言っても許される。何かと気詰まりの多い秀吉の幕下にあって、曽呂利は今そんな地位にある。

「先はすまなかったな。お前に痛い思いをさせた」

「何のことでっしゃろ」

「屁の件だ。お前が取り成してくれなかったら、私はずっと太閤殿下にお叱りを食らっておった」

「はは、あれはわしの不手際やで。感謝されるいわれはありまへん」

手をひらひらと振る曽呂利であったが、ふいに深刻げな顔をして、大広間の方をうかがい、己の肩を抱いた。

「でも、最近は何かおかしい気がしますわ。――秀次はん、これからわしがする話、不敬にもほどがあると思うけど、あとでぶり返したりしないって約束できまっか」

「……ああ」

曽呂利は乱杭歯をのぞかせ、天井に目を泳がせた。

「やっぱり、秀長《ひでなが》はんがおらんようになってから、この家中はぎくしゃくし始めたんと違うかなあと」

豊臣秀長は秀吉の弟に当たる。昔は秀吉の実家・木下《きのした》家で細々と畑を耕していた百姓だったらしいが、織田家で出世を重ねていた秀吉が自分の郎党にと呼び寄せ、秀吉の片腕として覇業を支えていた。秀次もその姿は間近に見ている。英雄肌だが直情径行、どこか粗忽《そこつ》なところのある秀吉の影となり、秀吉幕下を静かに支えていた人だ。とにかく穏やかで温かな人だった記憶がある。しかし、激務の心労が祟《たた》ったのか風邪をこじらせて早くに逝ってしまった。

「あの方がおらんようになってから、空気が変わった気がするで。利休はんが切腹させられたんも、あの方が亡くなってすぐのことやったなあ」

千利休が切腹を命じられたのは秀長の死後一月後の事だった。詳しい理由はわからない。茶の道について利休と秀吉に対立があった、朝鮮出兵に関して利休が秀吉に諫《かん》言《げん》した、はたまた秀吉が隠居願を認めなかったことに腹を立てた利休が反抗的な態度を取った、大徳寺《だいとくじ》の大門の上に己の木像をしつらえさせて秀吉公をその下に通した、そんな嘘とも本当ともつかない噂が飛び交った。秀吉幕下の枢要たる立場にある秀次からしても、寝耳に水、という言葉がふさわしい処断だった。

秀長は人の機微に通じるのがうまい人で、火種になりそうな事態や人の機微を読み取っては水をかけて回っていた。もしも秀長叔父が生きていれば、利休は今でも城の中で茶を点てていたに違いない。

「もしも、秀長叔父がご存命ならば――」

「はは、なに言うてはるんや、秀次はん」

笑った理由を問い質《ただ》すと、曽呂利はこともなげに答えた。

「そのお役目を引き継げばええ。秀長はんがやられておらはったことを、今度は秀次はんがおやりになればええだけのことやないか」

「あれは秀長叔父だからできたことで――」

「そうは思いまへん。秀次はん、あんさんは太閤秀吉公の甥っ子で養子や。もっと自信を持ってもええとわしは思うで」

なぜこの男の言葉はこうも沁《し》みるのだろう。そんなことを思った。

数日後のことだった。

その日、秀次は聚楽第の一室にいた。かつて秀吉が己の権勢を誇り造ったこの政庁は、秀吉が太閤に上った時、関白になった秀次にそのまま引き継がれた。しかし、関白の実態は空っぽだ。未だにこの国の形を決めているのは太閤秀吉とその取り巻きたちだ。むろん関白である秀次にもある程度の裁量はあるが、結局は秀吉がすべてを決める権を有している。だからこそ、聚楽第の障壁画に描かれた古《いにしえ》の聖王像の数々が忌々しい。

聚楽第は、お飾りの関白に与えられた子供部屋のようなものだ。

ことさらに自虐をしたくなるのは、目の前に太閤に近しい者がいるからだ。

「で、今日は何用だ」

やってきたのは石田三成だった。相変わらずの賢《さか》しら顔だ。

この男は秀吉が長浜城主だった頃に加わってきた者たち、秀吉が股肱《ここう》と呼ぶ中では一番遅くに加入した者の一団に属している。あくまで秀次個人の感覚だが、長浜で拾われた者たちは頭でっかちな者が多い気がしている。とにかく、武功で鳴らしてきた者たちとは肌合いが違う。

眉根を寄せて難しい顔を作る三成は、冷たい響き方のする声を発した。

「関白様のお耳に入れておきたき話がございます」

「なんだ」

「それが——。半年前、大坂城に賊が入った件、覚えておいでにございまするか」

「無論だ」

数日前、それを種に殿下に怒られたばかりだ。

嫌な気分のぶり返した秀次のことなど構いもせずに、三成はさらに続ける。

「実は、あの件の洗い直しをしているのです。いささかあの件は謎《なぞ》が多すぎる気がいたしまする」

「謎？　どういうことだ」

「いろいろございますが」

三成の話をまとめると——。

あの賊がいかに天下の大泥棒だとしても、ただ一人で大坂城天守閣に入り込めるはずがない。あの賊は、大坂城の警備や構造をすべて知ったうえで忍び込んでいるかのようだった。それに、取り調べの際『脅されて仕事をしただけだ』と吐いている。しかし、いくら調べてもその賊の裏で手を引く者の存在をあぶり出すことができず、苦し紛れの言い逃れだろうということになったのだが——。

「某は、その賊の言が真実だったのではないかと思うのです」

「なぜそう思う」

更に促すと、三成は滔々《とうとう》と続けた。ここに来るまでに述べるべきことをすべて練ってきたのだろうと思わせる口ぶりだった。

「大坂城に忍び込むには、内通者があったと考えるほうが自然ではないかと思うのです。あの賊の一味には甲賀者もいたようで、あの件を調べた者はその甲賀者が内偵していたと結論付けているようですが、いささか苦しい説明のように思われます」

秀次は顎に手をやった。

「そなたは、この豊臣幕下に獅子身中の虫がいると。そう考えておるのか」

「ええ。そう思っていただいて結構です」

ありえることかもしれない。

秀吉幕下は尾張衆に長浜衆、さらに秀吉に臣従した諸国の大名たちによって形づくられたものだ。決して一枚岩ではない。中には不届きなことを考えて謀略を仕掛けてくる者もあるだろう。

だとすれば——。

「我々で、そういった者たちを取り締まっていかねばならぬな」

太閤殿下の一族として。そして、秀吉幕下を支える一人として。秀次は頷いた。

三成はなおも顔をしかめたままだった。秀次の言葉に頷こうとせず、猜疑心のこもった目を秀次に向けてくるばかりだった。

水を向けると、ようやく三成は口を開いた。

「ときに関白様、最近、変な噂を聞きまする」

「変な噂とな」

「それが、関白様が夜な夜な町に出て、道行く乙女を撫で斬りにしていると——。世の人は〝殺生関白〟などと恐れておるそうで」

「馬鹿な、なんだその噂は」

無論身に覚えはない。それだけに腹が立つ。

恐縮したように頭を下げた三成は、その姿勢のままに続けた。

「無論、某は関白様のご気性を存じ上げております。それゆえ、まさか関白様がかようなことをなさるなどとはつゆほども考えておりませぬ。が、この噂はずいぶん広がっているようで」

「根も葉もない噂など取り上げる必要はない」

「とは申せ、そのような噂が流れるということ自体、問題なのでは——。政とは民との信頼にございまする。恐れながら、関白様は民に信頼されておらぬのではございませぬか」

その言が正しいとすれば、太閤秀吉殿下はどうなるのか。『猿面冠者』などと陰口を叩かれて世間の者どもから疎まれているではないか。しかし、うかつなことを口にするわけにはいかぬ。特にこの男の前では。

秀次は少し唸った。

「ああ、わかった。諫言として聞いておこう」

「さすがは関白様にございまする」

恐縮しているように見せてまるで怖じていない。これがこの男の不遜たるゆえんだ。

「で、話はそれだけか」

「いえ、あともう一つございます。木村常陸介殿のことにございまする」

木村。この前まで、秀次に付いていた家老だ。小田原討伐や唐入りでも功を上げ、最近独立した大名になったばかりだ。とはいっても、付家老だった頃のことが忘れられないようで、どこかで出くわせば「殿、殿」と親しげに声をかけてくる。秀次にとっては幼少のみぎりからの付き合いのある、親しい家臣だ。

「常陸がどうしたというのだ」

「かの男、ここのところ不穏な動きを見せておりまして。最近、夜な夜な仲間を集めて怪しげな会合をしている由。まさか木村殿に限って何があるとは思っておりませぬが……」

当たり前だ。木村常陸介といえば賤《しず》ヶ岳《たけ》の戦いからずっと太閤殿下を支えてきた歴戦の将だ。そのような男が二心を持つはずもない。何かの間違いだ。

だが——。秀次は考え直す。確かに常陸介には二心はないかもしれないが、周りから見ればどうだろう、と。事実、こうして石田三成からこのような話が飛び出しているということ自体、常陸介が疑われているという証左になりえないだろうか。今の世はわずかな疑心を持たれるだけで身の破滅を導く。

ここで、ふいに曽呂利の言葉が耳の奥に蘇った。

『あんさんは太閤秀吉公の甥っ子で養子や。もっと自信を持ってもええとわしは思うで』

そうか。私は秀長叔父にならねばならぬ。秀吉幕下にあって縁の下の力持ちになっていた、あの控えめな叔父のように戦わねばならぬ。

ならば。秀次は腹を据えた。

「常陸の件は私に任せてもらえないだろうか。あの者に二心があるか調べてみたい」

「そうですか、それは助かりまする」

三成は頭を下げた。

秀吉幕下に獅子身中の虫がいると三成は言う。しかし、それはもはや虫などと形容できぬものなのではないか。もっと深くに根を張り、既に屋台骨を食らっている獣《けもの》なのではないか。

勝ち目はないやもしれぬ。だが、私が止める。大きくなりすぎた獅子身中の虫を。

秀次は心中で気炎を吐いた。


「ああ、殿！　まさか殿にお越しいただけるとは思っておりませんでしたぞ」

それからすぐ、木村常陸介の京屋敷を訪ねた。

久々に顔を合わせた木村常陸介はいかにも好々爺《こうこうや》といった面持ちで秀次のことを迎えた。笑い皺を作りながら後ろ頭を撫でるところなど、まさに昔のままだ。秀次に上座を譲って下段の間に座った常陸介はしゃんと背を伸ばして陽の気を放っている。

「変わらぬな、常陸」

「はは、もうすっかり老いましたわい。白髪ばかりが増えてしまっていけませぬ」

白髪頭を指しながら、常陸介は苦笑を浮かべる。

元は戦に邁進《まいしん》してきた男ではあるが、この男は穏やかな性質をしている。昔から笑みを絶やさぬ男だが、今日ばかりはその表情の中に一抹の染みがあるように思えてならなかった。その正体を摑めずにいる中、鎌をかけると常陸介は苦笑しながらため息をついた。

「ここのところ、領国の経営に苦しんでおります」

「お前でも苦労するのか」

「十八万石の大封を得ましたが、どうにも好ましくありませぬなあ。まあ、百年余りも戦国の時代が続いたのです。人心が定まらぬのも致し方なしとは心得ておりまする」

その笑顔は仕事を与えられたやりがいに満ちている。やはり、これでこそ木村常陸介だ。そう頷く秀次を前に常陸介は首をかしげた。

「今日はいったいどうなさったのですか。関白殿下とあろうお方が突然お越しになるなど――」

まさか内偵に来たなどとは言えない。適当にごまかす。

「ああ、たまたま近くを通ったゆえ、たまには常陸の顔を見ておきたく思ってな」

「拙者のような老骨のことを目にかけていただき有難い限りにござる」

頭を下げた常陸介は、そういえば、と声を上げた。

「関白殿下、この後ご予定はございますかな」

「特にないが」

「実は本日、ごくごく内向きの茶会を開くことになっておりましてな。数寄者たちでのんびりと茶を点てようと思っておりました。もしよければ、関白殿下もいかがですか」

特段不思議な事でもない、と秀次は考え直した。この常陸介、武辺に生きてきた男の割にはこまごまとしたことも得意で、京に上ってからは千利休について茶を学んでおり、五指に入る高弟であったとも聞いている。

「ふむ、悪くない。頂いていくとしよう」

「殿に茶を点じるからには、この常陸、腕によりをかけまするぞ」

腕をまくり上げ、快活に常陸介は笑った。

しかし、秀次の心中は穏やかではなかった。

内向きの茶会。そう言えば聞こえはいいが、利休好みの茶の湯は密室で行なわれる。それがゆえ、茶の湯は今までずっと密会の場、密談の場として活用されてきた。

なにか良からぬことを企《たくら》んでいるのでは——。

そんなこともあるまい、と考え直す。もしも邪《よこしま》なことを考えているのならばあえて秀次を茶会に招くこともないはずだ。

「では、善は急げでございますな。早速用意いたしますゆえ、少々お待ちくださいませ」

嬉々《きき》とした表情を浮かべた常陸介はこの場を後にした。

しばらくして戻ってきた常陸介が招き入れたのは、奥まった八畳の一間だった。茶室ではないのか、と訝しんでなんとなく暗がりの深い席に座ると、やがて部屋の戸を開き、ある男が入ってきた。その男は顔見知りだった。

「関白殿下ではございませぬか。これはこれは」

「おお、明石左近《あかしさこん》か」

肩衣でも隠し切れぬいかつい肩をすくませながら、左近は頭を下げてきた。この見た目からもわかるとおり、左近は武辺一辺倒の将だ。しかし秀吉に愛され、長らく馬廻りとして務め上げてきた。最近になってようやく知行を得て大名となったはずだ。

その左近について入ってきたのも、やはり秀次の顔見知りだった。

「おや、若ではございませぬか、なぜここに」

「こちらの科白《せりふ》ぞ、前野《まえの》」

前野但馬守《たじまのかみ》。俗にいう墨俣一夜城《すのまたいちやじょう》の頃から秀吉幕下にある将だ。秀吉の天下を支え、これまで秀吉が戦ってきた戦のほぼすべてに参加している。無論大名としても出世しているが、今では秀次付家老の一人に名を連ねている。

ここにいるのは皆、秀吉から見れば股肱に当たるが、ある意味で今の幕下では弾かれている面々ともいえる。

元より力のあった者たちは大名として領国を与えられたことにより、それまで秀吉を支えてきた者たちが自分の領国経営に忙しくなってしまった。それら股肱の穴を埋めて政務に当たっているのは長浜時代に仕官してきた若手の新参者ばかりだ。天下統一がなり論功がなされたことで、股肱たちと長浜時代の新参者たちとの間で発言力に差がついてしまっている。

不穏なものを感じないでもない秀次だったが、何も言葉を発さずにいた。

すると、そこに盆を抱えた木村常陸介がやってきた。

「いや、お待たせしてすみませぬな。茶の用意をしておりました」

運ばれてきたのは煎茶《せんちゃ》だった。茶を点てる、というからには当然抹茶を予想していただけに、秀次は面食らってしまった。

しかし、左近も前野も何ら異議を唱えず、差し出された茶をすすり始めた。

「——さて」常陸介は口を開いた。「まさか、この場に秀次様がお越しとは思いませなんだ」

茶碗から口を離した前野も頷いた。

「これで余計な手間が省けるというもの」

余計な、手間？

「どういうことだ。前野、説明せい」

「若。ここのところ、太閤殿下におかれましては君側《くんそく》の奸《かん》がおるように思われませぬか」

言質を取られるわけにもいかない。曖昧に頷いておくと、前野は掠《かす》れた咽喉を潤すためか、茶碗にわずかに口をつけ、続けた。

「かつて、太閤殿下は極めて明哲なお方にございました。しかし、恐れながら、今の殿下は――。これは、殿下のお傍にある者たちが政をほしいままにしているからではあるまいか、と思いましてな」

殿下の傍にある者――。なぜか、石田三成の顔が浮かんだ。

「まさか、お前たちは」

「某たちの考えておることは一つ。秀吉様の天下をお支えすること。これまで戦働きで秀吉様を支えてきた我ら、如何《いか》に衰えたりとはいえ若造どもに秀吉様の天下をほしいがままにされては面白くない」

ならば――。

「お前たちは何をしようというのだ」

前野は畳を叩いた。一瞬の破裂音の後には静寂だけが残った。その静寂の中で、前野は声を潜めた。

「それがため、若のお力が必要にございます」

「私の、力だと」

それまで黙りこくっていた常陸介が会話に割り込んだ。

「あなた様は関白でございます。その特権を用い、君側の奸を追い落としてほしいのです。簡単なことです。ただ、殿下が一言命を飛ばせばいい。さすれば我々が君側の奸どもをひっ捕らえて首を刎《は》ねればすべてが終わりまする」

つまりこれは、謀反の誘いだ。咽喉の奥がいがらっぽくなり、空咳を何度か繰り返した。

「お前たち、正気なのか」

「耄碌《もうろく》はいたしておりませぬ」

常陸介も前野も目が据わっていた。

「もしも、断ればどうなるか」

それまで地蔵のように黙りこくっていた左近が肩をいからせ、刺すような視線をくれた。

「申し訳ございませぬが、ここからお帰しするわけには参りませぬ」

全身から殺気を放つ左近の態度がすべての答えだった。

まさか、こんなことになっているとは。

石田三成の言葉は正しかった。常陸介はほかの連中とつるんで謀反を企てていた。秀次はその牙城に自ら乗り込んでしまったということになる。

うかつにもほどがある。今更悔やんでも遅い。

歯を嚙んだ秀次は、しばし考えるようなしぐさをしてみせた。常陸介たちが固唾《かたず》を呑んでこちらを睨んでいる。だが、秀次が考えていたのは答えではない。どうこの場を切り抜け、どうこの話を最悪の事態にまで導かないか、だ。

だが、そのような案が一朝一夕に出るはずもない。

三人の圧が迫ってくる。

それに負け、ついに秀次は口を開いた。

「わかった、お前たちに助力しよう」

「まことにございますか」

「お前たちに嘘をつくことがあるか」

おお。場がどよめいた。

声を上げる家臣たちの前で、秀次は孤独だった。どうやって、こ奴らを謀反から引きはがすか。どう、丸く収めるか。それればかりが頭を駆け巡っていた。

数日後、また石田三成が聚楽第に訪ねてきた。

「連日参るとは、何かあったのか」

三成は問いに答えようともせず、固い顔をしてその場に座っているばかりだった。

「いかがしたのだ。言いたいことがあるのならば早く口を開けい」

幾度か促して、ようやく三成は口を開いた。見れば、口元がわなないている。

「しからば。秀次様、御拾様《おひろい》の件にございます」

秀吉の実子だ。それまで側室を何人こしらえても子宝に恵まれなかった秀吉がようやく授かった実子だけにその溺愛《できあい》振りといったらなかった。生後二か月で秀次の娘である槿姫《きんひめ》と婚約させている。正気の沙汰とは思えなかったが、それほど実の子はかわいいということなのだろう。今、秀次は秀吉の養嗣子の地位にあるが、血統でいえば御拾が豊臣の長者を継ぐべきである。今の関白の地位はいつか御拾に譲らねばならない、とは秀次も考えている。秀吉が御拾と槿姫との婚約を急いだのは、己亡きあと、秀次から御拾への権力移譲を円滑に行なうための布石であろう。

三成は月代に汗をにじませた。

「御拾様と槿姫様との婚約を破棄するべしと殿下からお達しがありました」

「な、なんだと。どういうことぞ」

「それがわからぬのです。某も突然呼び出されて殿下から『あの二人の婚約を破棄する旨を関白に伝えよ』と内示がありまして、こうして参上した次第でして」

他人事のように響くのは、あまりに三成の言葉に綻びがないからだろうか。

どういうことだ……？　御拾と槿姫の婚約には豊臣の秀吉本家と秀次家の融和の意味合いがある。御拾の舅《しゅうと》という地位を秀次に与えて権威を付与する代わり、己が息子として御拾を後見してほしい。そんな秀吉の願いですらあったはずだ。

それを反故にするとは——。

「治部。その方はこの前、豊臣には獅子身中の虫がいる、と申しておったな」

「然り」

「それは誰と考えておる」

三成は首を横に振った。

「わかりませぬ。目星はいくつかついてございます。そして、めぼしいものから潰して回っておりますが、到底一人では手が回りませぬ」

しばし、天井を仰いでから、秀次は口を開いた。

「木村たちは謀反を企んでおるようだ」

「や、やはり！　ではさっそく——」

「待ってくれ」秀次は首を横に振った。「あ奴らの言うこともお前と同じだった。あ奴らは『君側の奸がいる』と言っておったがな。立場が違うだけで、獅子身中の虫も君側の奸も言うておることは同じであろう」

顎に手をやった三成はゆっくりと頷いた。

「幕下にある誰もが、疑問を抱いているということですな」

「ああ。ときに、その婚約破棄の件だが、いつから殿下はさようなことを言い出したのだ」

「本日の朝にございます。思いついたようにおっしゃられました」

「ふむ。――ならば治部。今より伏見《ふしみ》の城へと登る。すまぬが諸事整えてくれ」

「かしこまりました」

石田三成は信用がならない。この男こそが獅子身中の虫なのではないかと疑っているものの、一方で犬のような男だという信頼があるのも事実だった。豊臣家という主に対しては絶対に牙を剝かない、それが三成だ。

確かにいる。獅子身中の虫、あるいは君側の奸が。


「おお、秀次、よう来たよう来た」

登城してみると、驚くほどに秀吉はご機嫌だった。やはり大広間の上座に座る秀吉は、小さな肩を揺らしながら笑っていた。

なぜこんなに機嫌がいいのかと疑問に思っていると、その理由はすぐにわかった。

上座には木馬や小さな木剣などが散らかされていて、そのおもちゃたちに囲まれるようにしてやんちゃいっぱいに遊ぶ子供に秀吉は目を細めているのであった。きゃっきゃと笑い手当たり次第におもちゃを投げているのが、秀吉の実子、御拾だ。

「太閤殿下、突然の来訪、お許しくださいませ」

「構わんよ。お前がこうして来るのはわかっておったゆえ」

秀吉の目が光った。半ば惚《ぼ》けかかった風情だというのに、秀吉の眼は鋭い。

「婚約破棄についてわしの真意を聞きに来たのじゃろう。――お前には篤《とく》と話しておかねばならぬゆえ、近う寄るがええ」

膝行《しっこう》して近づき、秀吉の息がかかるほどまでにじり寄って座った。

御拾の甲高い声が広間に響く。秀吉は福々しい笑みを浮かべて御拾を眺めていたものの、秀次に向き合ったときには冷徹な表情を取り戻していた。

「実はの、徳川の動きが気になってのう」

「徳川の？」

「ああ、徳川殿はとぼけたふりをして切れる男じゃ。わしの目が黒いうちにあの男を取り込んでおきたいのじゃ。御拾と徳川の姫との縁組をさせたい。それゆえ、そなたの娘との縁組を破談にしてほしいのじゃ」

秀吉という男は家族との縁が薄かったのか、家族を道具として使ってもなんら痛痒《つうよう》のないところがある。婚姻など数ある政略の一つ程度にしか思っておるまい。

「徳川は脅威じゃ。しかし、取り込んでおけば強い守り刀となる。そうは思わんか」

「……はっ。仰せの通りで」

「そうであろうそうであろう」

秀吉は高笑いを始めた。だが、その前で平伏する秀次は到底納得が出来なかった。

つまりこれは――。

「太閤殿下はつまり、私との縁組などどうでもよいとおっしゃっておられるのですな」

秀吉は目を細めた。

「然り」

今は徳川の抑え込みが重要である。徳川は今、内政に力を入れて関八州の掌握に努めている。あの徳川の事、必ずや関東を抑え込んで力を蓄えてくることであろう。その徳川に抗するためには、縁組によって豊臣の縁戚とし、豊臣の序列の中に迎えなければならない。そのようなことを秀吉は言った。

なんとなく、秀吉の言に違和感を覚えた。誰かの言葉を鵜呑《うの》みにし、そのまま語っているような気配がする。

「誰の建言でございますか」

「ああ、幽斎の言よ。あれもなかなか切れ者だのう」

剃り上げた頭を撫でる幽斎の顔が脳裏に浮かぶ。秀次は湧いてくる激情を無理矢理抑え、その代わり、かつて秀吉に諫言をしていた秀長の後ろ姿を思い出しながら、その口調を真似するように続ける。

「太閤殿下、お考え直し下され。好《よしみ》を通じたところであの徳川が簡単になびくとお思いですか。むしろ、縁戚関係など与えてしまえば余計な力を与えるきっかけにもなり得まする。ならば、豊臣家内部でのつながりを強化するほうがはるかに――」

次の瞬間、額に激痛が走った。

額を撫でると手にべったりと血が付いた。そして、膝元に転がる扇子。何が起こったのかわからずに秀吉を見れば、秀吉が何かを投げ終わった後のような体勢で、こちらを睨みつけていた。

扇子を投げてきた。そう気づいた瞬間に、秀吉は怒鳴り声を上げた。

「お前に何がわかる」

秀吉の声が大広間全体に広がった。おもちゃで遊んでいた御拾も、怯えた顔をして秀吉のほうに向いた。しかし、目を吊り上げる秀吉はなおも怒鳴るのをやめようとしない。

「お前は生まれながらにしてこの秀吉の一族であろう。わかるまい、わしがどれほどの思いで今を作ったか。どれほどの人間の血で購《あがな》ってこの大広間を造営したと思っておる。お前にその苦しみがわかるか。否、お前にはわかるまい、生まれながらに秀吉の覇業を見たお前には」

「しかし義父上」

「ええい、お前に父などと呼ばれる筋合いはないわ」

これほどの怒りを買ってしまってはもう何も言えない。

忸怩《じくじ》たる思いで平伏した秀次はその場を後にしようとした。が、秀吉が吐き捨てるようにこう言った。

「そうじゃ、もう一点話がある。木村常陸介の件じゃ」

一瞬心の臓をわしづかみにされたかのような気分に襲われた。

「木村が、どうかいたしましたか」

「あの者、どうやらこの前大坂城に忍び込んだ賊と関係があるようじゃ。近く、吟味することになろう」

「――そう、ですか」

既に秀吉の耳には常陸介たちの謀反の話が伝わっているのかもしれない。

急がねばならない。

「しからば、失礼いたします」

御前をまかり、廊下の最初の角を曲がると、そこである人物と行き当たった。

「おおっと、突然出てこられたらあきまへんわ」

曽呂利だった。

「む、すまぬな」

廊下の暗がりに表情を隠す曽呂利は秀次の顔を覗き込んできた。

「おや、秀次はん、顔色が優れまへんなあ。どうしたんでっか」

「いや、なんでもない」

慌てて首を横に振る。しかし、曽呂利はそんな秀次のことなど眼中に置いていないかのように、廊下の外に広がる穏やかな庭の景色に目をやっていた。

「秀次はん、きっとこれから、山風が起こりまっせ」

「山風、だと？　なぜ、そう思う」

わざとらしく親指をなめた曽呂利は、指先を風にさらした。

「風向きが南や。それにその風は湿ってるとくれば、この次にやってくるのは山風や。――ちゅうわけで、わしはもう家に帰りますわ。雨戸が飛ばないようにしっかり釘《くぎ》を打たせてもらいますさかい」

風、か。確かに、南から吹き込んでくる風は蒸し暑い。

そう合点していると――。

「でも、秀次はんは、逃げ切れるかわかりまへんなあ」

どういう意味だ、と聞く前に、曽呂利は言葉を重ねた。

「いやいや、聚楽第ってところはもう役割を終えてまんねん。あそこは太閤はんのためのお屋敷やったんや。そやさかい、主がいなくなった屋敷は屋台骨が腐ってるんやないか」

「何を言うか。今の主は私だ」

「そやなあ。多分、言うても意味がわからんと思うけど。——もしも、あんさんの身《み》を守ろう思たら、迷うことなく剃髪するのがええ」

どういうことだ、と水を向けると、曽呂利はその鮟鱇面を秀次にずいと近づけ、声をひそめた。

「お寺さんの庇が一番頑丈や。雨風に日輪の苛烈な日差し。何でもかんでも防いでくれる。お寺さんっていうのは案外役に立ちまっせ」

あるいは……。曽呂利はもったいつけるように言い淀《よど》み、秀次の顔を覗き込んだ。

「いっそのこと、天下で一番堅牢なお屋敷を奪ってまえばええ」

曽呂利は秀次の肩を叩いた。不遜な行ないだったが、続く曽呂利の言葉に圧倒されて、何も言い返すことができなかった。

「分かってはるやろ。この、伏見の御城や」

秀次は恐怖に駆られた。どう聞いても、その言葉は謀反を唆《そそのか》しているようにしか聞こえない。慌てて秀次はその言葉の意味するところを聞こうとしたものの、それよりも早く、曽呂利は脇に退き、恭しく頭を下げた。

「ちゅうわけで、ほなさいなら」

文句すら受け付けず、曽呂利は廊下の奥へと消えてしまった。

奴は何を言っているのだろう。

わからない。だが、嵐がやってくる。ならば、今日は聚楽第に戻ったほうがいい。

己の内側に湧き上がる黒い衝動に気づかされながらも、秀次は屋敷へと戻っていった。


それから数日後、秀次の元に急使がやってきた。

その筆頭にいたのは石田三成だった。憔悴《しょうすい》した顔で現れた三成は、秀次に頭を下げるや懐から文を取り出した。

「太閤殿下からの直状にござる。秀次様。座を改められよ」

秀吉自身が署名した手紙。となれば、読み上げる相手を太閤とみなさなくてはならない。秀次は石田三成に上座を譲った。

どうしたわけだ？　もちろん誰かが代筆したものだろうが、秀吉が直状、つまりは自分の意志そのままを伝える文を発給するのは珍しい。

下座に座ると、上座の三成は状を読み上げた。

「秀次に謀反の疑いあり、よりて関白としての一切の任を停止し、沙汰を待つべし」

全身の血が逆流する思いだった。

が、三成は太閤の直状を折り畳んでから、苦々しい顔をした。演技に見えぬこともない、そんな表情だった。

「無論、某も関白殿下が謀反を企てておいでとは思っておりませぬ。何かの間違いであろうと信じておりまする。されど、太閤殿下のお怒りを抑えることがどうしてもできませなんだ」

「殿下の、そうか」

親族ですらあの怒りを前には何も言えないのだ。臣下を責めることはできない。

「治部、お前はどう考える。私はどうすればよい」

三成は答えた。事前に考えてきた口上を述べているのか、淀みはなかった。

「この直状の通り、関白としての仕事を停止して謹慎なされればよろしいかと。今は太閤殿下もお怒りのご様子ですが、数日もすれば必ずや好転しまする」

ああ、と頷こうとしたその時、秀次の脳裏にある疑念が浮かんだ。

獅子身中の虫が家中にいるという。その獅子身中の虫とやらは、やはりこの石田三成なのではないか？

そう考えれば、様々なことの説明がつかないだろうか。どうした理由で謀反の疑いがかかったのかわからないが、恐らくは誰かが秀吉に讒言《ざんげん》でもしたのだろう。となれば、そういった働きが出来るのは秀吉の側近である石田三成ではないか。

だとすれば、この男に本心を見せるわけにはいかない。

この時、秀次の心中では二つの道の間で揺れていた。

一つは、寺に入り剃髪する道。古来より寺に入った者は、俗世での罪を負わされることはないゆえだ。

もう一つは、木村常陸介らを用い、伏見城を攻める道だ。今のところ、常陸介たちは身柄を拘束されていない。あの者たちに号令し、一気に伏見城を攻め立てて秀吉から一切の権限を剥奪《はくだつ》すれば、己の身の安全は確保される。

奇《く》しくも、曽呂利が口にしていた二つの道そのままであった。

だが、どちらの道にも従うつもりはない。

秀次は三成を見据えた。

「太閤殿下に申し開きをせねばならぬな」

「な、何をおっしゃるのですか」三成は目を見開いた。「お怒りの太閤殿下を前にそんなことをなされば、火に油を注ぐ結果にもなりまする。それだけはお止めになられた方が……」

「されど、自らの誤解を解くためには、自らの言葉で語らねばなるまい」

そうは言ったが、秀次の心の内は別のところにあった。

二つしか道がないと諦めるのは早計だ。やれることをやった後、確実に見えている道を選べばよいと考えた。

「太閤殿下にお目通りしたい」

「お気持ちは痛いほどわかります。けれどそれは」

「私は潔白だ。謀反などという恐れ多いことを思いつきもせぬわ。そのことを太閤殿下は一番ご存じのはずだ」

もう三成は何も言わなかった。

太閤殿下――。いったい殿下はどうなさってしまったのだ?

かつての天下人、秀吉を間近に見ているだけに、秀次の混乱は大きかった。


しかし、伏見城に上った秀次を待っていたのは――。

「私は関白であるぞ。関白である私の命令が聞けぬというか」

控えの間に通されたまでは良かった。しかし、御殿へ向かう渡り廊下に至る途上、行く手を阻まれてしまった。渡り廊下を塞いでいるのは、秀吉の子飼いの将、福島正則《ふくしままさのり》だった。この男は賤ヶ岳の戦いから成り上がった武者で、元はさほど身分が高くない。こうして今や大名となっているが、どうしても秀吉同様に土臭さや泥臭さが消えない。しかし、歴戦の将ということには変わりがない。関白の一喝にも応えた様子がない。

「ならぬものはならぬものにござる。お諦め下され」

「福島！　お前はこの秀次の命が聞けぬというか。秀吉公の養子たるこの秀次の命が」

「然り」

大岩のようにその場を動こうとしない。

秀次も負けてはいない。

「ならば、お主を斬って捨ててでも押し通るぞ」

「やってみられるがよい。その際には、秀次公といえどもお相手いたす所存」

正則は刀の柄に手を掛けた。全身から殺気を放ちながら。

この男は根が単純なだけに一度こうと決めたら頑として譲らないところがある。戦場ではこの様が随分と頼もしく映ったものだが、今となればただ忌々しいばかりだ。

苛立ちまぎれに睨みつけていると、正則はまるで苦虫を噛み潰したような顔をして、横に伸ばしていた太腕を力なく下ろした。

「わかってくだされ、某とて、秀次様の命に背きたくはありませぬ。が、この国では、太閤様の命以上に重いものはありませぬ。それだけのこと……」

「では、この命は太閤殿下から出ているということか」

答えはしなかったが、正則の苦りきった表情がその答えだった。この男が嘘をつけないというのも、長い付き合いの内に知っていることだ。

「どいてくれ、福島。頼む」

「ひ、秀次様……」

少し正則がたじろいだ。

その瞬間だった。

正則が通せんぼをするその向こうに、縁側を渡っている秀吉の小さな姿が見えた。その脇には、法衣姿の幽斎が傅《かしず》いている。

「太閤殿下！　太閤殿下！」

「秀次様、おやめくだされ！」

正則がその力強い腕で秀次を押し止めた。だが、口まで塞ぐことはできない。羽交い締めにされながらも秀次は太閤の名を呼び続けた。しかし、秀吉はその呼びかけに気づかない。最初、なぜ気づかないのかと思っていたのだが、やがてその理由がわかった。

秀吉のやせ細った腕は、あるものを抱えていた。それは、小さな子供だった。

御拾。

秀次が何より打ちのめされたのは、その秀吉の表情だった。今まで見たことがない満面の笑みを張り付けながら御拾のことを見つめている。

あんな目で見られたことはなかった、と気づかされ、総身から力が抜けた。

これまでの秀吉の視線を思い出す。顔は確かに笑っていた。けれど、どう思い出そうとしても、目まで笑っている秀吉の顔を思い出すことができなかった。きっと秀吉も、秀次にあの目を向けたことは一度としてないのだろう。そして、あのまなざしを前にしたことがない、という単純な事実に、秀次は打ちのめされていた。

秀吉はついに秀次に気づくことはなく、部屋の奥へと消えていってしまった。その後に続く幽斎が秀次に気づき振り返る。幽斎は白い歯を見せつけるようにして笑い、秀吉の後を追い御殿の奥へと向かっていった。

「ち、義父上……」

もう立っているのも馬鹿馬鹿しくなってしまった。

己は秀吉にとって何であったのだろう。そんな疑問が秀次の脳裏に去来する。

たまたま天下人の甥として生まれ、たまたまその天下人に見初《みそ》められて養子に迎えられただけの人間。決して秀長叔父のように天下人の覇道を支えたわけではない。

私は、御拾にはなれなかった。

私は、秀長叔父にもなれなかった。

乾いた笑いしか出てこない。はは。天井を睨んで、力なく笑った。

「福島」

「……はっ」

「私はどうしたらいい？」

聞いてから、後悔した。もしかすると、正則こそが獅子身中の虫かもしれぬのだ。

しかし、目の前の男は首を横に振った。某には意見が無い、とばかりに。

誰も信用できぬ。

だが、こんなときに思い浮かぶのは、なぜか他人の言葉だった。

『もしも、あんさんの身ぃを守ろう思たら、迷うことなく剃髪するのがええ』

かも、しれぬ。なぜ、こんなにもこの言葉が甘く響くのだろう。かくしてその日、秀次は高野山《こうやさん》に上った。


山の上に建つお堂の一室で、秀次は一人、ため息をついていた。

なぜ、こんなことになったのか。

関白の位を投げ捨て高野山に上り、その日のうちに剃髪した。伏見城を押さえるという計画は、木村常陸介たちの身柄差し押さえによって雲散霧消したがゆえだ。それまでは毎日のようにひっきりなしにやってきていたはずの客が絶えた。関白でもなんでもない人間を訪ねる人間などいない、そういうことなのだろう。なんと人というのは移ろいやすいものなのだろう、と。

「豊禅閤《ほうぜんこう》」

坊主が部屋の戸を開いた。

高野山でも秀次の扱いに困っているらしく、向こうも豊禅閤などというこれまでに例のない呼び名を作ってしまったらしい。

「どうした」

「それが、お客様がお越しで」

この私に客？

訝しみながらも客を通すように言うと、部屋の中に入ってきたのは予想だにもしない相手だった。その男の顔に見覚えはなかった。利発そうな男だ。頭を丸くしており、墨色の法衣をまとっている。それこそこの高野山でよく見るような法体《ほったい》だが、そのなりに似合わず腰に差している大小の存在が、この人物がただの坊主でないことを証していた。

その坊主は大小を帯から抜いて頭を下げた。

「お初にお目にかかりまする、前関白、豊臣秀次様でございまするな」

「うむ、その通りである。して、お主は何者だ。私はお主を知らぬ。いかに関白を辞した身とはいえ、海のものとも山のものとも知れぬものに逢うほど落ちぶれては――」

年齢を読み解けぬ男は名乗った。

「失礼いたしました。拙僧は策伝と申しまする。元は金森《かなもり》の一族にございまする」

金森――。確か、亡き信長公に臣従した一族で、その中には精鋭である赤母衣衆《あかほろしゅう》に選ばれた者すらいたはずだ。確かに、秀次と目通りできるだけの身分を持ち合わせてはいる。

「で、金森の策伝とやら。私に何の用だ。まさか、今更私に媚《こび》を売りに来たわけではあるまい？　私に媚を売ったとて、お前に得になることはないぞ」

すると、策伝はかすかに口角を上げて、頷いた。

「その通りでございますね。ゆえ、そういった考えでここに参ったわけではありませぬ」

不思議な男だ。秀次は心中で呟いた。

この男が纏う気はあくまで静謐なものだ。この戦国乱世に生きる人間のそれとは違う。

引き込まれそうになるのをこらえていると、策伝は続けた。

「拙僧は秀次様に一度だけお目通りしたことがございまする」

「ほう？」

「秀次様主催の茶会にお邪魔したことがございまする」

と言われても、だ。これまで茶会など数えきれぬほど開いてきた。客一人一人の顔《かお》貌《かたち》など覚えてはいられない。

秀次の心中を察したのか、策伝は続けた。

「秀次様が傾奇者の格好をして、来た者たちに闘茶をさせた茶会にございまする」

ああ。思い出した。あのような茶会は珍しかっただけに鮮明に記憶が残っている。

茶と言えば堅苦しいものと相場が決まっていたものを、『乱痴気騒ぎのほうが楽しいんやおまへんか？』というある者の一言によって、あのような会になった。中には亡き利休のように顔をしかめた者もあったが、大抵は好評だったのを覚えている。

「あの茶会は面白うございました。ゆえ、差配した人間のことを知りたいと思いまして」

「ほう、ただそれだけのことを聞きに来たのか」

「はい。その通りにございます。かつては寺の奥にいた拙僧がこうやって俗世に降りてきたのは我が志を果たすため。そして、その志を果たすために知りたいのです」

物好きもあったものだ、という心中のつぶやきを呑み込み、秀次はすぐに答えた。

「曽呂利という男だ」

そうですか、と短く言った策伝は問いを重ねた。

「では、どういった経緯で曽呂利を用いたのですか。たとえば、誰かからの紹介だとか、他の方の茶会を取り仕切っておられた、とか」

思い出そうと首をひねる。だが、どんなに思いあぐねてみても、曽呂利がなぜあの茶会を取り仕切ることになったのか、そして秀次ともあろう者がなぜあの男の言うことを一から十まで聞かなくてはならなかったのか、その大事なところが抜け落ちていることに気づいた。

するると、策伝は、でしょう？　と声を発した。

「そうなのです。あの男は、まさしく名前の通り、曽呂利なのです」

意味を取れずに話を促す。しばし目を伏せていた策伝は、顔を赤く染めながら続けた。

「不思議な男です。気づかれないうちに人に近づき、そろりそろりと人の心に少しずつ入り込み、ついには行動をも操る。あまりにやり口が巧妙ゆえ、誰もあの男を気にもかけませぬ。言うなれば、あの男は天下を傀儡の如くに扱っている」

影から影へと飛び移っていく魔物が秀次の脳裏をかすめた。それはもはや人の形を取っていない。影を集めて煎じ詰めたような色をした、形を持たない何か。それが他人の影を仮宿にして渡り歩いている。そんな想像をしてしまった。

己の言に酔うような口ぶりで、策伝は続ける。

「あれほど面白い人間はありません。あの男こそが、拙僧の探し求めていた男だと断言できまする。もしも叶うものならば、あの人にあれこれと聞いてみたいものです」

物好きもあったものだ。と、心中で毒づく。

確かに曽呂利の取り入りの業は凄《すさ》まじいものがある。だが、それだけだ。あの男には確たる見識もなければ器もない。大したものではない。ただ頓才だけが先走った騒がせ屋だ。

と、そこまで考えて、秀次ははっとした。なぜか曽呂利のことを低く見積もっている。不当なまでに。

「面白い男でしょう。あの人は」

頷かざるを得なかった。もしかすると――。秀次は呟く。

「まさか、あいつこそが――」

何の確証もない。そもそも実感が湧かない。それこそ、この思い付きは今にも忘れてしまいそうなほど根拠がない。

もし、曽呂利が獅子身中の虫だったというのなら――。

いずれにしても、己を担ぎ上げて謀反を起こそうという動きがある。もし秀次自ら斃《たお》れれば、そうした虫どもは圧し潰されて死にゆくことだろう。もはや誰が敵で誰が味方かは分からない。義父に与えられた関白という位の重さで、不届き者を獄門にまで叩き落とす。若き関白、秀次が最後に至ったのは、自己犠牲の涯《はて》に豊臣幕下を救う道であった。

私は、秀長叔父のようになれるのだろうか。
あれこれと口にする策伝を前に、秀次は己が命を投げ捨てる決心を固めていた。

第六話　石田三成の場合

大広間には、異様な緊張が張り詰めていた。

軒並み手をついて座る諸侯たち、そして一段高い上段に座る太閤秀吉。そこまでは以前と変わらない。が、秀吉の横には、それまでいなかった御拾の姿がある。まだ遊びたい盛りであろうに自らが置かれた状況を理解しているのか、身の丈に合わぬ青の羽織をまとい、微動だにもせずその場に座っている。むしろ、その横に座り目を細めている秀吉のほうが、よほど場の空気を理解していないようだった。

「諸侯、ご苦労であるの」

御拾の頭を撫でながら、秀吉は声を発した。かつてのような伸びのある声とは程遠い。枯れ木が風に揺られた時の音のような、か細い声だった。

諸侯は微動だにせず平伏したままだ。

一方の秀吉は、厚く化粧のなされた顔を歪めた。公家の慣習に従っているとのことだが、実際には皺を隠す目的のようだ。いずれにしても武家出身の大名たちからは不評な上、長い時間経つと白粉が汗で流れて不気味にもなる。陰口を言われていると知らぬはただ秀吉のみだ。

「唐入りの支度を進めい」

紅葉狩りに行くと言うがごとくに軽い言葉であった。

脇に座り大広間を見渡す石田三成は誰にも気づかれないようにため息をついた。

秀吉の命令によって始められた前の唐入り――明への出兵は大失敗だった。

当初こそ快進撃だった。だが、伸びていく戦線に輜重《しちょう》が間に合わなかった上、時が経つにつれて敵兵たちは反攻の勢いを強めた。異国の慣れぬ風土に攻めあぐね、士気が回復不能なまでに落ち込んだことを受けて、三成を始めとする諸将たちは明と会談を持ち、講和にまで持ち込んだ。日本の国力では、到底唐入りなど無茶なのだ。かつては大将として戦を率いていた秀吉がそれに気づかぬはずはない。だというのに――。

諸侯たちとて思いは同じなのだろう。「またあれをやるのか」と言わんばかりに場がざわついている。

三成とて同じ気持ちだ。しかし。

「静まりなされ」

一喝して場を黙らせた。お役目とはいえ、このような立場はつらい。三成に集まる反感の視線を眺めることなく、上座の秀吉はさらに続けた。

「鬨《とき》の声はどうした」

昔はあれほど場の流れを機敏に読まれていたというのに……。三成の嘆きを躱《かわ》すように、最前に座っていた福島正則が立ち上がり、諸侯たちに向いた。その表情はむしろ青ざめていた。

「太閤殿下の戦である。景気よく行かねばなるまい。諸侯方々、腹から声を上げられよ。僭越《せんえつ》ながらこの福島が鬨の声をあげさせていただく。――えいえい」

「おう」

「えいえい」

「おう」

この国の錚々《そうそう》たる武者による鬨の声は、どこか上滑りしている。誰ひとりとして心を込めていない。投げやりに、皆がただ声を上げているだけだ。だが、そんな鬨の声の中でも、秀吉は満足そうに御拾の頭を撫でているばかりだった。――果たして、秀吉様にはこの光景が見えているのだろうか、そう訝しむほどだった。

虚ろな鬨の声を三回繰り返すと、青い顔のまま、正則もまた座った。

「さすがはこの国を支える諸侯たちであるのう。鬨の声も堂に入っておるわ」

秀吉が満足げに頷いた、その瞬間だった。

「おお、壮観やなあ。こりゃすごいで」

場に似合わぬひょうげた言葉が部屋に溢れた。

諸侯たちの遥か後ろ、廊下に立ち、手で目の上に庇《ひさし》を作って辺りを見渡している男の姿がある。黒の十徳に袴姿という茶人のなりだが、その顔立ちは鮫鱇を思わせる。

曽呂利新左衛門だ。

皆の視線を浴びる中、曽呂利は大広間に上がり込んだ。万石を超える者たちしか足を踏み入れることのできないところへただの町人が入ったことになるが、誰もそれを咎めることはできない。大広間の端っこを歩き上段の段差も軽やかに飛び越えてみせた曽呂利は、秀吉の横に座った。

そして——。手で衝立《ついたて》を作って、秀吉に何やら吹き込んでいる。

一方の秀吉は、無表情でそれを受けている。そして、耳打ちが終わるや、

「お主も飽きぬ男よのう」

なぜか楽しげに顔を歪めた。

一方の曽呂利も、意味ありげに口角を上げ、諸侯たちに向いた。

「これだけがわしの生きがいやさかい。中にはこれがおもろない人もおるやろうけど」

諸侯たちを見渡しながら、そううそぶいた。

乱杭歯を見せつけるように笑った曽呂利は、またひょうげた足取りで大部屋を去っ

ていった。

見送る諸侯たちの反応は色々だった。曽呂利の背中を睨む者、肩を震わせ顔を青くする者、はたまた無表情でその場にあり続ける者……。

秀吉は曽呂利に興味を失っている。御拾を手元に引き寄せて両手で持ち上げてみせた。そして、その体勢のまま、諸侯たちに言い放った。

「次の唐入りは何としても成功させるのだ。でなくば、そなたらの武が泣くぞ」

諸侯たちは今日一番の平伏を見せた。

伏した三成は不穏の風を感じ取っていた。元々秀吉幕下は一枚岩ではない。天下統一を急ぐあまりに様々な大名たちの本領を安堵したからだが、それればかりではない。秀吉子飼いの将たちの間にも隙間風が吹いている。

いつからこの広間には冷たい風が吹くようになったのだ？　しかし、答えなど出るはずもなかった。

この日の目通りは散会となった。秀吉が御拾を抱えて奥に消えると、諸侯たちは一様に首をかしげながら、一人、また一人と大部屋を後にしていき、三成の他に数名が残るばかりだった。

短くため息をついていると、そんな三成に声をかける者があった。

呼ばわってきたのは、福島正則だった。

全身を震わせながら三成の前に立った正則は、額に青筋を立てている。戦場で出くわしたならさぞ恐ろしかろう。

「なぜ太閤殿下をお止めしないのだ。以前の戦で渡海したお前ならあの戦の惨状を知っておろう」

先の朝鮮出兵はひどいものだった。まるで見知らぬ余所《よそ》の国での戦。日に日に勢いを増していく敵軍。そして滞りがちな物資。負け戦ではなかったが、あのまま続けていても勝ちの見える戦ではなかった。

無茶な戦だ。

朝鮮出兵中、ある将が軍議で口にした言葉だ。この言葉は軍議に参加していた皆の思いを代弁している。秀吉は「明を平らげた暁には知行を配分するから」と大名たちに兵力の持ち出しを求めた。しかし、実際に朝鮮に渡った者からすれば、秀吉の言が空手形に終わるだろうことは容易に想像がついた。

正則とて、そんな諸将たちの本音を肌で感じているのだろう。

三成は目を伏せた。

「お止めしたが、太閤殿下のお怒りは鎮まられぬ」

「ふん、講和でお前がしでかした小細工のせいであろう」

秀吉が再びの朝鮮出兵を決めた裏には、和議を結ぶ際の不首尾が尾を引いている。

和議を結ぶにあたってはあくまでも明側の降伏を条件にしていたが、明側は日本側の服属を求めていた。その板挟みにあった三成らは仕方なくそれぞれにいい顔をすることにした。秀吉に対しては「明は日本に降伏した」と伝え、明側には「日本は明に服属する」と伝えたのだ。しかし、こんな策はすぐに露見することになり、逆に秀吉の怒りに火をつける結果となってしまったのだった。

「小細工とはなんだ」

「お前たちが和睦《わぼく》の際にどちらにもいい顔をした結果がこれだ。これだから口舌の徒は信用できんな」

さすがの三成も腹立ちを抑え込むことができなかった。

「何を言うか。あそこで和議を結ぶは渡海した将たちにとっての願いだったはず。そのために明と交渉した我らのことをなんだと――」

「ふん」鼻を鳴らした正則は吐き捨てるように言った。「いずれにしても、戦じゃ。戦屋は戦屋らしく戦わねばならぬ。これから戦支度じゃ。――お前の如き戦下手はせいぜい小荷駄《こにだ》の準備でもせい」

三成に肩を強くぶつけた正則は、足音高く大広間を去って行った。

あながち正則の言うことが間違いといえないだけに反論もできない。元より領国経営に才のある三成にとって、戦とは複雑怪奇なものだった。領国経営は長い視点を持っていろいろな物事を積み上げていけばいい。しかし戦は一瞬のひらめきや運ですべてがひっくり返ってしまう。長い間かけて積み上げていたものが一瞬で無駄になることとてある。その博打《ばくち》臭さに辟易している三成には、戦は不得手であり続けている。

一人、唇を噛んでいると、

「殿」

三成を呼ぶ声がした。

声の方に振り返ると、太い柱の陰から人影が現れた。鼻筋通った、さながら一振りの刀を見るかのような僧形の男は、目を伏せて三成の前で跪いた。

「おお、策伝か」

この男と出会ったのは五年ほど前のことだ。美濃の豪族金森家の一族、という恵まれた血筋ゆえに貴顕から下々の者にまで通じている。そのくせ控えめで目立たない。この個性に気づいた三成は、この男を隠密《おんみつ》として用いている。政に必要なのは、腕っぷしでも軍でもない。的確な情報だ。

「殿、報告をさせていただきたく」

「どうであったか」

「はい。秀次様の件にございまするが、やはり、太閤殿下に誣告《ぶこく》があったと考えるのが自然と存じまする」

突然秀吉の怒りを買って高野山に追放されてしまった豊臣秀次は、突如として切腹してしまった。己の身の潔白を証するためとも、秀吉への抗議とも取れる死に方であった。これに対し秀吉は怒り狂った。秀次に謀反の意志があったと世に触れ、秀次の妻子悉くを処断すると決めた。その成り行きにはさすがの三成も秀吉の狂気をすら疑った。

あれほど秀吉が怒るからには、何か途轍もない讒言があったと考えるのが自然だと考えてはいたが、やはり、あったたか。

「誰からの讒言かわからぬか」

「それだけは皆目見当が付きませぬ」

尻尾は摑ませんか。顎に手をやって唸っていると、策伝は少し顔を上げた。

「ただ。気になる男がおりまする」

「む、誰だ」

「曽呂利にございます」

策伝の口から飛び出した言葉が、三成の脳裏に残る光景を呼び起こした。今際の際に『奴を見張れ』と言ってきた蜂須賀小六の姿。そして、諸侯が居並ぶ中で秀吉に耳打ちをする曽呂利の姿。

「まさか、あの男が？」

実際のところは半信半疑だった。あのような小男に何ができるか、と高をくっていた。

「むろん、確証はございませぬ。けれど、可能性の一つとお考えくだされば」

「そうだな。ときに、秀次公の手元にあった、拝領刀の件はどうなった」

ことは数年前に遡《さかのぼ》る。

秀吉から一振りの刀を拝領した。一見足軽の差料かと疑うほどに簡素な拵《こしらえ》に収まる名刀、というなんともちぐはぐな逸品であったが『これは大将が持つべき刀じゃ、三成、この刀を帯びて戦場に出よ』という言葉まで賜った。しかし、ある日の夜、その刀が賊に盗まれた。拝領刀が盗まれたとなれば一大事、届け出るわけにもいかず秘していた。だが、秀次が切腹と相成った後、命により三成が聚楽第を家探しした時、秀次の私室から見つかった。

素直に考えれば、秀次が三成の拝領刀を盗ませたということになる。想像すらできないことだった。秀次とは一緒に天下を支えてきたという紐帯《ちゅうたい》がある。

秀次の私室や土蔵に入っていた書状。そこには、木村常陸介らと通じて秀吉を暗殺せんとする企みが書かれていた。これらの〝証〟を信ずるならば、秀次は木村常陸介らと謀って泥棒の石川五右衛門を雇い、様々な屋敷に入り込んで各家中の動向を探っていたのみならず、大坂城に忍び込んで秀吉の寝首を掻こうとしていた。どう見ても、謀反を仕掛けているようにしか思われない。

もとより木村常陸介らの謀略は摑んでいた。ゆえに連中は秀次切腹の際に罪を被《かぶ》せたが、それにしても不可解だった。

なにせ、三成は直に耳にしている。

『木村たちは謀反を企んでおるようだ』

という、秀次の言葉を。

果たして、謀反の張本人が仲間を売るようなことを口にするだろうか。むしろ、あの人は常陸介たちを止めようとしていたのではなかったか。そう考えた三成は、何か裏がある、と直感し、こうして独自に調べている。

策伝は無感動に続けた。

「拝領刀の件はやはり、秀次公が石川五右衛門に命じて盗んだと考えるのが自然かと思われますが」

「自然なはずがなかろう。あの拝領刀は関白秀次公ともあろうお方が固執するほどのものではない。秀次公はもっと佳い刀をお持ちだった。それに、もしも欲しいのであれば正面切っておっしゃられるだろう。あえて盗む理由がない」

「そういえば、そうですね」

「むしろ、あの刀は、秀次公を追い込むために何者かが拙者の屋敷から盗んだと考えるべきではないか」

「ああ、刀が盗まれた時、やけに荒らされておりましたからね」

刀が盗まれたと三成に知らされたのは、賊が忍び込んだとされる次の日だった。離れの天袋の中に納められていた拝領刀を盗み出すのに、賊は部屋中の戸棚から物を出し、散乱させた状態で去っていったのだ。刀一振り盗むのには不自然であるし、誰にもその姿を見られていない凄腕の泥棒の割には、いささか荒らし方が汚すぎた。これではまるで盗みましたと言わんばかりではないか。

「どうも、この一件は臭いのだ」

「確かに。面妖ですね」

平伏したままの策伝に三成は命じた。

「引き続きこの刀の件、また秀次公の件を調べよ」

「はっ。かしこまりました」

頭を畳にこすり付けた策伝はすくりと立ち上がり、また柱の陰に消えた。音も、匂いすら残さずに。

大広間のひんやりとした空気の中一人立つ三成は、とにかく混乱していた。

敵はどこだ？　そもそも、敵は誰だ？

わからぬだけに、混乱の度は深まるばかりだった。

それから数日後、伏見城は大騒ぎとなっていた。

誰もが右往左往している中、事情の呑み込めない三成はそれをずっと見遣っているばかりだった。しかし、慌てて廊下を駆け抜けていく者を捕まえて事情を聞いた。

「お上からの命令で、一ノ蔵と二ノ蔵の蔵米を全て外に運び出すようにと」

いくら秀吉が戦を宣言したからといって、蔵米を運び出すにはまだ早い。九州に兵を集結させる時にでも運び出せばよいはずだ。

三成の捕まえた吏僚は何も事情を知らぬようで、お上からの命令、という言葉を繰り返し、廊下の向こうへと消えてしまった。

何が起こっているのかもわからぬまま、三成は一ノ蔵へと急いだ。

廊下を右に左に抜けてしばらく歩くと、御殿に隣接する形で建つ一ノ蔵が見えてくる。中には数年籠城《ろうじょう》できるだけの米が積んである。しかし、今やその扉が開け放たれて、蟻のように群がった人足たちが米俵を運び出しているところだった。

ふと、一ノ蔵全体が薄い布のようなものに包まれていることに気づいた。最初、それが何なのかわからなかった。だが、目を凝らして見るうちに、それが麻の袋であることがわかった。まるで帆布のように大きな麻袋が、蔵全体をすっぽり覆っているのだ。

なんだあれは、と三成が声を上げようとしたその瞬間、その横にぬうと一人の影が現れた。

曽呂利だった。

「おお、治部はんやありまへんか。お久しぶりやなあ」

のんびりした口調に毒気を抜かれかかったものの、すぐに気を取り直した。

「神出鬼没だな。――あの麻袋、さてはお前の仕業か」

「へえ、そん通りや」

その瞬間、三成は曽呂利の襟を取った。ぐえ、と声を上げる曽呂利に構わず、力いっぱいに締め上げる。

「曽呂利、お前、いったい何をした」

「ぐえ。ちょい待ってくれや。……放してや、そやないと喋れへん。話せばわかる、話せばわかるでえ。暴力は反対や、あんたらしくないやないか」

襟を締め上げる手を離す。すると何度か咳をして、曽呂利は三成に向いた。

「はあはあ、死ぬかと思たで。もう、さすがはお武家さんやなあ」

「お追従はいい、どういうことだ、あれは」

曽呂利が言うには――。

数日前、曽呂利はいつものように秀吉の前で頓智話を披露した。その折、秀吉はこれ以上なく機嫌をよくしたようで、『褒美をくれてやる』とまで口にした。そこで曽呂利は『麻袋二つ分の米をくらはい』と秀吉に言上し、それが認められた。

「んで、麻袋を用意したんですわ。でも、うちにはあれしかのうて」

曽呂利は一ノ蔵にかけられている大きな麻袋を指した。

またもや三成は曽呂利の襟を取って締め上げた。

「な、なにしますんや」

「それはこちらの科白ぞ。なんだあの麻袋は。『あれしかない』だと、馬鹿も休み休み言え。あのような麻袋が都合よくあるはずがなかろうが。最初から太閤殿下をたばかるつもりであの麻袋を用意させたのだろうが」

思えば、以前曽呂利は『一日目に一粒、二日目に二粒、三日目に四粒、四日目には八粒……これを百日分』という頓智をしてみせたこともあった。やっていることはあの頓智とほとんど変わらないが、現実味を帯びている分今回の頓智の方がはるかに性質が悪い。

苦々しい思いでいる三成の前で、曽呂利はうそぶいた。

「何言うんや。これも座興や」

曽呂利は三成の手を払いのけ、少し離れたところに立った。これ見よがしに咳き込んで、口周り、そして顔を大きく開いた手が覆う。その手の指から覗く目には狂気の炎が揺らいでいるのに気づき、思わず三成は息を呑んだ。

その手を外したときには、元の鯱鰊顔の曽呂利に戻っていた。

「わしのお役目は太閤はんのお暇を和らげることや。んで、太閤はんはこの座興で随分楽しんでおられるで。たぶん今頃、『またあいつにしてやられてしもうた』と言うてはる」

「この……」

三成は刀の柄に手を掛けた。

「ひ、ひいっ。お助けや！」

鯉口を切って抜こうとした。その瞬間、雷鳴のような鞘走りの音が響いた。

それを聞き咎めたのか、周りに人が集まり始めた。

「治部殿、殿中で刀を抜けばあなたといえども――」

「刀を収めてくだされ」

周りの大番役たちに囲まれてしまった三成も、自らの非を認めるしかなかった。殿中で刀を抜けば、如何な理由であれ秀吉への大逆となる。石川五右衛門の大坂城侵入事件以来、特に刃傷《にんじょう》騒ぎに対して秀吉はうるさい。

刀を収める。すると、青い顔をして尻餅《しりもち》をついていた曽呂利が、眉を上げた。

「あれ、そん刀……。もしかして、あ、たぶんそうや。そん刀の拵、わしの作ったもんやさかい」

「何？　――ああ、お前は元は鞘師だったな」

「太閤はんに差し上げたはずやったんやけど。いつの間にか、治部はんのお持ち物になっていたんやなあ」

「そうだ。太閤殿下から拝領したのだ」

　秀次の聚楽第から取り戻した拝領刀だ。普段使いとすれば盗まれることもない、と腰に差している。大名の差料にしては拵があまりに粗末だが、秀吉からは『このままにしておけ』と言われている。

「懐かしなあ。いや、腕によりをかけて作った鞘やさかい。思い出もひとしおや」

　その割には鞘走りの音が大きすぎると首をかしげていると、曽呂利はぎざぎざの歯を見せながら、短く笑った。

「でも、どうしてそん刀を治部はんがお持ちなんや」

「だから言ったであろう。太閤殿下より拝領したと」

「いや、そういうことやのうて」

　顎に手をやって、下から見上げるように三成の顔を覗き込んでくる。その目は、先ほど指の間から見せた狂気まじりの目そのものだった。

「なんで、秀次公のところにあったもんが、こうして治部はんのところに戻ってるんやろと思て」

なぜ知っている。

そう問いかけようとした次の瞬間には、曽呂利はもうその場にいなかった。

追いかけようとした三成だったが、大番役の者たちが立ちはだかった。三成を取り囲み、殿中で刀を抜いたからにはその申し開きをして頂かねばならぬ、すみませぬが少々お付き合いいただきます、と三成をどこかへ連れてゆこうとした。

が、三成はそれどころではなかった。

「曽呂利！　待て曽呂利！」

なぜお前がそれを知っている!?　なぜこの刀が聚楽第にあったことを知っている!?

しかし、曽呂利の姿はもうどこにもなかった。

書院の上段の間に、秀吉の声が響いた。

「佐吉、お前らしからぬ行ないだのう」

その日、秀吉に呼び出された。ここのところ、いつもむっつりとして退屈そうにしている秀吉だが、今日はずいぶんと晴れやかな顔をしている。隣に御拾の姿がないにも拘わらず、だ。御拾のいない席でこれほど穏やかな顔をしている秀吉の姿を見るのは久しぶりのことだ。

「はっ、大変申し訳なく、されど、太閤殿下への大逆の意志など毫《ごう》もございませぬ」

ここのところの秀吉は恐ろしい。それが、三成の本音だ。

昔の秀吉は本当に部下のことをよく思ってくれる人だった。仕事に対しては厳しかったし、ときには無理難題を言い、実力のない者に対してはすぐに暇をやった。だが、逆に言えば仕事ができる人間のことはどこまでも可愛がってくれる人だった。

今は違う。気に食わないことを言う者たちや、相容れない者たちを自分から遠ざけるようになった。千利休や秀次はそうして秀吉の御前を去っていった。

こらえ性もなくなり、心持が安定しなくなった。かつては諫言を聞くだけの度量があったはずだが、今ではちょっとした家臣の苦言にも烈火のごとく怒るようになった。かと思えばすぐに機嫌を直し、明るい声を発し始める。家臣たちは天下人の天気模様に翻弄されている。

恐らく――。三成にも予感めいたものがある。もしも、このお人の逆鱗《げきりん》に触れたのなら、きっとこの石田治部と雖も腹を切らされるのであろう、と。

そんな三成を前に、秀吉は皺を顔いっぱいに作り、おどけて見せた。その表情は、三成が秀吉に仕え始めた当時によく見せた表情だった。

「佐吉が左様なことを考えておらぬことくらいわかる」

「かたじけなく……」

「しかし、どうしたのだ。お前ほどの知恵者が後先《あとさき》考えずに刀を抜くとは」

「曽呂利の件にございまする。なんでございましょうか、あの麻袋は」

秀吉は子供のように笑った。

「はは、あの頓智には笑わせてもろうた。『麻袋二つ分の米を下さればいい』というものじゃから、その場で頷いてしもうた。そうしたらどうじゃ、あの大きな麻袋は。あれを見せつけられたら、もう笑うしかないわ」

「笑い事とは思えませぬ。あのようなことをすれば――」

しかし、三成は口をつぐまざるを得なくなった。

というのも、秀吉が途端に不機嫌そうな顔をしたからだ。眉をひそめて、猛禽《もうきん》のような目をした秀吉は腹の底から低い声を上げた。それはまるで虎の咆哮《ほうこう》のようだった。

「この天下人が、一度約束したことぞ。それを反故にすればどうなるかわからぬ佐吉ではあるまい？　それとも、佐吉はこの秀吉に恥をかけと、そう申しておるのか？」

手先が震える。だが、言わなくてはならぬこともある。

「しかし殿下。今は大戦を控えているところにございまする。今は一粒の米さえも惜しい時。だというのに、蔵から余計な米を出してしまうのは得策とは思えませぬ」

「ふん、何を言うか」

ふんぞり返って足つきの器台に積まれた金塊の一つを手に取った秀吉は、三成の足元に無造作に投げた。

「その金を見よ。これを銭に替えればよい。さすれば米など無尽蔵に集まる。それに、米など買わずとも好い。来年の秋になれば売るほど米が蔵にたまるわい」

ころりと転がる金塊を見下ろしながら、三成はそうかもしれぬ、と頷きかけて首を横に振った。天下の財とはそのように使われるものではない。

すると、秀吉は少し眉を上げた。

「――まあ、実は、の。曽呂利に米を掠め取られた、というのは偽り、表向きのことよ」

訳がわからない。すると、秀吉は楽し気に顎を撫でた。

「いやのう、これは曽呂利の頓智なんじゃがのう――」

ある日、曽呂利はこう言った。『恐れながら、殿下は庶民から怖がられてまっせ』と。どういうことだ、と聞けば、曽呂利は悪びれもせずに切支丹《キリシタン》の弾圧や秀次の妻子処刑などの残虐な行ないの数々を挙げていった。

『太閤はん、また外征をやるって聞きましたけど、そりゃあかん。このまんま外征なんかやったら、民の心が太閤はんから離れたまんまや』

そうかもしれぬ。頷いた秀吉は聞いた。では、どうすればいい、と。

「曽呂利はこう言ったんじゃ。『今の内に、大坂の民たちに米を配ればええ』とな。

さすれば民の心を繋ぎ止めることができる、とな」

発想そのものは徳政令のようなものだが、より性質が悪い。

借財を帳消しにする徳政令は、救われる層がはっきりしている。金を借りて首が回らなくなっている武士たちを救うための方策なのだ。しかし、今回の件に関しては、誰が救われるのか、そもそも何を目的としているのかがはっきりしない。人気取り？はっきりいえば、民草から嫌われていたとしても政に支障はない。わざわざ蔵を二つも開いてまで民どもに気を遣う必要はないのだ。

それに、ただで米を配れば噂を聞きつけて近くの飢民たちがここ伏見に流入することになる。そうなれば、その扱いにも苦慮することになる。

秀吉はかつて、人気を得るために金をばらまいたこともあった。だが、それはあくまで進軍先の地ならしのためだった。言い方を換えれば、金で人を釣って動かしていたのだ。その金の使い方には、しっかりとした目的意識があった。

しかし、この件はどうだ。米を配っても唐入りに有利なことは何一つ起こらない。この〝徳政〟は出費ばかりで何の利益も跳ね返っては来ない。

太閤殿下は本当にどうしたというのだ。

「どうした、佐吉」

「――いえ」

言えない。

実の甥であり養子の秀次を気に食わぬからと切腹に追い込んだお方だ。謀反の噂があったとしてもあえて許すのが天下人の度量というものだし、我らが主君である秀吉であるはずだ。しかし、秀吉は変わってしまった。猜疑心の塊となって臣下たちの言葉を聞かず、己の機嫌の具合に従って部下たちを処断していく。

気付けば秀吉の周りには誰もいない。

天下人は多くの臣下を従えている。だが、誰もがその天下人を遠巻きに眺め恐れているばかりだ。近寄ればこの気難しい天下人に斬り殺されてしまうからだ。かつてこの天下人と共に天下を夢見た者たちも鬼籍に入るか自ら離れていった。

この孤独な天下人は今、何を思っているのだろう。

そんなことを、三成は思った。

だが、その天下人はといえば、ひとりはしゃいでいた。

「いや、楽しみであるぞ。大坂伏見の民たちがわしのことを褒め称える。そして、わしがいなくなってもなお、わしの天下を褒め称えてくれようぞ」

ようやく三成は気づいた。この天下人は耄碌《もうろく》しているのだと。

今更、悪名が何だというのだろう。かつての秀吉は主家乗っ取り、天下簒奪《さんだつ》の悪名すら呑み込んでいたはずだ。にもかかわらず、今、目の前にいる老人は善人になろうと欲し、良き天下人になろうとしている。

ならばなぜ、利休や秀次を殺してしまわれたのですか。そんな疑問ばかりが三成の心中に響く。

しかし、秀吉はそんな三成に応えようとはしなかった。

「そうだ、佐吉。伝えそびれておったわ」

「は、なんでしょう」

「来年の唐入りじゃがな。お前は後詰めとする」

「後詰め？　ということは」

「うむ、肥前名護屋《ひぜんなごや》にて唐国に渡った将兵たちの輜重《しちょう》を任せることにする」

士《さむらい》にとっての誉れは間違いなく前線だ。確かに三成自身は吏僚だが、大名であるからには武勲を重ねて奉公するものだという思いはある。だからこそ、天下から様々な人士を集めて戦にも耐えうる家中を作ってきたし、先の唐入りの際には活躍をしたはずだ。逆に言えば、小荷駄など二流の将が行なうことだ。

「何故でございまするか」

すると、秀吉の目が昏く光った。

「知っておるぞ、わしのくれた刀を石川五右衛門に盗まれておったな？　しかも、それを届け出ることなく揉み消そうとしておったようだの」

なぜそれを。心胆が冷える音が確かに聞こえた。何も言えずにいる三成を前に、秀吉は続ける。

「まあ、揉み消そうとしたこと自体は構わぬ。しかし、揉み消し切れなんだが問題よ。となれば、お前に重要な話をしても筒抜けになる恐れもある。それに、たかが泥棒一匹捕まえられなんだも問題よ。ゆえにこの仕置じゃ。本来なら家禄《かろく》没収のところ、これ程度で済ますはわしの〝親心〟ぞ。感謝せい」

目の前が真っ白になった。しかし、すぐに三成の頭の算盤は最初の感想とは全く違う解を導き出そうとしていた。

否、これはこれで良かったのかもしれない、と。

唐入りを行なうと秀吉が宣言した時、諸侯の誰もが戦などしたくないと言外に示していた。それもそのはず、先の唐入りでどこの家中も随分戦費を使ってしまっている。これ以上の派兵はその傷をさらに広げることになる。負ける博打に大金をつぎ込むようなものだ。

もしこの戦役を後詰め程度で終わらせることができたらどうだろう。

かさむ戦費は唐入り組と比べればはるかに少なく済む。厭戦《えんせん》気分に沈む家中に対する言い訳にはなろう。かの戦で加増などあり得ない以上、出来るだけ損耗を抑えたほうがいい。

しかし、それを顔に出すわけにはいかない。

「それだけはお許しください。ぜひこの治部に戦場を駆けさせてくださいませ」

「ならぬならぬ。ならんわ！　もう決まったことぞ」

どうやら、秀吉はすっかり三成の後詰めを決めてしまったらしい。

これでいい。

心中でほくそ笑む三成がいた。

しかし、一方で焦ってもいた。

唐入りで前線に配属されずによかったというのは吉であろう。しかし、その代わりに太閤殿下の信頼が揺らぎつつある。この信頼を取り戻すためには、何か大きな功を挙げねばなるまい。しかも、軍功ではないなにかを――。

冷や汗が頬から顎に伝い畳に落ちる様を、どこか冷めた目で見据えるもう一人の三成がいた。


「殿」

自分の屋敷に辞した後、部屋で書き物をしていると、中に策伝が入ってきた。いつもは涼しげな顔であるはずの策伝の顔に、いささかの困惑が見え隠れしている。何かあったのかと思い声を掛けると、策伝はその場にどっかりと座った。

「大変なことになりました」

「ああ、こちらも大変だ。太閤殿下に疎まれ始めている。これはまずい。何か新たな手を打たねば――」

だからこそ、既に輜重の準備を始めている。全国から米を吸い上げる仕組みを構築しようとしているところだ。顔を上げずに書き物をする三成。すると、目の前の策伝が声を上げた。

「ならば、拙僧の摑んだ話がお役に立つかもしれませぬな」

策伝は満面に笑みを浮かべていた。この男が笑い顔を見せるのは珍しい。

「ずいぶんな大魚を釣り上げたようだな」

「ええ。お聞き下さいますか」

「無論だ。聞かせよ」

「ええ、では。秀次公の謀反の件ですが、木村常陸介らはやはり謀反を企てていたようですが、秀次公は無関係なことがわかりました」

「そこまではわかっている」

「ええ、無論です」策伝は頷いた。「ここから先が重要です。秀次公を陥れたのは誰か、ということです」

「尻尾を摑んだのか」

「はい。秀次公謀反について、殿下に吹き込んだのは――幽斎殿のようです」

意外な名前だった。

明智光秀謀反の際、本来なら光秀に協力すべき立場のはずだった。子である忠興《ただおき》が光秀の娘を嫁に迎えていたからだ。しかし、その縁を無視し、幽斎は秀吉に協力した。歴史にもしもはないが、幽斎が光秀に協力していたのなら秀吉の天下がどうなっていたかはわからない。それを秀吉も弁えているのだろう、長岡（細川）家には一層の格式を与えて配慮を欠かさず、幽斎を御伽衆御頭として重く用いている。

「だとすれば、妙だな」

三成は顎に手をやる。そして、頭の中に幽斎の姿を思い浮かべ、違和感の正体を口の端に載せる。

「あれは、左様な男ではない」

「信用が厚いのですね」

所詮あの男は外様だ。最初から信頼などしていない。三成が思うのはむしろ、あの幽斎に謀略を起こすだけの度胸があるか、という疑念だった。あの男は大義名分なしには動くことはない。それは明智光秀謀反の際に、親戚である光秀ではなく、敵討ちという大義になびき秀吉に協力したその行動にも表れている。

ということは。

「もしも、幽斎が讒言したのが事実ならば、あの男を操る者がいるはずだ。そいつを洗え」

策伝は快活に応じた。

「となると、あのお方しかおられないではありませぬか」

「あのお方、とは？」

「幽斎殿の元の君主に当たる方に決まっておりましょう」

そういうことか。

三成の脳裏に、ある男の顔が浮かんだ。

部屋の障子を開くと、中には長岡幽斎がいた。

最初、外から差し込む光に目がくらんだのか目を細めていた幽斎だったが、三成がやってきたことに気づいたのだろう、少しほっとしたような顔を浮かべた。そして三成をないものであるかのように扱い、茶釜の中を覗き込んだ。

「で、いかがなすったのですか治部殿。これより茶を点てる用事がございます。申し訳ございませぬが、ここから出ていってくだされ。これより大事な方を供応する故」

三成は鼻を鳴らした。

「存じております。どなたを供応するのかもすべて」

ほう、と幽斎は声を上げた。

「ならば、お判《わか》りにございましょう？　申し訳ございませぬが、治部殿では少々格不足にございまするぞ」

そう来ると思った。

ゆえに、三成は早くも切り札を取り出した。

「なんでございましょう、その文は」

「太閤殿下の御免状にござる。ここにはこう書いてございまする。『此の書状持ちたる者を秀吉と取り計らい候べきこと』と。――いかなる貴人といえども、この文を無視することはできませぬぞ」

幽斎は声をなくした。

前の日に無理を言って祐筆《ゆうひつ》に書かせ、秀吉に花押《かおう》を添えてもらったものだ。紙切れ一枚。しかし、その威力たるや恐ろしい。この書状の内容いかんによっては、大大名すら牢人となってしまうし、逆に浮浪者を一国一城の主にもすることができるのだ。本来ならばこのような虎の威を借る狐のような真似はしたくない。だが、相手が相手だ。使える手は何でも使うべきだ。

と――。御簾《みす》の向こうに座り、さっきまで何も述べようとしなかった人物が口を開いた。

「よい」

通りのいい声だった。既に老人のはずだが、その声には一点のだみもない。

幽斎ははっとして御簾の奥に目を向けた。

「よ、よろしいのですか」

「太閤殿下の書状を楯にされては、もはや何も言えまい？　――幽斎、治部殿にお茶を点てい」

見れば、茶釜の内側に水泡が浮かび、湯気が上がりはじめている。それに気づいた幽斎は、はっとして慌てて湯をすくい始めた。

そんな幽斎を横目に下座に腰を下ろした三成は、御簾の奥に座る人物に頭を下げた。

「お初にお目にかかりまする。拙者、石田治部と――」

「知っておる。最近噂になっておるぞ。豊臣をほしいままにしておるそうだな。いやはや、歴史とは繰り返すものだな、幽斎。かつて我が一族は細川に蚕食されておった。やはり、権力の座にあれば、やがて有能な家臣に乗っ取られてしまうのが歴史の常というものか」

茶筅で碗の底をかき回しながら、幽斎は苦笑いを浮かべた。

「いやいや、何をおっしゃいまするか。少なくとも私は、これまであなた様に粉骨砕身仕えて参りましたぞ」

「戯れぞ、幽斎」

御簾の奥の人物はくつくつと笑った。

長岡幽斎はかつてある人物の家臣だった。そして、その人物の手足となり、策謀を尽くしてきたのだった。秀吉の時代となってからその主従は解消していたかに見えていたが、実際にはその主従は昔のままだった。そう考えれば何の不自然もない。

幽斎が茶を点て終え、三成に出したのを見計らったかのように、御簾の奥の人物は口を開いた。

「幽斎、御簾を上げてくれろ。でなくば、治部殿の顔が見えぬ」

「し、しかし」

「良いと言っておろ。それに、太閤殿下の御免状を持ちたる者に御簾越しでの会談はあまりに無礼であろう」

困惑を隠さない幽斎だったが、御簾の奥の人物の言葉に逆らいきれぬと察したのか、立ち上がって御簾をゆっくりと上げ始めた。

明らかになったのは、僧形の男だった。丸くした頭。金糸で編まれた法衣姿。手には豪奢な黒数珠《じゅず》を握り、その場に悠然と座っている。しかし、その絢爛《けんらん》な姿に反して、表情には疲れと年齢が色濃く滲んでいる。真っ白な眉毛、深い皺。そして、物憂げな表情は、まさしく老人のそれだった。

その老人は、眉を少し動かした。

「で、治部殿。予に何の用であるか？　まさかこの予にただ逢いたいとここに来たわけではあるまい？」

「そのまさか、だとしたら」

老人は大きく眉を動かした。

三成はそんな老人を前に続ける。

「今回、拙者は何のお役目も帯びてございませぬ。拙者がここに罷《まか》り越したのは、ただ拙者一人の考えにございまする」

老人は真っ白くなった眉を上げた。

「ほう、そなた一人の思い付きのために、予の楽しいひと時を奪われた、というわけか。さらには、その私事のために、太閤殿下の御免状を発給させたてまつったと。なんと度し難いことよ」

あからさまに言葉尻に恫喝《どうかつ》を混ぜてくる。幽斎もこちらを刺すような視線で睨みつけてくる。

三成も負けてはいない。

「されど、これは太閤殿下への忠のため。お許し願いたい。――改めまして、斯様な場まで罷り越し、大変申し訳ございませぬ。前将軍、足利義昭殿下」

すると、老人――足利義昭は少しの間瞑目《めいもく》した。が、考えがまとまったのか、ゆっくりと応じた。

「もう、予はその名前を名乗っておらぬ」

「存じております」

足利義昭はかつて信長公に京を放逐された過去がある。その後、わずかな廷臣と共に堺や毛利の元へ落ち延びた。そんな義昭が京に戻ったのは、信長公が死んで秀吉の時代になってからだ。しかし征夷大将軍を辞し、出家した上でのことだ。よって、もう征夷大将軍、足利義昭はいない。

しかし、三成が出家したはずの男を俗名で呼ぶのには理由があった。

「まだあなたは天下を諦めてはおられますまい」

義昭がわずかに身を震わせる中、三成はまっすぐ義昭を見据えた。

「あなたが、豊臣家の獅子身中の虫だったのですね」

義昭は最初、何も言わなかった。ただ、木石のようにその場に座っている。表情にはまるで変化がない。何を思っているのか、その底がまるで見えない。さすがはずっと信長公に反発し、一時は追い詰めた男だ、と不思議な感想を持っていた。

その代わりか、幽斎が首をかしげた。

「治部殿、何を言うておられるのか。治部殿ともあろうお方が訳のわからぬことをおっしゃいますな。そんなことより、茶が冷めまする。早くお飲みに——」

言い終わるより前に、三成はずっと置かれていた黒茶碗を無造作に手に取って、ぐいっと飲み干した。まるで地獄の釜のような熱さだったが、やせ我慢しながら喉に流し込む。

「あまりよろしくないお点前ですな、幽斎殿。湯を煮立て過ぎにございまする。これでは茶の香りが台なしにございましょう。どんないい銘茶であっても不味《まず》くなってしまいまする。拙者、元は寺の茶坊主にござる。それゆえ、茶のことはそれなりには知っております。——そうだ、今度茶についてお教えしましょう。機会があれば」

これで幽斎は黙った。

あとは——。三成は幽斎を一瞥して、本丸——義昭に向いた。

義昭は数珠を手の中で弄んだ。じゃらじゃら、という珠のこすれる音があたりに響く。

先に切り出したのは義昭だった。

「ふむ、獅子身中の虫、というが、予には何のことだかとんと見当がつかぬ。たとえ話は苦手でな。すまぬが、もっとわかりやすく話してくれぬか。一から十まで」

「では——。しかし、これから拙者が述べる話は、あくまで拙者が調べたことの断片に、拙者の想像を混ぜたものにございます」

「ほう、自ら己の妄想であることを認めるか」

「いえ、散らばった欠片《かけら》のうち、多くは集め切りました。が、欠片のうちいくつかは風化してしまいましてな。されど、それがなくとも、大まかな形は描き出すことができましょう。割れた茶碗を金継ぎするようなものです。継いだところは残っていない。されど、その部分がなくとも、器物を使うことはできます」

義昭は喉の奥で唸った。

「まあ、理屈は通っておる。で、そなたは何を見た」

三成は応じた。

「順を追って説明いたしましょう。――まず、拙者があなた様の関与を疑っているのは、秀次公の一件にございます」

義昭は少し眉を動かした。しかし、それはあまりにかすかなものだった。風に眉が揺れたのかもしれない。

確信を持ったまま、三成は続ける。

「秀次公には謀反のご意志などなかった。されど、ご謀反が公然の事実として殿中に広がってしまった。誰もが首をかしげながら、秀次公を庇うことができなかった。なぜなら、殿下が秀次公を庇った者たちを苛烈に処分なされたからです。――つまり、秀次公の謀反を信じていたのは、ただ太閤殿下のみということになりまする。では、なぜ、太閤殿下が左様なことを信じてしまったのか、という疑問が浮かびますな。

――そこで重要な役割を演じたのが、幽斎殿、あなたです」

幽斎は口元を少しだけ震わせている。それが答えなのだろう。

三成はまた義昭へ視線を戻した。

「幽斎殿が太閤殿下に讒言したことは既に裏を取ってございまする。そして、恐らく幽斎殿の裏にはあなた様がいる。そう考えるのが自然と思いましてな」

「いや」幽斎は片膝をついた。「それはわしの独断ぞ」

三成は、ため息をついて、幽斎を見据えた。

「それはない。あなたは独力では動かない。あくまで手足にすぎぬ。自分の意のままに動く曽呂利を御伽衆の中でそれとなく引き上げていたのも、あなたですな」

「曽呂利がなんだというのだ」

「おそらく、曽呂利はあなたがたの手の者でございましょう」

三成は既に摑んでいる。曽呂利は幽斎を通じて足利義昭とも逢っている。このことを考えれば、この二人の関係は、ただ御伽衆の頭とその部下、などという形だけの関係ではあるまい。そう睨んで調べ続けるうちに、幽斎が曽呂利をことあるごとに引き上げていたことが判明するとともに、あのような無位無官の男が豊臣幕下に入り込んだ経緯もまた明らかになった。秀吉を小馬鹿にする内容の落首を詠んだかどで処刑される寸前であった曽呂利に幽斎が機会を与え、かつ取り成しまでやっている。曽呂利は幽斎の密偵のような存在だったのだろう。

図星だったのか、幽斎は力なくその場に座り、うなだれてしまった。

一方、義昭は懐から扇子を取り出した。そして、扇を開いては閉じ、開いては閉じを繰り返した。そうして最後には、ぱちん、と音を立てて閉じ、その先を三成に向けた。

「幽斎も形無しよのう。――まだ言いたいことがありそうだな」

「ええ。他にも山ほどお伝えしたいことがあります。たとえば、千利休殿の突然の切腹騒動もその一つでございます。今にして思えば、あの件も何者かによる讒言があったと考えるべきなのではないかと思いましてな。なにせ、あの切腹はあまりに時機をとらえ過ぎている」

「ほう、というと?」

「秀長公の死去から一月でございます」

今にして思えば、秀長と利休が死んだことで、秀吉は孤立してしまった。近臣たちが皆あの世に追いやられ、残ったのは秀吉の意に汲々《きゅうきゅう》としている廷臣ばかりだ。そして、自身も重臣のようにはなりえなかった、ということに今更ながら気づく。

「あの二人の死によって、秀吉公は孤独になられてしまった。裏を返せば、あの二人こそが殿中を支える人たちだったのです。つまり、あなた様が関白殿下を孤独に陥れ、さらには秀次公まで追い落としたというのが拙者の考えです」

と、義昭は手を叩いた。その音が部屋の中に響き渡る。

「見事な筋書きぞ。――されど、一つ欠けておることがある」

「と、言いますと」

「ふむ、仮にそなたの言うことが本当だとしよう。百歩譲って、予が秀次公の讒訴《ざんそ》に関わったとしようか。では、なぜ予がかようなことをする必要がある」

三成は頭を横に振った。

「それはわかりませぬ」

「それ見たことか。それでは――」

「誤解召さるな。正確に拙者の心の内を表現するのなら、『興味がない』というほうが正しいだけのことでござる」

「な、なに？」

「聞こえませなんだか。興味がない、と申し上げたのです。拙者が問うておるのは陰謀という器の形であり、その中身ではありませぬゆえ。そこに満たされているのが茶であろうが水であろうが、拙者には関係ないことでございます」

動機の想像はつく。

かつての義昭は、征夷大将軍の位を用いて各大名家に号令し信長公への包囲網を築き、小競り合いをしていた大名たちの調停にあたっていた。自前の兵力をほとんど持たず、実権などほとんど存在しない征夷大将軍は、己の位と文だけで天下を回そうとしていた。

目の前の老人がやらんとしたことは、かつてと同じことなのだろう。

秀吉から捨扶持《すてぶち》程度の知行を貰い、剃髪して京にある老人は、もはや自ら蜂起《ほうき》する力など持ち合わせてはいない。そもそも征夷大将軍であった頃からそんな力など持っていなかった。そんな弱き公方《くぼう》は、他人を動かして己の意のままにする術《すべ》をずっと磨いてきた。

秀吉の天下を快く思っていなかったのであろう、というのが三成の見立てだった。

義昭を京から放逐したのは信長だ。その信長に恨みを抱いていないはずはない。そして、その恨みが信長公の事実上の後継者である秀吉に向いたのだとしたら――?

義昭は将軍位を捨てて、秀吉の幕下に入った。屈服のためではない。秀吉幕下を内側から食い破るためだ。時折、尻尾が出ないように少しずつ不穏な噂を流し、家中を混乱させていたのだろう。まるで波が岩を穿つようにゆっくりと秀吉を孤立させていった。それと並行して、利休や秀次といった人々を取り除いてきた。かくして秀吉は頑迷な老人となった。

権勢への復讐《ふくしゅう》なのだろう。いや、あるいは日の本一の権勢人となった人間への、ささやかな反発なのかもしれない。

「大方の想像はつきまする。結局、あなた様の生きがいがそこに向いただけの話でしょう。かような老人の暇潰しに振り回されていたのだとすれば業腹ですが、ね」

結局のところ、その老人の企てによって、天下はぐちゃぐちゃにされてしまった。

事実、目の前の義昭は満足気に口角を上げている。

その男の顔は、既に覚悟を決めている顔だった。己の策に満足し、露見したならば首を差し出せばよい、と腹をくくっている顔だ。

だが、そうはさせぬ。三成は手を叩いた。

「そういえば義昭公。今日は特に用があったわけではないと申し上げましたが、大事な用事を忘れておりました。太閤殿下からのご命令にござる」

「命令、とな」

「心して聞かれよ。『貴殿に唐入りの後詰めを願いたい』との由にござる」

すると、義昭は目を見開いて、口をあんぐりと開けた。

「な、なぜ予が？　左様な役目、予が為すべきことではあるまい」

狼狽を隠せぬ義昭を前に、三成は冷たい声で応じる。

「太閤殿下はこうおっしゃっております。『先の唐入りが上手くいかなんだは、挙国一致による戦とならなかったゆえ、公家衆にも協力いただきたい。そして、かつての征夷大将軍であらせられる義昭殿には、戦慣れしておらぬ公家衆の頭となって頂きたい』と」

　義昭のこめかみに青い筋が浮かんだ。

「ほう、あの猿面冠者め、かつての征夷大将軍を率いて唐入りとは、随分と風流なことをしおるのう」

「風流？　違いますな」三成は言い放った。「これは懲罰にございましょう」

「わかっておるわ、痴《し》れ者が」

　初めて義昭は声を荒らげた。

　目の前の老人が何歳なのかは知らない。だが、もうかなりの高齢だろう。いかに後詰めとはいえ、京から遠く離れた九州に陣することになる。そうでなくても戦陣は体力を奪うものだ。この老人に命じるのは、かなりの無茶というものだ。

　死なずとも好いが、死んで呉《く》れれば好都合。そう言いたげな処遇であることに間違いはない。

　あからさまな懲罰ではない、というのが肝だ。

　武門にある者にとって参陣は誉れだ。それを打診されて喜ばない者はない。逆に、喜ばないとなれば武門の名折れとなる。特に、名門足利家の当主であった義昭がこれを喜ばないということになれば、それこそ足利家の名に泥を塗ることになる。

それをこの男は決して許さないだろう。

「せいぜい、御励み下さいませ。かつて四海にその名を轟《とどろ》かせた前征夷大将軍として」

義昭は鼻を鳴らした。しかし、その顔からはさっきまでの不敵な表情は消えうせ、一人の疲れ切った老人の表情がそこにあった。

三成は立ち上がった。

「さ、話はこれで終わりにございます。いやはや、つまらない話をしてしまい申し訳ございませぬ。――では、義昭殿、おさらばにございます」

別れの挨拶に、義昭は答えようともしなかった。

背中に刺すような視線を感じながら、三成は縁側に出た。ようやく、終わった。厚く垂れ込めていた雲が割れて一筋の光が下界に注ぎ込んできたかのような清涼な気分に包まれる。

これですべてがうまく行くはずだ。

家臣として初めて何かを為した、そんな気がした。

殿中へ戻り、家臣の詰め所に顔を出すと、そこには福島正則が座っていた。いつもは朗らかに笑っている男だが、今日に限っては眉を思い切りひそめて渋い顔をしている。何かあったのだろうかと声を掛けると、やおら三成に摑みかかってきた。

「治部！　なぜ虎之助《とらのすけ》の邪魔をするか！」

正則が虎之助と呼ぶのは、加藤清正《かとうきよまさ》のことだ。秀吉の縁戚であることから、秀吉に最初の頃から仕えていた生え抜きだ。そういう意味では、正則と立場は同じと言える。事実、正則と清正は気心が知れているようで、まるで猫同士がじゃれあうように話しているのを見かけることがある。

「な、なんだというのだ。拙者が加藤殿の邪魔を？　どういうことだ」

「ええい、言い逃れをするかッ！　聞いたぞ、先の戦での虎之助の不始末を蒸し返したそうではないか」

加藤清正は、先の唐入りの際にある失態をしている。

明と和睦を結ぶ際、当時朝鮮に渡り一番の活躍を見せていた清正が反対したのだ。明側が示した条件は明らかに明側に有利なものだった。それに対して嚙みついた。すっかり兵も疲弊して、とてもこれ以上戦を継続できない、という段にあっても、『この条件を吞むくらいならばこの身を弾丸にしてでも戦い抜く』と気炎を吐いていた。これでは和睦の障害になる、と判断して、清正を半ば無理矢理日本に帰したのであった。

最近まで謹慎していたが、再びの唐入りを受けてその謹慎も解かれたはずだ。

「何のことでござる」三成は声を上げた。「左様なことをした覚えはない」

「嘘をつけ、ではなぜ、虎之助が後詰めに回ることになっているのだ」

唐入りの陣組は決まっていないはずだ。後詰めを既に命じられた三成や義昭は例外で、まだ主力となる面々の陣立ては白紙と聞いている。もし多少なりとも陣立てが決められているのなら、既に三成の耳に入っていなければおかしい。

「どこでその陣立ての話を聞いたのだ」

「もっぱらの噂ぞ。わしと虎之助が渡海から外されると方々から話がきおるわ」

なんと、そんな根も葉もない噂が流れているのか。だとすれば、それも由々しき事態だ。

何とかせねばなるまい。そう肚の内で唸っていると――。

「おや、お二人はん、何しておいでなんや」

神出鬼没の曽呂利が現れた。

障子を開けて入って来た曽呂利は、正則と三成の顔を交互に見比べて、いわくありげに笑って見せた。またやってはりまんな、とでも言いたげに。

「曽呂利、何をしている。ここは万石以上の大名しか入れぬ――」

「まあええやないでっか。そんなことより、なんかお困りのご様子やなあ。なんでも、加藤はんが太閤はんに嫌われてしもうてるってことやないかい」

正則は眉をひそめた。

「ああ、その通りだ」

「なら、わしがなんとかしまひょか」

身を乗り出す正則を前に、曽呂利は胸を叩いて見せた。

「わしやったら、太閤はんにそれとなく加藤はんの許しを乞うことはできまっせ？ ついでに、福島はんを御渡海できるように言うてもええ」

「ほ、本当か。いや、本当だろうな。何せお前、毎日のように親父殿に耳打ちをしておるものな。それほどに親父殿に信頼されておるお前ならば、あるいは――」

三成の脳裏に、秀吉公に耳打ちをする曽呂利の姿が浮かぶ。

最近、噂を耳にした。様々な大名がこぞって曽呂利の点てる茶を飲みに参上しているらしい、というものだ。それを聞いた時には大して気にも留めていなかったが、思えばこれはきわめて面妖なことと言わざるを得ない。有名な茶人がいくらでもいるにもかかわらず、あえて素人の曽呂利のところに各大名が顔を出す。そして、茶というのは密室で点てられるものだ。そこで密談がなされたとしても当人たちの間の秘密となる。

頭の上に様々な想像が浮かんでは消える。

正則は今にも涙を流さんばかりに顔をしかめて曽呂利の手を両手で握った。

「頼むぞ。今や親父殿――太閤殿下はわしの言うことすら聞かぬのだ。お前だけが頼りぞ。なんとか太閤殿下の御機嫌を取ってくれ」

曽呂利は己の胸を叩いた。

「ああ、任しておきなはれ。わしがなんとかするさかい」

「おお、なにとぞ頼むぞ」

一つ頷いた曽呂利は、さっき入ってきた障子の隙間からまた表に消えた。

その後を追おうとする三成。しかし、肩をいからせる正則に阻まれた。

「邪魔だ、退け」

そんな三成の言葉を、正則は鼻で笑う。

「これでお前の企みはご破算ぞ」

「企みなど知らぬ！　ただ拙者は――」

「そういうことにしておいてやる。だが、わしはお前のことなど認めんからな」

そう吐き捨て、正則も縁側へ出ていってしまった。

何も言わずに部屋に一人立ちつくす。

ひどく疲れた。何をしたわけではない。だが、肩にどっしりと疲れがのしかかってくるかのようだった。そして、きっとこの重みはこれからどんどん重くなっていくのだろうという予感もあって、その先のことを思うとさらに肩が重くなっていく。

いずれにしても、これからが戦だ。

一人、ため息をついていると——。

「ずいぶんと手ひどくやられたようですね」

物陰から声がした。

「策伝か」

「はい」

姿はない。しかし、その涼しげな声を間違うはずはない。物陰の策伝は、ぼそぼそと言葉を重ねた。

「義昭公はずいぶんと気落ちしているご様子。そのせいで風邪を引いているようです。面会を求めましたが、断られてしまいました。幽斎殿は幽斎殿で病気と称して屋敷の中に引きこもっている由」

「策伝、見えるところに出て来い」

奥の廊下に面した襖《ふすま》を開いて、策伝は部屋の中に入ってきた。そして、恭しくその場に座り平伏した。

「策伝、お前は曽呂利をどう見る」

「どう見る、とは？」

「あの男を味方に引き入れることができぬものか」

あの男は最初からおかしな男だった。あからさまに天下人を馬鹿にしたような落首をばらまいたというのにその罪が許され幕下に入った。そして、あれよあれよのうちに幕下でも存在感を大きくし、最近ではまるで秀吉の一の家来であるかのように振舞っている。そして、そんな曽呂利の姿に、群臣たちが平伏している。

「あれには利用価値がある」

ふむ、と策伝は唸った。

「おっしゃる通りかと」

曽呂利は十中八九、幽斎の用いていた密偵であったろう。だが、あの男の真価は密偵としての能力ではない。天下人の秀吉と対等にすら話し、巧みに誘導するその口舌だ。もしあの男を己の陣営に引き込むことができれば、扱いづらい秀吉を正しい方向へ導くこともできよう。

「策伝に命ず。曽呂利についてより詳しく調べよ」

三成の本気を見て取ったのか、策伝は平伏し直して部屋を辞していった。

一人残された三成は虚空を睨み、心中で唸った。

もしかすると、あの男は天下の利刀の如き男なのかもしれぬ、と。

ふと、小六の言葉が蘇る。

『あれは獅子身中の虫ぞ。機を見て、除け』

曽呂利の抜け目ない行動が、小六に危機感を抱かせたのだろう。だが、己は小六とは違う。あの毒を用いるだけの器を持ち合わせている。

ふとした寒気に襲われたものの、それを風のせいにして、三成は小さく頷いた。

第七話　福島正則の場合

城中を行き交う者たちは物憂げな顔をして、時折深いため息をついていた。以前は緊張感こそあっても家臣たちの明るい会話が聞こえてきただけに、虫の声や鳥のさえずりすら明瞭《めいりょう》に響くまでに静まり返った御殿はどこか不気味ですらあった。

肩衣をまとう福島正則は、兜《かぶと》の紐で出来た擦り傷を撫でながら、城中をしずしずと歩いてゆく。

「嫌な城だ」

正則の口から悪態がついて出た。縁側から外を見上げると、五層の煌《きら》びやかな天守が聳《そび》え立っている。しかし、外の曇天のせいなのか白亜の櫓《やぐら》はどこかくすんで見えた。

京の南の外れにある秀吉の隠居城、伏見城には贅《ぜい》が尽くされている。柱や梁には黄金の釘隠しが使われ、襖《ふすま》には金雲に彩られた四季折々の木々が描かれている。豪壮な調度の数々はこの城の主人の権勢を代弁しているものの、極彩色の風景はどこか寒々しさを思わせた。

正則はある部屋の前で足を止めた。自ら襖の手すりを取ると、ゆっくりと開く。わずかに開いた隙間から一筋の光が延び、薄暗い部屋の中を染める。

中は二十畳ほどの大間だ。上段と下段に分かれ、奥には竜の睥睨《へいげい》図が描かれている。まるでその竜に守護されるように、紫鉢巻きを頭に巻いた一人の老人が真っ白な布団の中で横たわっていた。

部屋に入った正則は、思わず声をかけた。

「親父殿」

正則の声に気づいてのろのろと上体を起こした老人は、他ならぬ太閤秀吉であった。かつては全身から覇気を放ち、言葉の一つ一つに天下人の気宇を感じたものだったが、腕を震わせ、這《ほ》う這《ほ》うの体で身を起こした秀吉の首回りは血管や筋が浮き出るほど細く、今にも粉みじんになって崩れ落ちそうなほどに生気が欠けていた。

「おお、おお、正則かえ」

震えた声を発した秀吉は、腕を伸ばして正則に手招きをしてきた。それに従い、正則は下段の最前にまで歩を進め、そこで座った。

「お元気そうで何より。以前よりは血色がよくなられましたな」

「まあのう。じゃが、体がよう動かぬ。嫌になるわい」

「あんまりご無理はなさらず、御静養なされよ」

咳き込んでいるが、いつまで経っても痰《たん》を吐き出せないようだ。何度もあえぎながら、かすれた声を発している。

いつまで保つだろうか。正則は目の前の天下人の命数を冷徹に数えていた。

この前秀吉に目通りしたのは一月ほど前のことだ。あの時にも大分瘦せ衰えたと感じたものだが、今はなお一層のことその感慨を持った。もう長くはあるまい、というのが正則の見立てだ。

顎のひげを撫で、正則は切り出した。

「ときに、今日は一体どんな用向きで」

「ああ。――実は、唐入りについてなのじゃが」

正則は惨憺《さんたん》たる思いに襲われた。二度にわたって行なわれている明への出兵は、二度目の今も苦戦している。明の領地に達する前、朝鮮半島で足止めされ、そこで一進一退の戦となっているという。日本中の米が九州名護屋に吸い上げられ、朝鮮へと送られている。天下統一によって仕事を失くしたかに見えた刀鍛冶や鉄炮鍛冶、鎧職人たちはここぞとばかりに槌《つち》を振るっているというが、多くの者にとっては悪夢でしかなかった。

「何かお困りのことがございますかな」

水を向けると、秀吉は瘦せた指で正則の顔を指した。

「正則、そなたの出番じゃ。石田、増田《ました》とともに朝鮮へと渡れい。そなたにはわしの目代として渡ってもらうことになる」

「――はっ」

慌てて平伏したのは、己の顔から不安や疑念――陰の気が漏れているかもしれぬのを隠すためだった。

唐入りは破綻《はたん》している、というのが諸将たちの見方だ。明に攻め入るなど夢のまた夢であろう。絵に描いた餅を追い求めた結果自らの蔵米を食い潰したというのが、この唐入りであったのだろう。

太閤秀吉の命は絶対だ。断ることはできない。

「かしこまりましてござる。では、早速、用意をさせていただきましょうぞ」

「期待しておるぞ」

倒れ込むように布団に横たわった秀吉は、そのままゆっくりと目を閉じた。しばらくすると、苦しげな寝息が聞こえてきた。それを機に立ち上がった正則は御前を辞して控えの間へと向かった。

八畳ほどの控えの間にはたった一人しか詰めていない。

声をかけると、八畳間の真ん中でどっかりと座る赤い羽織姿の男が顔を上げた。ぎざぎざの乱杭歯を覗かせ、鮟鱇に似た顔をこちらに向けてくる。いつもはその珍妙な顔に笑いも出ようが、この沈みこんだ場ではむしろ不気味さをすら感じる。

「あきまへんな。商売あがったりや」

目の前の曽呂利新左衛門はそう口にした。その意味を問うと、さらに言葉を重ねた。

「こうも皆々様が暗い顔をしていると、わしみたいな不謹慎な人間は疎まれがちや」

最初はただの芸人であったはずの曽呂利だが、最近は秀吉側近として隠然たる力を持つようになった。公の場で耳打ちすることが許されていたほどに秀吉に信任されていた曽呂利は、今や医者よりも甲斐甲斐《かいがい》しく秀吉の身の回りの世話に勤《いそ》しんでいる。誰に命じられたわけではない。曽呂利以外の者が近付くのを秀吉が嫌っているゆえ、仕方なくそうした地位につけていると仄聞《そくぶん》している。今日、ああして直接話ができたのは例外中の例外であろう。

「せやけど、実は面倒なことになっとるんや」

「なにかあったのか」

本当は退去を告げるだけのつもりであったが、気付けば世間話に絡め取られている。

曽呂利は横鬢を掻いた。

「実は、太閤はんから辞世の句の代作を頼まれたんや。縁起でもないって断ったんやけど、それでも聞いてくれれんのや」

秀吉は自らの死を見据えている。どこかそのことにほっとする正則がいたが、一方で引っ掛かりを覚えた。秀吉が今日、唐入りの後詰めの大将を正則に命じたことだ。己の死期を悟った秀吉が、果たして戦の継続とさらなる拡大を望むものなのだろうかと。

だが、僅かな疑問を呑み込み、正則は頷いた。

「いい辞世を考えてやってくれろ」

二三の言葉を交わしたのち、次の間も後にして縁側に出た。

長くはない、か。

短く息をつき、庇の向こうの空を見上げた。だが、日輪は一面に広がる厚い雲のせいで姿を現すことはなかった。

それから二日の後、日輪が墜《お》ちた。

伏見城の二の丸、普段は奉行たちが執務に使っているという十畳ほどの一室に正則は呼び出された。肩衣姿に身を包んだ正則が指定された部屋へと足を運ぶと、中にはどんよりとした空気が満ちていた。部屋の中に居並ぶ者たちは皆一様に下を向いている。中には目を真っ赤にしている者すらある。めめしいことだ、とぼやきながらも、正則は己のために用意されていると思しき座に腰を落とし、この場にいる者たちを覗き見た。

増田長盛《ながもり》や大谷刑部《おおたにぎょうぶ》といった面々が座っている。秀吉が長浜にいた頃に集めた近江の家臣達だ。秀吉家臣の中では仕官したのが遅く、大した武功もないくせに秀吉の傍近くにあって政を担っている、そんな者たちだ。

しばらく待っていると、石田三成が部屋にやってきた。いつも通りの涼しい顔だが、眼が充血しているのを正則は見逃さなかった。

一番の上座に座った三成は座を見渡した。

「お集まりいただきすまぬ。もう皆々も御存じのこととは存ずるが、太閤殿下がお亡くなりあそばされた」

一同が息を呑む中、正則は怒気混じりの声を発した。

「わしですら太閤殿下の死に顔を拝見しておらぬぞ。ご遺体をどこに隠した」

「人聞きが悪うございますな」三成は刺すように言った。「太閤殿下の死はしばし伏せる。それがため、伏見城の一室に甕《かめ》を設け、畏れながら塩漬けとさせていただいておる」

「塩漬けだと」

罪人に対する扱いではないか。悪びれずに己の仕儀を述べた三成に対する怒りが湧く。だが、三成は正則の怒りに応えようともせず、淡々と続けた。

「仕方あるまい。数か月はお亡くなりあそばされたことを隠さねばならぬ。今は曽呂利に線香を絶やさぬよう眠らずの番を命じてござる」

腐りかけた死体の入った大甕を前に曽呂利が香を焚《た》いている姿を思い浮かべ、薄ら寒い思いに駆られた。曽呂利は死した秀吉に天下の混乱ぶりを耳打ちしているのだろうか。

「なぜ、隠すのだ。むしろ、太閤殿下がお亡くなりになられたことを広く触れるべきであろうが」

「何を言うか」三成は冷たく言い放った。「大混乱となるのは目に見えておろうが」

全国の大名が唐入りで異国にいる中、もしも秀吉の死を発表すればどうなるか。明や朝鮮が勢いづき、唐入りしている日本軍を一気に圧し潰しにかかることだろう。それに、国内に兵が少なくなっている中、秀吉の仕儀に不満を持っていた者たちが妙な動きを取るやもしれない。ならば、態勢が整ってから秀吉の死を公表したほうがよい、というのが三成の意見であった。

だが、正則は首を横に振った。

「馬鹿な。太閤殿下の御遺志に背く行為ぞ。太閤殿下はこの前、わしに唐入りの後詰め大将をお命じになられた。己の死後も唐入りを継続せよと殿下はおっしゃりたかったのだ。それをお前は反故にするつもりか」

三成は瞑目したまま、肩をいからせた。

「分かっている。だが、実際に継戦はならぬ。——増田殿、そうであるな」

水を向けられた格好になった増田長盛は才槌頭《さいづちあたま》のこめかみを掻き、もう一方の手の指を舐めながら、持参してきたと思しき大福帳《だいふくちょう》をまくった。

「既に大坂や伏見の蔵からは米は消えかけており、金銀の類も六割ほど目減りしております。このままでは今年中の払底は目に見えておりますな」

「金勘定で太閤殿下の御遺志をないがしろにするつもりか」

正則の剣幕に増田は帳面をめくる手を止めた。だが、三成は負けていない。

「御遺志を尊重すると口で言うはたやすい。されど米や金銀が絶えては戦は出来ぬ」

「それを何とかするのが国許に残る我らの仕事であろうが」

「ならば」三成は鋭い目を正則に向けた。「お前がやればよかろう」

周りの将たちがおろおろと三成と正則の顔を見比べているのが分かる。

三成とは長い付き合いになる。元々虫の好く男ではないが、古い付き合いの気安さのあまりか、ついつい激しい言葉の応酬になってしまうことも多い。この日もそうだったが、正則自身、いつもと勝手が違うことに気づき始めていた。

正則の口は止まらない。

「よし、ならば治部、今すぐわしにお前の仕事を替われ。さすれば米や金銀をかき集めてやろう。そなたのような頭でっかちとは違うのだ」

「なんだと」三成は顔を青くして、口元を震わせた。「その言葉、取り消せ」

「一度出た言葉はなかったことにはできぬ」

「あくまで譲らぬつもりだな。ならば、この部屋から出て行ってもらう」

三成が手を叩くと、次の間から屈強な近習たちが飛び出してきて、正則の身を羽交い締めにした。投げ飛ばそうとしたものの、敵の方が上手か、まったく歯が立たない。

「何をするか。あまりに無礼であろうが」

戦でならした大音声《だいおんじょう》にもひるむ様子はない。正則は抵抗を重ねながらも三成を睨みつける。

「どういうつもりだ」

「正則、分かってくれ」

意外にも、三成の声には一瞬だけ哀調のようなものが混じり込んでいた。思わず一瞬力を抜いてしまった。そこに近習たちが付け入り、気付けば部屋の外へと引きずり出されようとしていた。

次の瞬間、三成は断ち切るように言い放った。先ほどまでとは打って変わった、無感動な言葉であった。

「唐入りについては中止。秀吉公の死を隠しつつ、戦線を維持したまま少しずつ撤兵させる。それでよろしいな、皆々様方」

異存なし、という声が上がる。そんな中、後ろに引きずられながらも正則は反対を叫び続けた。しかし、三成は正則の声に無視を決め込み、顔を背けた。

近習たちによって控えの間へと引きずられ、一人になった時、正則は初めて声を上げて泣いた。最初、なぜ己が涙を流しているのか、その理由を理解することができずにいた。だが、出るに任せて涙を流し続けるうちに、ようやく己の心の奥底にある思いに気づき始めた。

秀吉がいない、というただそれだけのことに、打ちのめされていた。

正則にとって秀吉は父も同然だった。秀吉は親戚筋である正則のことを我が子同然に可愛がってくれた。確かに秀次が跡継ぎに決まったときには寂しい思いもしたが、それでも秀吉はあの頃と変わらず優しく声をかけてくれた。だからこそ、秀吉の遺子秀頼《ひでより》を守り立ててこれからも豊臣のために尽くそう、という思いもある。

だが――。

なぜ、お前はそうではないのだ、治部。正則は心中で呟いた。

正則と石田三成はほぼ同時期に秀吉に仕えている。かたや秀吉の親族、かたや秀吉が拾ってきた近江の国衆の子。立場は歴然だったが、秀吉は分け隔てなくどちらにも朗らかに接した。ゆえに、多少馬が合わずとも気安く付き合ってきたのだ。

思えば、秀吉は天下のかすがいだった。本来は合わせようのないものを無理矢理くっつける、そんな特異な力を持っていた。だが、その秀吉はもういない。

秀吉がいない、という虚《むな》しさが、徐々に三成への怒りへと転化しているのを、誰よりも正則は理解していた。だが、その心の動きを押し止めることはどうしてもできなかった。でなくば、己の心が圧し潰されそうだった。

それからしばらくして、大坂の屋敷に半ば逼塞《ひっそく》していた正則を訪ねてくる者があった。

客間の書院で顔を合わせると、その男は相変わらずの鮟鱇面を所在なげに歪め、ゆっくりと平伏した。

「いやはや、随分お久しぶりな気がしますなあ」

曽呂利新左衛門だ。

声は明るいが、見れば曽呂利の目の下には隈《くま》が出来ており、大きく割れた口もがさがさに乾燥しておりひび割れを起こしかけている。全身に疲れがこびり付いているかのようだ。

「いつぶりだったか」

脇息に寄りかかりながら訊くと、曽呂利は目を泳がせた後に答えた。

「せやな。確か、太閤はんがお亡くなりになる二日前のことやから、もうかれこれ半年にはなるんかな」

「もう、半年か」

ふと正則はこの半年余りの日々について思った。

朝鮮に渡っていた諸大名の引き揚げにおおわらわになっていた日々。そして、秀吉亡き後の政をどのように執り行なっていくのかという綱引き。我こそはと名乗りを上げる諸大名たちの気炎をよそに正則は一人無言を貫き、ようやく開かれた秀吉の葬儀にも空蟬《うつせみ》のような思いで参列した。あまりに豪華絢爛な葬儀の間、足を引っ張り合っている家臣たちの有様を見るにつけ、ここには秀吉の冥福を祈る者はいないらしい、と苦々しい思いにも襲われた。

事実上、今後の豊臣家の舵《かじ》取りに当たることになった石田三成は、忙しげに葬儀の場を駆け回っていた。まるで城の普請役のように次々にやってくる家臣達に命令をし、送り出す。そのわずかの間に、ふと三成と目が合った。だが、どちらともなく顔を背けてしまった。

と、少し前の出来事を思い出した正則は首を振った。

「して、今日は何用だ」

「ああ、せやせや。忘れるところやったわ」曽呂利は白々しく手を打った。「ようやく、秀吉公の辞世の句が仕上がりましたのや」

思わず笑ってしまった。秀吉が死んでもう半年になる。

「随分長くかかったな」

「仕方ありまへんわ。天下第一のお人の辞世の句やで。色々趣向を練っておったんやけど、うまく行きまへんでなあ。一応できたさかい、太閤はんに近かった福島はんにご意見を頂戴《ちょうだい》しよう思いましてん」

「——聞こう」

曽呂利は何度も咳払いを繰り返し、声の調子を整えてから口を開いた。

「露と落ち　露と消えにし　我が身かな　浪速のことも　夢のまた夢」

どうでっしゃろか。上目遣いに聞いてくる曽呂利を前に、正則は腕を組んだ。

和歌のことはわからないが、悪くはない、と思う。特に『浪速のことも　夢のまた夢』などは、最後の悲願であった唐入りを果たせなかったという秀吉の無念も表れている。気になることといえば——。

「少々、うますぎはしないか」

が、曽呂利は手をひらひらと振った。

「いや、これでええと思いますよ。太閤はんは和歌の勉強もなさっておいでやったから、これくらいはお茶の子さいさいでしたやろ。むしろこの句、ちょいと下手糞かもしれまへんよ」

「そうか。いい歌と思う。親父殿も喜んでおろうよ」

「はは、そいつはありがたいなあ」

屈託なく曽呂利は笑ったものの、ふと、真顔になった。

「そや、実は、太閤はん、お亡くなりになる間際にもう一つ遺言を残しておられるの、聞いてはりまっか」

初耳だ。何も言えずにいると、曽呂利は正則の顔を覗き込み、なるほど、と手を叩いた。

「やっぱりご存じありまへんか。んじゃあ、お教えしまひょ。実は太閤はん、こう言い残しておられるんや。『みんな仲良くしいや』ってな」

胸がわずかに痛む。針で刺したような僅かな痛みを呑み込みながら、正則は頷いた。

「――親父殿の願いならば、呑まねばならぬな」

と、曽呂利は口を開いた。嘘やな、と。

「福島はん、顔に出過ぎやで。正直なお人やなあ」

思わず自分の頬を叩いた。

「何を言うか。嘘などついて――」

「おらぬわけありまへんなあ。知ってますで。何でも、毎夜のように黒田《くろだ》はんとか加藤はんなんかと一緒に徳川内府んところに転がり込んで、なにやら密議をしてはるようやな」

驚きと共に曽呂利の顔を見やった。隈の浮かぶ曽呂利の面はいつにもまして不気味で、感情の類を読み解くことができない。いや――。正則は気づいた。そもそも、曽呂利の肚のうちをこれまで意識したことがあったろうか。いつも軽口やひょうげ言を口にするこの男が何を考え、どういう腹積もりでおるのかを考えたことなど一度もなかったし、顔色をうかがうこともなかった。

怖気《おぞけ》が走る。だが、何がここまで正則の心胆を寒からしむるのか、その正体が分からない。

そんな正則を尻目に、曽呂利は続ける。

「もちろんわしはただの遊び人やさかい、何を話しているのかなんて聞いちゃおらんけど、さしづめ、今の奉行たちに対する不満をぶちまけて、それを内府に聞いてもらってる。そんなあたりやろ」

図星であった。

秀吉の死から四月ほど経ったある日開かれた、徳川内府の酒宴がすべての始まりだった。皆、最初は秀吉の思い出話に花を咲かせていたものの、酒が進むうちに、秀吉死後、豊臣家の政をほしいままにしている奉行たちへの不満へと話がずれていった。

同席していた黒田長政《ながまさ》などは唐入りの論功が遅れていることに腹を立てているようだったが、正則は違う。秀吉の遺志を尊重しようとせず、唐入りを中止した石田三成への怒りで凝り固まっていた。

「考えうる限り、最悪や思うで。徳川内府のおっさんはどうも信用ならんわ」

「何を言うか。内府殿は親父殿亡き後の仕儀にも――」

秀吉の遺言により、徳川内府は秀吉の遺子秀頼の後見に回っている。石田三成や増田長盛といった奉行たちの行き過ぎた差配にその立場から異論を述べ、公平な論功行賞を唱えている。おかげで大坂の徳川屋敷には大名の使いの列が絶えることがない。

が、曽呂利はそんな正則の言い分を鼻で笑った。

「ほんまにそうかなあ。わしに言わせりゃ、内府のやり方は、豊臣家中の不満をうまく吸い上げようとしているように見えて仕方ないんやけど」

「どういうことだ。もったいぶっていないで言いたいことを言え」

「なら、はっきり申しまひょ。徳川内府は、豊臣を内から食い破る、獅子身中の虫やで。あれについて行っちゃあかん。あの狸爺《たぬきじじい》には二心がありまっせ。もしこのままついていくと、気付けばあんさんの望まないほうへと引きずられていくで。それでもええんか」

体に丸太をぶつけられたような衝撃が走る。

宴会の間中、徳川内府はただただ聞き役に回っているだけだ。石田三成を悪しざまに述べても、あいつを斬るなしと息巻いても『まあまあ』と口にするばかりで制止することはない。目尻に皺を溜め、庭先で走り回る犬を見やるようにでんと構えているばかりだ。だが、思えば内府の肚の内もまた、これまで覗き込もうと考えたこともなかった。いや、内府は分厚い面の皮で本心を隠しているのだろう。

曽呂利は続ける。

「石田治部はんと色々あるのは知ってる。けど、あのお人には邪気はない。ただ、豊臣の御為って気炎を上げている忠実な犬ってところや。けど、内府は狸や。気付けば化かされて、身ぐるみ剝《は》がされてるなんてこともあるんとちゃうやろか」

石田三成と徳川内府の顔が脳裏でぐるぐると円を描く。

「悪いことは言わんから、徳川内府からは離れや」

駄目押しのように、曽呂利は述べた。

だが――。正則は首を振った。

「下がれ、曽呂利」

「仕方ありまへんな。ほな、失礼しますわ」

そう言い残し、曽呂利は書院の間を後にしていった。

治部、か。一人取り残された部屋の中で、正則はかつての仲間の姿を思い浮かべた。

だが、既に正則の肚は決まっている。

徳川内府が肚に一物抱えているのはなんとなくわかっていたことだ。だが、それでも、石田三成のことが許せぬ――。怒りの炎が正則を捉えていた。


そして――。閏《うるう》三月三日。事件は起こった。

事の起こりは前田利家《まえだとしいえ》の死であった。正則や黒田、長岡といった、三成に反発していた少壮大名たちを抑え、軽挙妄動を慎むようにと訓示していた利家が死んでしまったことで歯止めが利かなくなってしまった。

これを好機と見た七将は、性激烈で知られる長岡（細川）忠興の旗振りの下、石田三成を討つべく大坂屋敷に兵を発したのである。その中には福島正則の姿もあった。

真新しい鎧兜を身にまとい、手には采配を取っている。馬首越しに自らの軍、そして大坂の石田屋敷を見据える。白壁が張り巡らされた石田屋敷の門前には逆茂木《さかもぎ》が立てられ、屋根には足軽武者たちが矢や鉄炮を構えている。徹底抗戦をせんという構えだ。

迂闊には攻められぬと考え、距離を置いて陣を敷いている。だが、早く攻め上がれと長岡から矢のような催促が飛んでくる。仕方なく、采配を振るって門を破るように命じる。だが、最初の見た目に反し、逆茂木はすぐに倒れ、屋根の上の足軽たちは矢玉一つ撃つこともなく撤退していった。

さすがは石田治部、相変わらずの弱兵ぶりぞ、と兵たちが囃し立てて門から突入していったものの、屋敷から出てきた伝令はすごすごと報告してきた。

「僅かな守備兵を除き、屋敷の中はもぬけの殻でございます」

徹底抗戦に見せていたのは偽装。実際には、三成やその家臣たちの多くは他の地点に移動していた。

しばらくして、忠興からの伝令がやってきた。

「石田治部、伏見城下の屋敷に籠り、抗戦の構え」

してやられた。正則は思わず唇を強く咬《か》んだ。

大坂の石田屋敷は平屋で壁や長屋の他には防備の構えはない。しかし、伏見の石田屋敷は周囲に伏見城の空堀が配されて城の一部をなしており、攻めるのが難儀だ。三成はこうなることを予測し、七将に大坂屋敷を攻めさせ、時を稼いでいたのだ。

正則は力任せに手に持っていた采配を折った。

「伏見へ走れ、直ぐにだ」

かくして、伏見の石田屋敷前に急行し、即座に陣を張った。

伏見の屋敷前は物々しい警戒にある。伏見城空堀の内側に立地する石田屋敷は、近隣の屋敷を接収すれば一つの曲輪《くるわ》としても機能する。北条攻め以来戦下手の評が定着している石田三成だが、なかなか味な布陣を仕掛けてきたといえる。

迂闊に攻められぬ。それからは陣幕を張った上でひたすらに睨み合いが続いた。一日過ぎ、二日過ぎ、三日過ぎてもなお大きな動きはない。石田の陣と空堀を挟んで睨み合いを続けるうちに、軍の規律が乱れ始めた。抜け駆けして攻めようとする者、近隣の町に乱暴を仕掛ける者もあった。そんな中、伝令がある事実を告げた。

「報告、女物の乗物が伏見城をうろついていた由」

「乗物、だと。中は改めたのであろうな」

言いにくそうに口を淀ませる伝令の口を無理矢理開かせた。

伏見城の裏通りを走る乗物を見つけたのは、正則軍の足軽隊だという。赤塗りのあでやかな乗物、そして鎧兜すら纏わず、脇差だけを帯びた担ぎ人、そして先導するのは武士というよりは猿楽師にも見えるような小男で、いかにも無防備な十名ほどの一団であった。

足軽隊はその乗物一行を見咎めた。すると猿楽師のような男が応対に当たった。

『この乗物にはやんごとなき姫君が乗っておられるんや。此度の戦で身の危険を覚え召され、戦火を避けて大坂に逃げるところなんやで』

見れば、赤塗りの乗物には桐紋の家紋が配されている。桐紋といえば豊臣家、あるいは羽柴の名字を名乗ることの許された大大名に許された家紋であることは、足軽たちと雖も弁えている。しかし、中に誰がいるのかを改めるのも足軽としての御役目だ。その旨を説明し、乗物の戸に手をかけたところ、猿楽師風の男は声を荒らげた。

『やんごとなき姫様や申し上げたやろ。嫁入り前の姫様を男の目に触れさせるなんてこと、許すはずおまへん。それとも何か、あんたら、責任が持てるんかいな。ここにいる全員の首が飛んでもなお足らんで。あんたんところの主君の首が飛ぶ羽目になるんや。責任取れますんかいな』

一喝にしてやられ、道を譲ってしまった。そしてその一団は大坂目指して一目散に駆けていった——。

話を聞き終えた正則は思わず床几を蹴って立ち上がった。

「今からその一団を追いかけよ。石田治部の間諜《かんちょう》やもしれぬ。何か密書でも持っておるやもしれぬぞ」

「はあ、されどその一団と出くわしたのは既に二時《ふたとき》も前のことで」

「つべこべ抜かすな。とにかく追いかけよ」

正則の絶叫が帷幄《いあく》に響き渡った。伝令役は肩を震わせると即座に立ち上がり、逃げるようにして帷幄を飛び出していった。

乱暴に床几に腰を下ろした正則は手に持っていた軍扇を己の肩に打ち据えた。痛くはない。衝撃だけが左の肩に走る。

先の話、気になることがある。猿楽師のような男、というくだりだ。

猿楽師のなりは、変装の常套《じょうとう》手段だ。その格好ならば殿中や寺社、町や村までどこにいても怪しまれない。さらに、誰にも仕えていないと一目でわかる身なりゆえ、敗戦の武士が落ち延びる際にもよくなされる。

さらにその男は、堺言葉を使っていたらしい。堺言葉といえば、あの男が頭をよぎる。乱杭歯を見せつけるように口を大きく広げ、不敵に笑うあの男の顔が。

それだけに、嫌な予感をぬぐうことができずにいた。

結果として、正則の予感は的中する。

二日後のこと、突如呼ばれ本陣に顔を出すと、苦々しい顔を浮かべた長岡忠興はある書状を正則に突きつけてきた。

「徳川内府からの書状じゃ」

七人の将の名が冠された書状には、私戦を停止して即座に兵を引き揚げろ、これ以後この件は徳川内府の預かりとする、という内容が書かれ、末尾には徳川内府の名前と花押が付されている。

「馬鹿な、この件は内府殿もご存じであったはずでは」

大坂で喧嘩騒擾を起こすとなれば謀反の疑いを掛けられる恐れもあった。ゆえ、徳川内府に事前に話をし、その上で石田三成を攻める内諾を得ていた。内諾はどうなった、という謂いだ。

忠興は忌々し気に書状を見下ろすばかりで、何も答えてはくれなかった。

結局、この騒擾についてはこれで決着がついた。

七将が兵を引き、伏見城の屋敷に立てこもる石田治部方も武装解除されたところで、ようやく徳川内府が仲裁に当たった。徳川内府は朝鮮出兵の論功への不満については取り上げ、もう一度論功をやり直すことを確約した。しかし、七将たちが強く求めていた石田治部への厳罰についてははねのけ、現職の奉行を解任するだけに止まった。

手ぬるい。そう思わぬことはなかったが、この裁定は最終的に秀吉の正室である高《こう》台院《だいいん》にも支持されたことで、表立った反駁《はんばく》はできなくなった。

おかしい。この急転直下の流れには、さすがに正則も妙な力が働いているのを感じざるを得なかった。

そして――、あの日、伏見から逃したという、赤塗りの女物の乗物のことが、いつまでも脳裏にこびりついて離れなかった。

一月ほど後、悶々《もんもん》と過ごす正則のもとに客人があった。

「いやあ、いけずな雨でんな」

縁側の外に目をやりながらそう口にしたのは、客人の曽呂利新左衛門であった。かかった雨が気になっているのか、肩のあたりの衣を指でつまんでいる。

正則もつられて表を見やった。庭師に面倒を見させている大輪の花々が、大粒の雨に濡《ぬ》れ、細かく震えている。

「で、今日は何の用だ」

水を向けると、曽呂利は頷いた。

「実は、仕官が決まりましてなあ」

「そうか、それはよかったではないか」

秀吉が死んでから、御伽衆は縮小を余儀なくされた。元々御伽衆は秀吉の直轄であったし、私のものという意識も強かった。御伽衆そのものは秀頼に引き継がれているものの、秀吉の死をきっかけに致仕した者も多いという。曽呂利もその口なのだろう。

「しばらくお別れになりますわ。長い間、福島はんにはお世話になりましたなあ」

「何も世話などしておらぬわ」

「嫌やわ、こういう時には世辞を言うもんやさかい、本気にしたらあきまへんで」

けらけらと笑う曽呂利を見ていると、心底にたゆたう憂さが少しずつ体から抜けてゆくような心地がした。亡き秀吉がこの男を用いた理由に納得しながらも、鷹揚に水を向けた。

「で、どこに行くのだ」

水を向けると、それまで薄く笑みを浮かべていた曽呂利の顔から表情が消え、鮟鱇の亡霊のような顔を正則に向けて低い声で応じた。

「石田治部はんのところや」

思わず立ち上がりかけたが、曽呂利の刺すような視線に制されてしまう。座り直したところで、曽呂利はのんびりと、まるで物見遊山にでも行くような口ぶりで続けた。

「なんでも、佐和山《さわやま》に戻るってんで、わしみたいな暇潰しのできる人間が欲しかったんやと。あんな堅物を相手に笑わせることなんてできるか心配やけど、まあ仕事やし、しょうがないわな」

正則が石田三成と対立していたことは周知の事実のはずだ。

「それは真か」

「嘘ついてどないすんねん」

曽呂利は値踏みでもするように正則の顔を覗き込んだ。

「あれは天下の静謐を乱す者。ついてゆく者を間違えると死ぬぞ」

「はは、なんや、福島はんは、損得勘定で徳川内府についたんかいな」

蔑みの視線が浴びせられるものの、正則は真正面から受けて立った。

「損得勘定ではない。あれは豊臣をかき回す獅子身中の虫ゆえ、わしは奴を討とうと決めたのだ。損得勘定などという卑しいことはせぬわ」

「それならええんやけどなあ。でもな、福島はん、わし、あんさんの肚の内をもう見破っておるんや。嘘はつかんでええで」

反論をしようと口を開いたものの、凍り付いたように咽喉が動かない。

「簡単な話や。あんさんはもう見切ってはるんやろ？　もう、豊臣は無理やって。屋台骨が腐ってて、家臣で支えたっていつか崩れるってどこかで思ってはるんや」

「何を言うか。豊臣家は今もって安泰ではないか。何をもってそんなことを」

「秀次公が御存命やったら違ったんやろな。あるいは、千利休殿でもええ。けど、あいう出来人達は次々に逝ってしもうた。残っているのは石田治部を始めとする、小者の家臣ばっかり。で、城の一番奥にいるのは、女中たちに囲まれた幼君や。正味な話、それで危うさを覚えない方がどうかしていると思うで」

秀次公、という名を耳にした時、肚のうちでじりじりとした痛みが疼いた。

未だに、秀次の最後は頭にこびりついて離れない。

高野山に上った秀次を追いかけるように、秀吉の命の下、申し開きをさせるべく訪ねた。だが、その会談が始まるや否やのところで秀次は腹を切り、そのまま死を迎えた。

あの時のことは忘れられない。いくら待っても秀次公は部屋に現れなかった。何かあったのだろうかと訝しんでいるうちに奥が騒がしくなった。顔を青くする坊主や近習たちをはねのけて奥の間に至ると、僧形に身を改め、髪を剃り上げた秀次が血の海の中に突っ伏していた。相当苦しんだのであろう、畳を何度も引っ掻いた跡があり、刀から離れた左手は赤く染まっていた。

なぜこんなことになった。あの時に発した疑義は未だ晴れない。

秀吉は秀次を連れて帰れと正則に命じた。あの時は、秀次と話がしたいゆえに呼びつけたのだろうと考えていたが、後の秀次妻子への苛烈な処置を思えば、酷刑でもって臨むつもりだったのかもしれない。いや、秀次の死体を前にした時、やはりか、と心中で呟いている己を思い出して慄然《りつぜん》となった。あの時、正則は既に、もし連れて帰れば秀次の命がないことを理解していた。

秀吉のことなど、信じてはいなかった。死した秀次と同じように。

目の前の曽呂利は、口角を上げた。釣れた、と言わんばかりの表情であった。

「やっぱりあれか、秀次公でっか。まあそうやなあ。あの件で太閤はんのことを信じられぬようになってしもた人もあるみたいやからな」

図星を突かれ、思わずたじろいだ。だが、正則は首を振って己の本音から背を向けた。

「何を言うか。わしは親父殿のことは今でも信じておる」

「なら、どうして『みんな仲良くしいや』っていう、太閤はんの御遺言を守らないんや。あんさんにとって、太閤はんなんて所詮そんなもんなんやろ」

己の視界がぐらりと揺らいだ。

思えば、秀吉のことを信じられぬようになったのはいつのことだったろう。秀次公の切腹？　いや、もっと前からのことだろうか。いずれにしても、関白、太閤と上り詰めていく秀吉とは、どんどん距離が生じていき、もはや雲の上の人を見るかのようだった。秀吉はいつからか下に目を向けなくなった。

今更、秀吉を信じることはできぬ、などと言えるはずもない。秀吉に精一杯仕えることでそんな本音に蓋をした。もしも己の思いを認めてしまったら、己の人生そのものがあぶくのように消えてしまうような恐怖にも駆られた。

眩暈《めまい》に襲われる。目の前の光景が歪む中、曽呂利だけは確かな像を結んで目の前にある。

「そういうことや。あんさんは結局羨ましいんやろ。石田治部はんのことが」

「なんだと」

「治部はんは、今でも太閤はんのことを信じてはる。愚直に太閤はんの遺したものを守ろうとしてはるで。でも、あんさんにはそれはできない。太閤はんのことなんざ、もう信じておらへんからな。人は、手前にできぬことを他人にやられると腹が立つもんや。きっと、あんさんは、石田治部のことが羨ましいんや。そうやろ」

「わしは……」

様々な思いが肚のうちで溢れて渦を巻く。遠い昔、秀吉に笑い掛けられた日。血まみれになりながらも戦で功を上げたあの日、初めて大名に名を連ねた日、石田三成と秀吉との三人で遠乗りした日。それらの日々が渦に呑み込まれ、ばらばらに引き裂かれて渦の中心部に吸い込まれてゆく。

正則は悟った。もはや、後戻りできないところにまでやってきてしまったことに。

目の前の曽呂利は息をついた。

「おっと、話がそれてしもた。ともかく、しばらくわしは石田治部はんのところにおるつもりや。治部はんは死んでも豊臣のために尽くすお人や。だからこそ、わしが色々手を打って助けたんや。あんたらが治部はんを攻めた時、女乗物を使って治部はんを逃がして、そのまま徳川内府と面談させたんはわしや」

ようやくすべてを理解した。三成への攻撃を容認していた徳川内府が突然に翻意したのは、正則の頭越しに三成と内府の間で何らかの合意がなされたからなのだ。だとすれば、手の者があの女乗物を逃がしたのは大きな損失だったということになる。

思わず舌を打った正則の前で、曽呂利は頭を振った。

「ああ、でもまあ、しょうがないわな。あんさんが徳川についたってことは、豊臣にとっちゃ大きな損失や。あんさんがもし豊臣方やったら、もう少し違うんやけどな」

「何の話だ」

「こっちの話やさかい。気にせんでええですわ」

曖昧に微笑んだ曽呂利は、ぬらりと立ち上がり、頭を下げた。

「ほな、福島はん、さいなら」

返答も聞くことなく、曽呂利は踵を返し、縁側に出て行ってしまった。

部屋の中に静寂が満ち、外の雨音が聞こえてくる。打ち付けるように降りしきる雨は、さながら正則をなじるようであった。

石田治部のことが羨ましいんやろ――。

曽呂利の言葉が蘇り、正則をちくちくと刺す。

そうだったかもしれない。だが、今となってはもう、あの男を羨むことすらできない。もう己は徳川内府についた、裏切り者なのだから。

息をつき、畳を叩いた。何度打ち付けても固く握った拳骨《げんこつ》には傷一つつかない。

「すまなんだ、親父殿。三成」

正則の詫び言は、折から降りしきる雨音に阻まれ、消えた。

第八話　策伝の場合

筆を躍らせる。

策伝にとって、筆は己の武器そのものだった。否、己そのものと言ってもいい。書状一枚が人を動かす。千文字にも満たない文章が万の兵を動かす。そして、天下をあるべき方向へと導いてゆく。

なぜ誰もこの凄味に気づかないのだろう。古今東西を問わず、文は歴史を突き動かしてきた。だというのに、だれもその威力を顧みようともしない。文は手形にも似ている。紙ぺらそのものには何の価値もない。だが、末尾に記された名が威厳と圧力を生み、大名たちを始め、この文字を読むことのできるすべての人間、さらには読むことのできない人間すらも動かすことができる。

筆先をなめて、頭の上に地図を描いた。

秀吉の死後豊臣を牛耳り伏見城の主となった徳川内府は今、行旅の人となっている。突如として「上杉《うえすぎ》に謀反の疑いあり」と宣し、各大名を駆り出して関東へと下向した。

かくして畿内には家康の息のかかった者はほとんどいなくなった。

七将襲撃事件の後、本領佐和山に蟄居《ちっきょ》していた石田三成に諮問された策伝は「これは天祐《てんゆう》である」と唱えた。

今、徳川は豊臣恩顧の大名を引き連れて上杉討伐に当たっている。ここで兵を挙げて秀頼を担ぎ上げればこれまでの状況はひっくり返る。秀頼公の名前で「徳川内府に謀反の疑いあり」と檄文《げきぶん》を発することができれば、地方にいる家康は即座に窮することだろう。上杉討伐に向かっている豊臣恩顧の大名たちもこぞって徳川内府の首を挙げることだろう――。

その意見が容れられた恰好だ。

主君と共に佐和山から大坂城に入った策伝は各大名に書状を発している。

内容は判でついたようなものだ。徳川に謀反の疑いあり、豊臣を牛耳る逆臣を討つは今。そう煽《あお》りたてて、もしも御味方するのならば加増もありうる、と目の前に餌をぶら下げた。

奇貨も舞い込んだ。徳川の代わりに執務に当たるとして伏見に上ってきた五大老の毛利がこちらについたのである。

豊臣は勝つ。そう確信したほどだった。だからこそ、策伝は次の手を打っている。

「戦が始まる、か」

自らに与えられた部屋の中、筆を止めてそう呟いていると、戸が開いた。

「おや、御熱心やなあ。さすが策伝はん」

部屋に入ってきたのは曽呂利だった。眠そうな目をしながらやってくるや、策伝の書いている横から覗き込み、下卑た笑い声を上げた。

「とんでもない空手形やなあ。小早川《こばやかわ》はんが関白？　いや、破格の条件やないか」

「見ないでくだされ」

慌てて隠す。だが、見られてしまったものを無かったことにはできない。

曽呂利は顔をしかめた。

「小早川はんっていうと、太閤はんのご親戚やったか。それで関白の位を差し上げるってことやな。でも、あのお人、あかんと思うけどなあ」

「無礼ですぞ、曽呂利殿」

とたしなめてみたものの、策伝も同感だった。

小早川家は元来毛利を支える「三本の矢」の一角を占める名家だ。しかし、秀吉が親類を送り込んで家督を継がせたため、今の小早川家には豊臣の血が流れている。現当主の秀秋《ひであき》は歳若な上にことあるごとに歯が痛いとぼやいては甘いものを食べるという武門小早川家の惣領《そうりょう》とは思えぬ生活を送り、家臣からは呆れられている。

「なんで、あんなお人を関白に推挙するんでっか」

「さあ、拙僧のような軽き身分の者には、殿のお考えなどわかろうはずも」

はぐらかしておいたが、三成の意図するところは明白だ。うつけのほうが好都合と見ているのだろう。

賢い人間を関白位につければ政はうまくゆく。だが、あまりに賢すぎる人間に上に昇られては第二の徳川内府を生みかねない。ならば、うつけ者を祭り上げ、傀儡として用いたほうがはるかに楽だ。

既に石田三成は次の時代の絵を描いている。自分が権力の中枢に座る、そんな時代の絵を。

ふと、不思議な思いに襲われた。よく三成は「獅子身中の虫」と口にする。豊臣幕下が上手くいかないのは豊臣に巣食う虫がいて、その虫の策動によって豊臣はばらばらになっている、と。

時折、あべこべに見えることがある。戦働きではなく行政官として頭角を現し、やがて独力で豊臣家の家政にまで影響を与えるに至った三成はところどころで軋轢《あつれき》を生んでいる。徳川の留守をついて挙兵し、秀頼を担ぎ上げたこの行ないとて、見る者によっては謀反に他なるまい。

事実、今回の挙兵によって豊臣家の席次は大きく変わる。

この挙に協力してきたのは五大老より権限の少ない五奉行たちだった。また、それまでの豊臣幕下では傍流とされてきた大名が馳《は》せ参じてきた。徳川内府を誅滅《ちゅうめつ》した暁にはそういった冷や飯食いたちが権の中枢を占めることになる。謀反でしかあるまい。そもそも、今の仕儀に対する叛逆《はんぎゃく》は、亡き秀吉の遺訓に背く行ないであることを三成はどのくらい自覚しているのだろうか。

いや、すべて承知の上なのかもしれない。己の醜い野心を「忠心」の二文字で覆い隠して見て見ぬふりをしているだけで、三成もまた、己の野心のために策動をしている獅子身中の虫なのかもしれぬ。

己の思索を振り払い、策伝は曽呂利に笑みを向けてみせた。もしかすると顔が引きつっていたかもしれないが、気にしないことにした。

「曽呂利殿、ときに今日は何用ですか」

「はは、そんな難しいことやあらへん。まあ、秀頼君のお暇のお相手もなかなか気を遣うもんでなあ」

ここ大坂には秀吉の忘れ形見である秀頼がいる。歳若とはいえど、この天下の玉が掌中にある限り負けることはない。この天下は秀頼君の天下なのだ。

曽呂利は秀頼の御守役を拝命している。父親だった秀吉と同じく、秀頼も曽呂利のことをすっかり気に入っているらしい。気難しく育った若君だが、曽呂利に対してだけはすっかり打ち解けているらしい。

「いや、心労のほどは察するに余りあります。しかし、秀頼君は我らが玉。何が何でも守らねばなりませぬな」

「せやな」

いささか、曽呂利の口振りが冴えない気がした。

水を向けると、曽呂利は苦笑いを浮かべた。

「へ、あ、いやあ……」

「何か不審な点でもあるのですか」

「あんたにはかないまへんわ」

曽呂利が言うには秀頼は機嫌がいいようだ。しかし、その周りにいる者たちに不穏な動きがみられるらしい。

「へえ、淀《よど》殿などがどうも」

秀頼の実母であり、淀城を与えられた秀吉の側室だ。近江浅井《あさい》家出身でありしかも信長公とも親戚関係にあるという名門に育ったゆえか、相当の烈女だと聞いたことがある。

「淀殿がどうしたのです。あのお方にとっても秀頼君が力を持つのは悪いお話ではありますまいに」

「治部はんの行ないをよくは思っておらんみたいやで」

「なるほど」

策伝でも感じるということは、当事者の一人である淀殿などはもっと色濃く不快感を持っていることだろう。忠を口にしながら肚の内で野心の炎をたぎらせる石田三成の放つ腐臭に。

呑気にも、曽呂利は伸びをした。その拍子に背中の骨が大仰な音を立てた。

「ま、大したことやあらへん。あんたに話しておけば、あとは良きように取り計らってくれるんやろ？　ってなわけで、ほな頼んまっせ」

欠伸をこきながら、曽呂利は廊下の暗がりに消えた。

一人部屋に残された策伝は、筆を舐めながら鼻を鳴らした。

「策伝様」

天井から細い声がした。

文机を引き寄せ、硯《すずり》の上で墨を磨る。硯に満たされた水に、暗雲が広がってゆく。

「あの者、さては感づいているのではありませぬか。そして、それを知るゆえに策伝様にあのようなことを……」

天上から響く低い声に、策伝は頷いた。

「まだわからんな。あの男、どうにも食えない」

「――消すべきでしょうか」

「軽挙は慎め」

「はっ」

天井の人物の気配がふっと消えた。

正真正銘独りになった部屋の中で、策伝は一人、これからの戦を描いていた。

この戦に曽呂利はいらぬ。そう独り言ちながら。


書状を伝令役に託してから、策伝は一人部屋の中でため息をついた。

諸大名への檄文をすべて書き終えた達成感と虚脱感を楽しんでいると、部屋の中に一人の人物が滑り込んできた。周囲を窺うように首を振り、おずおずと部屋に入ってきたその人物は策伝の前にためらいがちに座った。我が主君と同じく大将の器ではない、と心中で値踏みをした。

「おや、ここにおいでとは意外」

「何を言う。実際にこうして顔を合わせたほうが話もはかどる」

その割に、目の前の男は神経質そうな細い眉をしかめ、浮かない顔をしている。

「伏見城の戦では、相当悔しい思いをなすったようですな」

徳川に対し反旗を翻し毛利を担ぎ上げた石田三成は、まず徳川の将たちが残る伏見城を攻めた。伏見城は元来が籠城向きの城ではなく、秀吉が隠居のために作った御殿のようなものだ。そんな半端な城に籠る二千あまりを数万が攻めあぐねてしまった。話によれば、力攻めしきれずに謀略を使ってなんとか攻め落としたらしい。目の前にいるこの人物は、その謀略を担ったともっぱらの噂だ。

その人物は声を潜めながらも居丈高な態度を崩さない。

「お主は恐ろしいのう。ずっと大坂城で座ってばかりかと思いきや、見てきたように物事を知っておる。さすがは策伝、というべきかな。いったい何人忍びを放っておるのやら」

「さあ」

肩をすくめてみせると、相手は楽し気に笑った。

「冗談を真正面から受けるとは。まったくお主は恐ろしい」

「はは、あなた様ほどではありませぬ。増田様」

増田長盛。五奉行の一人だ。治部失脚後は一人で豊臣家の年貢の計算を担っていて、大坂城の蔵の中に何粒米が残っているのかすらも把握していると噂される、豊臣家最重要の重臣だ。

しかし――。

増田は皺を作りながら顔をしかめた。その表情は実際の年よりも老けて見えた。

「わしは徳川を攻めてしもうた。こうなってしまっては、徳川殿に顔向けできぬ……」

「大丈夫ですよ」策伝は慎重に言葉を選ぶ。「増田様は石田治部の動きを徳川殿にしっかりご注進なさっている。仮に徳川殿が勝ったとしても言い訳は立ちまする」

「さ、左様か」

青い顔をしながらも増田は頷いた。

肚の内で策伝は鼻を鳴らした。増田殿は今自分の置かれた状況を理解しているのか、と。

大坂城の蔵米を管理する、つまり西軍側の兵站《へいたん》を押さえているのは増田だ。この立場を利用すればこの戦の行く末を占う重要な立ち位置にもなりうる。ここは自分の立場を誇示して、より利が大きい方、流れがやってきている側につけばよいという恵まれた位置にいる。

事実、既に増田は徳川にも内通している。なにせ、石田三成挙兵を徳川に伝えたのは増田だ。三成に対しては伏見城攻め参加によって恩を売っている。あとは、勝ち馬に乗ればよい。

「策伝、お前はどうするつもりだ」

そんなことを聞きに来たのか。他人の旗幟《きし》を見て己の振りを決める将など先が見える。しかし、これまで肚の内を示してこなかったことを思い、策伝は苦笑を浮かべた。

「決まっておりましょう。徳川です」

「そうか。ならばわしも」

策伝は微笑を湛えたまま、ぴしゃりと増田の言を封殺した。

「そのまま徳川につくことはできますまい。増田殿が今おられるのは大坂。ここで挙兵すれば、治部たちに囲まれて即座に身の破滅」

「では、どうしたら」

「獅子身中の虫になりなされ。大坂城の蔵米を出し渋ればよいのです。さすれば、治部たちは根から枯れる。そして徳川が勝った暁には、『極力治部たちに米を渡さなかった』と申し開きすればよいのではありませぬかな」

さっきまでの深刻げな顔を途端に明るくして、増田は膝を叩いた。

「左様か。では、そうするとしよう。——すまぬな、頼りにしておる」

行きよりも軽い足取りで増田は部屋を去っていった。

増田が内意を話すようになったのはごく最近のことだ。本当は三成ではなく徳川の下で秀頼様を推戴したいという本音を聞き出した策伝は、こうして彼の相談に乗るようになった。今では完全に自身の操り人形だ。

戸が閉められ、足音が遠くなったところで、策伝はふんと鼻で笑った。

「あんたはそれでいいでしょうね。独力で我が身を守るくらいの兵力はある。されど

――」

策伝には何もない。この企てをしくじれば、そのまま首が飛ぶ。

策伝の脳裏に白刃の一本橋の光景が浮かんだ。その上を裸足で歩く。転落はおろか、足の置き方を間違えただけで真っ逆さまに落ちる。だが、その一本橋を歩く想像の中の策伝は誇らしげに胸を張っている。私はこの程度の橋などものともせぬ、そう言いたげに。

ようやくここまで来たのだ。ここで落ちてたまるものか。法体でありながらこうして山から下りて俗と交わり人々と縁を結んできたのは、実家の金森家のためだ。豊臣によって大名として認められた金森家だったが、扱いは決してよくはない。秀吉からすれば金森家は美濃の土豪の一つ、信用ならぬ外様だろう。

今でも忘れはしない。京の寺に預けられる直前、兄にこう命じられた。

『我ら金森の目となり耳となり、豊臣の天下を睨め。――そして、機あらば、豊臣を内から喰《く》らえ』

内から喰らえ、という言葉にひかれたのを、今のことのように覚えている。

僧として修行する傍ら京大坂に人脈を広げ、豊臣の重臣である石田三成に取り入った。この男ならば豊臣を喰らう時にいい手駒となろう、と。そして、今や最終局面まで来ている。金森家は徳川への臣従を決めている。この戦はただ徳川と石田の戦いには収まるまい。勝者が豊臣家の力を削ぎ、天下人の階に手をかける。豊臣を内から喰らうは今。策伝が豊臣の中で力を尽《そ》くすは今。

悲願が今、果たされようとしている。

口から笑いが漏れる。

策伝は時折、己の綱渡りの人生を呪《のろ》うことがある。だが、決まって最後には納得できる。

世の中には綱渡りすら用意されぬ人生がある。一生を日陰者のまま終える人間はいくらでもいる。そういった人生を覚悟していた策伝からすれば、たとえ綱渡りであったとしても、己の思うがままに歩むことのできる人生が楽しくて仕方がない。目の前に用意されたのは己の才と力だけが物を言う道だ。己の力だけで、巨大な怪物――豊臣を打ち倒すことができる。なんと痛快なのだろう。

「策伝様」

天井からの声に、欣快《きんかい》の思いが阻まれた。

「どうした」

笑いをこらえながら水を向けると、天井の声の主は困惑を隠さなかった。

「一大事にございます。淀殿が石田治部につくと申し始めておるようで」

内偵は済ませてある。淀殿は三成の挙兵を快くは思っていないらしく、徳川へ三成の追討を依頼していることも既知の事実だ。その淀殿が、この期に及んで三成方につくとは、にわかには信じがたい話だ。

「それが――。どうも曽呂利が絡んでいるようで」

「奴が何をしたというのだ」

「それが、石田につく利を説いたそうで、淀殿の心中は揺れている次第」

あの高慢な女人がどちらにつこうがどうでもよいことだ。しかし、淀殿の傍には秀頼がいる。徳川が強大たりといえども、形の上では秀頼の家臣に過ぎない。その秀頼が三成につくとなれば、徳川に従った大名のうち随分な数が三成の側に馳せ参じ、徳川有利であったはずの情勢が一気に読めなくなる。いうなれば、十中八九徳川が勝つ戦が、五分五分の戦となってしまう。出来ることなら、秀頼は中立、ないし徳川方についてほしいというのが策伝の本音だ。

親指の爪を噛みながら策伝は曽呂利の鮟鱇顔を思い浮かべる。

あの男は一体何がしたいのだろう。

豊臣幕下にあってどうしても釈然としなかったのがあの男だ。最初、自分と同じくどこかの家中の意に従って動く間諜の類ではないかと疑っていた。そして、それらしき形跡は様々なところにあった。調べていくうちに、石川五右衛門を大坂城内に手引きしたのも、秀次事件において暗躍していたのもあの男だということがわかってきた。

そうしてついには、長岡(細川)幽斎が放っていた間諜の類であるところまで突き止めた。その仕事ぶりにはある種の感興を覚えざるを得ない。三成が利用価値を認め、今や三成方の間諜として用いているくらいだ。

だが、あの男の従順な仕事ぶりが気に食わない。あの男は今、あまりにも三成のために骨を折りすぎている。

「邪魔、だな」

策伝はぼやく。

「では、消しますか」

天井の声の言葉を否む。

「まだ待て。味方に引き入れることができるとしたら、これ以上のことはない」

一つの可能性に行き当たった。あの男には、この策伝のように志はなく、ただ己の利のみを求めて飛び回っているだけなのではないか。だとすれば御するのは容易《たやす》い。

「私があの男を説得する。もしならぬのなら、その時は消さざるを得なくなろう」

「御意」

天井から気配が消えた。

ふむ。一人唸り、腕を組む。

亡き太閤殿下は途轍もない者を引き入れたものだ、と心の内で唸る。

天下の政にはさまざまな思惑が交差し、謀略がとぐろを巻く。だからこそ、政を主宰する者はそういった不穏な者たちを排除していく。しかし曽呂利はその網を潜り抜けて未だに豊臣幕下にあり続けている。

不気味な男だ。だが、あれほどまでに豊臣の柱を蚕食した男に、何の志もないのだろうか。

ふと湧いた疑問を、策伝は書き損じの文と一緒に揉み潰した。


数日後、大坂城の廊下で曽呂利に行き当たった。

会釈をすると、曽呂利の側が近づいてきた。鎧姿の武者たちが疲れた顔で忙し気に行き交う中、曽呂利のあっけらかんとした明るい表情はどうしても目立つ。

「おお、策伝はんやないか。お忙しそうやな」

「曽呂利殿こそ」

「いやいや、わしは武将やないさかい、全然忙しくあらへん。誰かを茶に誘おうにも付き合ってくれへんから、ちょいと堺にでも行って知り合いんところに顔を出すことにしよかな」

知り合い。引っ掛かる。

「よかったら、その茶会にご一緒させていただいても」

策伝の申し出に、曽呂利は顔をほころばせた。

「は？　ほんまでっか。策伝はん、お忙しいんやないんでっか」

策伝は己の墨染法衣をつまんだ。

「いえ、拙僧もこの通りの法体。今、城中で忙しいのは武将たちにございましょうや」

断るか、と思った。しかし、曽呂利は陰のない笑みを浮かべた。

「ほんまにええんでっか。策伝はんからすれば、取るに足らない会やけど」

「構いませんよ」

「じゃあ、決まりやな」

そうして曽呂利は策伝を城外へと誘った。

数刻あまりの馬旅。そして揺られて向かった先は堺だった。

戦の匂い漂う大坂に比べればまだ穏やかな風が吹いている。だが、商人たちが右に左にと大路を忙しげに行き交っており、鉄炮火薬を扱う商人たちは背中の連雀《れんじゃく》に積めるだけの鉄炮を括《くく》りつけ、表通りを駆けてゆく。ここ堺は西日本の物流の中心だ。西国の大名たちが戦に合わせて米の買い付けを商人たちに命じているのだろう。ふと覗き込んだ米屋は人でごった返し、怒号さえ飛び交っていた。

馬を引きながら歩く曽呂利はその様を見ながら満足げに頷いた。

「いやあ、ええな、この混雑。これこそ堺ってもんや」

往来を通るのさえ難儀しそうなほどの人の波に辟易した。ふとついてしまったため息を見咎めるかのように、曽呂利はこちらに振り返った。

「最近は全然堺もあかんかったんや」

「ほう、というと」

「こんなに人でごった返している堺を見るのはわしも久しぶりや。それこそ、子供の頃振りやないかなあ」

かつては自由都市と謳《うた》われた堺も秀吉の支配下に入った。そして、かつて信長の下で認められていた雀《すずめ》の涙ほどの自由も認められず、扱いは日本に数ある港の一つとなった。

あれこれと考えているうちに、曽呂利は「ここや」と声を上げた。

策伝は思わず声を失った。

堺で茶会だというからには大商人の屋敷に向かうものだとばかり思っていた。だが、曽呂利はそんな人々の住む一角を素通りして、貧民窟に馬を乗り入れた。右も左も板葺き、というよりはぼろ材を釘で打ち付けて雨風を凌いでいるばかりの家々が並んでいる。

「ここ、ですか？　ここに茶をたしなむ人々がいるとは到底――」

「おるよ。仰山な」

曽呂利は馬の背中に載せていた荷物を解いた。その中から毛氈を取り出して、貧民窟の真ん中にある広場に敷くと、茶釜をおもむろに取り出し、柄杓で力いっぱい叩き始めた。

「ほれ、茶を飲みたいもんは来い。曽呂利の茶やで、ただやさかい、お碗だけ持ってこいや。別に飯碗でもええで。もしそれもないんなら、てのひらで点ててやるさかい。ま、熱いけどな」

すぐに掘立小屋の中から人々が現れ始めた。粗末なぼろに身を包む住人達が茶碗を持ってやってくる。人々は決して物乞いにありがちな卑屈な顔はしていない。それどころか、

「曽呂利、この前の飲み代をこれでなかったことに出来ると思うなや」

「あんたの茶、大好きなんやで」

「ただほど高いもんはあらへん。金払うで」

と口々に言いながら曽呂利の肩を叩く。曽呂利はと言えば、やってきた人々に親しげに言葉を返して一々笑わせ、次々に茶を振る舞っていく。渡されたその茶を作法も何もなく飲む人々は、風呂敷に入った瓜《うり》やどぶろくといったものを曽呂利に渡し、一様に笑みを浮かべて去っていく。

心中で策伝は唸った。曽呂利の話術はここ堺仕込みのものだったか、と。

曽呂利と堺者とのやり取りは、どれをとっても可笑《おか》し味《み》と諧謔《かいぎゃく》に溢れていた。頓才というのは上流の人間の専売特許と合点していたが、それは違う。人間が人間である限り、頓智の才は磨かれ、洗練されていく。単にお上の側にいる者たちが下々の者たちを見ないだけだ。

隅でその様子を見ていると――。

「策伝はん、お待たせして申し訳あらへん。さ、飲みまひょ」

人々の輪が切れたところで、曽呂利は策伝を招いてきた。毛氈に上がり込んだ策伝が座ると、曽呂利は道具の中から黒茶碗を取り出して茶を点て始めた。茶の香りが辺りに広がる。野点だというのに、茶の凛《りん》とした香りが鼻腔《びこう》をくすぐった。

「はい、ほなどうぞ」

作法通り茶碗の景色を楽しんでから、その中を覗き込む。恐ろしく綺麗《きれい》な緑色。これはおそらく最高級の茶葉を使ったものだろう。明らかに香りが違う。そして口に含んでみれば、香りの洪水が鼻を抜けて、ほのかな甘味が体中に染み渡っていく。

作法を忘れて呆然としてしまった。だが、はたと正気を取り戻し、碗を呷《あお》り、毛氈の上に置いた。

「結構なお点前で」

「大したことはあらへんで」

ゆるゆると頭を振る曽呂利に対して、策伝は水を向けた。

「それにしても、曽呂利殿は数寄者ですねえ。最高級の茶葉を使って、しかも気前よく人々に振る舞うなど、どんな数寄者ですらやらないでしょう？　もちろんお金を持ってくる者もありましたが、あれ程度では到底間に合うわけないでしょうに」

曽呂利は手をひらひらと振った。

「何言うてまんねん、これはご近所さんへのお裾分けみたいなもんや」

曽呂利は貧民窟をどこか懐かしげに見やった。その顔には何の屈託もない。

「わしはなあ、元々この辺りの出やねん。この町の片隅で鞘を作っておったんや」

初めて聞いたという風に頷いておいたが、もちろん調べてある。曽呂利は堺の町で鞘師として過ごした後、秀吉の元に出仕している。鞘師になる前には堺の茶匠や名のある連歌師の弟子についているが長続きせず、ようやく鞘師になったものらしい。妻子に先立たれた曽呂利には守るべき家はなかったし、忠誠を尽くすべき主家もなかった。あるとすれば長岡と足利将軍家ということになるが、既にその二家とは縁が切れている。

曽呂利は懐かし気に目を細めたまま続ける。

「今はたまたま豊臣に拾われて大坂城におるけど、ほんまはここで育った人間や、っていう思いはずっとある。こうやってたまには帰らないと、つい忘れてまうんや」

帰るべき家があり、仕えるべき主がある策伝には今一つ理解ができない。この緩い紐帯はなんなのだろうかと首をひねっても、曽呂利の心の内奥には迫れない。

「わしは堺の曽呂利や。それは死ぬまで変わらん。堺の魂を抱えて、生きたいように生きて死ぬ時に死ぬ。そないな人生を歩めたらええなあと思てるよ」

そう口にする曽呂利は、石川五右衛門を大坂城に手引きして、秀次事件でいろいろと動いている。とてもではないが額面通りに曽呂利の言を信じることはできない。

策伝は本題を切り出した。

「曽呂利殿はこれからどうなさるのですか」

「どうなさる、とはどういうこっちゃ」

「これから間違いなく徳川と石田は戦になります。とてつもない大戦になりましょう。どっちにつくかで老い先も変わることでしょうな。曽呂利殿はどうなさるのですか」

曽呂利が徳川方に内通しているという情報は摑んでいない。実際に曽呂利は徳川方にほとんど協力などしていないだろう。もし多少でも徳川に利する動きをしていれば、間諜の網を二重三重に張り巡らせている策伝の耳に入らないはずがない。

曽呂利はぽつりと、しかし力強く言った。

「無論、言うまでもないやないか。わしは豊臣の御伽衆やで」

本来ならこの受け答えで終わる。しかし、相手は曽呂利だ。

策伝は自分の手持ちの札を切ることにした。こちらの手の内を見せることなしに向こうの手の内を見透かそうなど虫が良すぎる。特に、この鮟鱇顔の妖怪に対しては。

「曽呂利殿。実は拙僧は、徳川殿にも連なる人脈があるのです。もし曽呂利殿さえよければ、あなたを戦火から逃がすこともできます。その際にはぜひ拙僧を頼ってください」

どうとでも取れるように、ほんの少しだけ手の内を晒してみせた。

が、曽呂利は柄杓で茶釜を叩いた。

「何言うてまんねん。そないなことしたら、あんさんの狙い通り、徳川が戦に勝ってまうわ」

策伝の疑念は確信に変わった。どういう経緯かはわからないにせよ、曽呂利はすべて見透かしている。策伝が徳川のために獅子身中の虫を演じていることを。しかし、露見したところでなんということはない。策伝はもう策を果たしている。それに、自分の命など、大義名分を前にすれば路傍の石よりも軽い。

策伝が今、為さねばならぬのは、目の前の曽呂利が、己の計画の邪魔と成り得るか見極めることだ。

あえて驚いた顔をしてみせた。

「それではまるで、拙僧が徳川方の間者であるかのような言い方ですな」

「ああ、そう言うてます。わからんかなあ」

「何を根拠に？」

曽呂利はまた柄杓に湯をすくい茶を点て始めた。しゃかしゃかという軽快な音を響かせながら、曽呂利は小首をかしげて見せた。

「隠す気があったんでっか、ほんまに。わしからしたら、あんさんの動きはわかりやすくていかんわ。治部はんは気づいておられへんみたいやけどな。それにしても、あんさんの離間工作、切り口だけは面白いわ」

まさか、知っているのか。あれを？

茶の泡に目を落としながら曽呂利は続けた。

「あんさんの書いた書状。あれ、慇懃無礼っていうんやな。へりくだっているようにみせて、実際には全然へりくだっておらへん。差出人の傲慢《ごうまん》な顔が思い浮かぶような出来や。あんなもんを読んだら、御味方しようとしてくれてる大名方々もへそを曲げるやろうし、中には徳川に与力したろか、っていうもんも出て来るやろ」

策伝の離間工作は曽呂利の言葉のままだ。

表向き、治部からの命令で各大名を懐柔すべく、策伝は書状を発給していた。その中身について誰が確認するでもないが、露骨なことをしては何かの折に謀《はかりごと》が露見してしまうかもしれない。そこで、差出人である石田三成がさも秀頼の名を笠に着て命令しているような書状を作った。無論、形式上なんら問題はない。しかし、読む側に不快感を与えることができる。

書状のおかげか、大坂に参じた大名の動きは鈍い。その例があの伏見城での戦いだろう。数で大幅に勝る治部の軍が、城に拠《よ》っているとはいえ寡兵の徳川軍にてこずってしまった。むろん、戦上手で知られる徳川の兵が相手ゆえに攻めあぐねた点もあろう。しかし、何より、治部軍側の動きは明らかに鈍かった。

「不信感っていうのは拭いがたいもんや。こいつのせいで、どんなに鉄壁を誇っていた家中だって一気に割れる。あんさんはそのきっかけを書状で与えたってわけや」

曽呂利はまた茶を献じてきた。

しかし、策伝は差し出された碗を取り上げなかった。

「ご名答、ですね」

茶の香りが風に吹き誘われて、消える。しかし――。

「だからどうしたというのです？　拙僧は確かに書状を書きました。されど、形式上は何ら間違ったことをしていません。ただ、無礼な手紙を書いてしまったというだけのことです」

「せやな」

あっさりと認めてしまった。

この策は露見したところで逃げの手を打つことができる上、既に成っている。今更押し止めることはできない。

思わず笑みをこぼす策伝の前で、曽呂利はしてやったりと言わんばかりに顔を緩め、舌を出した。

「残念やけど、あんさんの策は失敗なんや」

「なんですと」

「とりあえず、これを見てや」

懐をまさぐった曽呂利は何かを引き抜いてそれを毛氈の上に広げた。懐から出てくるはいくつもの書状。手品もかくやの勢いで出て来る手紙、そのどれも差出人に石田治部と署名してある。だが、見間違えるはずはない。これは策伝が代筆した書状だ。

「あかんかなぁとは思ったんやけど、策伝はんの筆先のお手並みを拝見したんや。そしたらどうや、書く手紙書く手紙が慇懃無礼やったから、しょうがなくわしが書き直したんや。そやさかい、策伝はんが書いた書状は一通とて出回っておりまへんで」

「なんだと？　この書状には治部様の花押があるはずぞ」

「わしがちょちょいと書き写したに決まっておるやろ」

素っ気なく曽呂利は言い放った。

策伝は苦虫を嚙み潰したようなえぐみが胸に広がるのを感じていた。最初からこの策は失敗だった。治部軍の士気が低いのは、策伝とは無関係だったということになる。

だが、一方の曽呂利は策伝の怒りの視線を浴びながらも涼しげだった。

「頓智でわしを出し抜こうなんざ、甘いで」

「甘い、だと」

「あんさんはまったくわかっちゃおらんのや。人を喜ばす、怒らせる、悲しませる、楽しませる、つまり操るいうんは並大抵のことやないんや。そりゃ、並の人間ならいくらでも騙せまっせ。けど、少なくともわしは騙せんで。何せ、ずっとわしは騙してきたんやからな」

もったいないなあ。そう口にした曽呂利は湯気が収まり始めてしまった茶碗を手に取ってそのままぐいと飲み干した。

「甘くて美味いなあ。さすが曽呂利の点てた茶や。今日も満点やな」

「……では、曽呂利殿におうかがいしたいのですが」

「はあ、なんやろ」

「人を操る極意をお教えいただけないでしょうか」

「そやなあ。ほんまは最大の秘密なんやけど。まあええか。教えちゃるわ」

指を一本立てた曽呂利は口を開いた。

「人の感情を動かすいうんは、つまるところ嘘をつくってことや。でもなあ。嘘をつくいうんはそれが嘘やわかってるとうまいことといかんから、自分で自分の嘘に騙される必要があんねん」

「自分の嘘に、騙される？」

「そや。嘘っていうのは、どうしてもぺらぺらやから、いかにも自信ありげに言わなあかん。あるいは、自分の嘘に命を賭けるか。そのどっちかやと思うで。でもまあ、そのへんはあんさんで決めたらええ」

音を立てて茶碗を毛氈の上に置いた曽呂利は、策伝に優しげな笑みを向けた。

「さて、ここからはわしの本音や。どう思おうが勝手やけど、わしの掛け値なし、ほんまの思いってことで聞いてほしい。――策伝はん、今から逃げたほうがええ。徳川に内通してはるんやろ？　治部はんは疑り深いお方や。ここで間諜のあぶり出しをやるらしいで。それに、あんさん、このまま治部はんの側におったところで何の働きもできひんよ。そやったら、このまま逐電《ちくてん》するのが一番ええんと違うか」

確かにそうかもしれない。だが、策伝はゆっくり頭を振った。

「いけません」

「なんでや」

「武家の習いというものです」

策伝がこちらにいるのは、豊臣をひっくり返す不穏分子としての役割の他にもう一つ意味がある。兄は既に徳川につき、自分は三成についている。つまり、この戦でどっちが勝っても金森の血は残る仕儀となる。無論、出来ることならば兄の側である徳川に勝ってもらいたいところだが、勝負は常に時の運というものだ。事実、表裏比興の雷名轟く真田《さなだ》もそうやって家中を二つに割り、それぞれに従っているという。

「大変なんやなあ、お武家はんも」

「まあ、大変ですよ」

笑いかけた。しかしうまく行ったかどうかはわからない。

曽呂利は笑い返す。

「まあ、お互い、命は大事に致しましょ」

「そうですな」

虚勢を張って笑い返した策伝だったが、肚の内では全く違うことを考えていた。

曽呂利。お前が邪魔だ、と。もはやこれは理屈ではなかった。ただ、自分の策をすべて見透かしてご破算にした男への嫉妬なのかもしれなかった。

「殺《や》るのですな」

「ああ」

その日の夜、策伝は放ってきた草たちを自室に集めた。普段は天井裏に潜んだり変装しながら人の噂話や動きを逐一調べている連中だが、今日は短刀を腰に差し、紺色の装束に頭巾《ずきん》といういでたちだ。これぞこの者たちの戦装束に他ならない。

天井裏から現れたのは、五人。

そして、常に一人しか口を開かない。

「しかし、どういう風の吹き回しですかな。前まではためらっておいでだったのに」

「事情が変わった」

自分の積み上げていたはずの策がすべて破綻していた。しかも、淀殿が治部になびくかもしれぬというところまで寄せられた。となれば、明らかに情勢は五分五分だ。徳川有利になるように仕組んでいたが、今は策伝自身がここでの生き残りを図らなくてはならない。うかうかと手をこまねいていれば、書状を書き変えていたという策伝の行ないが露見しかねない。曽呂利の口を塞ぐ。そのためには——。

「曽呂利の首を土産に治部に取り入る。曽呂利が書状を偽造していたと弾劾し、首を刎ねたと申し出ればよい」

これしかない。

一人頷いていると、草の頭目が応じた。

「曽呂利は何がしたいのでしょうな」

「結局わからずじまいだな」

直に訊いてみたい気がした。ある時は豊臣の忠実な家臣であるかのように振る舞っておきながら、またある場面では豊臣の天下をゆるがせにするような行ないも平気でやってしまう。あそこまであからさまだと逆に間諜も疑いづらい、と高をくっていると、こちらの策を完全に封殺するほどの緻密《ちみつ》な戦いを仕掛けてくる。首尾一貫していないだけに恐ろしい。

何より恐ろしいのは、曽呂利の行ないについて、誰も咎めようともしないことだ。誰も彼も奴の行ないを過小評価、あるいは頓智の類だと合点して『奴ならやりかねん』とばかりに大目に見ている。

不思議な男だ。

だが、その命運も今日で終わりだ。

「あの世で種明かししてもらうこととしようか」

策伝は床の間に飾られていた刀を手に取り帯に挟んだ。すると、草は声を上げた。

「おや、策伝様も往かれるので」

出家する前、さんざん野山を走り回って武芸を磨いた。武芸百般を鍛え上げ、特に刀の遣いは精妙の域に至っているという自負がある。法体を改め還俗する日を夢見て、誰よりも武芸の修業に明け暮れた。

「さあ、獅子身中の虫を狩りに行くとしよう」

皮肉気に草が笑い声を上げるのを、策伝は咎めた。

「同族が同族を狩るのが可笑しいか」

草は黙り込んだ。

可笑しいことなど何もない。

獅子身中の虫は、獅子の体液を啜《すす》って生きている。それゆえに、寄生先にはある種の愛着を持ってしまう反面、同類の虫どものことは蛇蝎《だかつ》の如くに嫌うものなのだろう。

障子を音もなく開き、顎をしゃくる。五人の草はそれぞれ廊下に飛び出して、すぐに闇に同化した。特に身を隠す必要のない策伝は、鞘を左手で握ったまま、ゆるゆると縁側を歩いた。

かつて秀吉が天下を睨んだ名城。しかし、もうここに秀吉はいない。秀吉の忘れ形見が一番の上座にあり、忠臣あるいは不忠の佞臣《ねいしん》がうじゃうじゃとうごめいている。

今は陣中だ。曽呂利とて城の一室を間借りしている。そしてその場所はしっかり把握している。おあつらえ向きなことに、そこは他の者たちの部屋からは少し離れたところにある。

策伝は曽呂利の部屋の前に立った。

「曽呂利殿」

小さく声を掛ける。しかし、行燈《あんどん》が一つ灯《とも》ったきりの部屋の中からは声がしない。

もう夜更だ。眠っていたとしても何ら不思議なことはない。

音もなく障子を開く。すると、六畳ほどの一間に布団が敷いてあり、その中にこんもりとふくらみがある。

音もなく刀を引き抜いて部屋の中に滑り込むと、一息に切っ先を布団に突き立てた。

手ごたえがない。

引き抜いてみても、綿があたりに舞うばかりで血の跡がない。布団を剝いでみれば、布団の下に丸めた布団が入っていた。

変わり身というやつか。猪口才《ちょこざい》な。

しかし、奴はどこだ？

そう面妖に思っていると――。

「あかんなあ、策伝はん」

部屋の隅から声がした。その方に向くと、寝間着姿で腕を組み部屋の隅に立つ曽呂利の姿があった。策伝の手にある刀に負けず、青々しく光る眼の色が策伝を捉える。

「せっかく命だけは助けたろ思うたのに、そっちから寝首を掻きにくるとは随分と恩知らずやな」

策伝は目釘に唾を吐きかけた。柄を持つ手に力がこもる。

「御首、頂戴」

「わしの首一つで何ができる言うんや。こん首を取ったところでもう手遅れや。それがわからん時点で、あんさんの負けやってことが何でわからんのやろな」

策伝はいつしか絶叫を放っていた。

自分よりはるかに策謀に優れた者がいる。その事実に狂おしいまでの殺意を覚えていた。

障子や天井板を突き破り、草たちが曽呂利に殺到した。飛び散る板の破片、障子の欠片。五人それぞれの手に携える短刀が光る。

これで終わりだ。

「ほんまは、こういうこと、したくあらへんのやけどな、笑えんし」

そううそぶいた次の瞬間、曽呂利は布団を剝いでその下に隠されていたものを露わにした。

草どもは足を止め、覆面の間から覗かせる目を大きく見開いた。

曽呂利は行燈を引き寄せながら、顔の右半分だけ闇に浮かべ、薄気味悪く口角を上げた。

「部下の皆はんはわかっておられるみたいやな。襲われるかもしれないってわかっているのに、何にも備えをしてないわけありまへんやろ。堺名物、たんと喰らいなはれ」

布団の下に置かれていたのは、直径半尺ほどの大きさをした玉であった。反故紙や札のような紙で丸く形作られたその玉には、頂点に蔓のような紙縒《こよ》りが延びている。策伝はふと、曽呂利が堺の人間から風呂敷包みの瓜のようなものを受け取っていたのを思い出した。

曽呂利は行燈から蠟燭《ろうそく》を取り出し、紙縒りに火をつけた。そしてしばらくして、白煙の上がり始めるそれを策伝たちの足元に転がしてきた。

「ほな、さいなら」

曽呂利が口にしたその瞬間、策伝は真っ白な光に包まれ、全身を圧迫されて胸を圧し潰されるような感触とともに耳の奥に激痛が走った。

何が起こった？　何が、おこ……った……？

そのまま、策伝の目の前は真っ暗になった。

目を開く。するとそこには、顔も見たことのない、髪を剃り上げた老人の顔と、その向こうに天井が見えた。身を起こそうにも起こすことができない。体中がじんじん痛む。

老人は医者らしい。体に障るゆえ起きてはならぬと厳命してきた。

あの時、曽呂利に襲いかかって、その後の記憶がない。どうなっているのだ。そう心の内で呟いていると——。

「目覚めたか、心配したぞ、策伝」

この声は。だが、耳鳴りが酷《ひど》くて声の質までは判然としない。起き上がろうとしたものの医者の声に阻まれてしまう。代わりに視界に入ってきたのは、心配そうな顔を浮かべる石田治部だった。

「と、殿……」

「調子はどうだ。大事はないか」

耳の聞こえが治りつつある。

策伝の頭の中に駆け巡っているのはとにかく不安と疑念だった。三成のこと、策伝の背信行為をすべて知っているはずだ。ならば牢に押し込まれていたとしても不思議ではない。なのに、治部のあの屈託のない表情はなんだ？　そして、温かな布団を被せられて身を横たえられているこの待遇はなんだ？

治部はため息をついた。

「どうやら賊どもに襲われてすっかり混乱しておるようだ」

治部によれば——。

あの時、策伝は曽呂利の部屋を訪ねて雑談に興じていたところ、賊どもが侵入し刀を抜いた。策伝が一人刀を抜いて応戦する中、曽呂利は頓智で使おうとしていたという花火に火をつけ、部屋の中で大爆発を起こした。その甲斐あって五人の賊を全て気絶せしめたが、策伝もまたその爆発に巻き込まれ、一日余り臥《ふ》していたということらしい。

「は、花火でございますか」

「ああ。堺の火薬職人たちが改良しておるらしい。大筒のようなもので打ち上げて、空の上で爆発させるものらしいぞ」

眉をひそめてはいるが、あまりのことに呆れているという風なのは容易に見て取れた。

そんな、馬鹿な。事実はまるで違う。一体、これは。

「殿、その話は誰から」

「無事だった曽呂利から聞いた。——聞けば、お主は一人奮戦しておったそうだな。法体とはいえ、さすがは武門で知られる金森の人間よ」

「あの、曽呂利はいかがしましたか」

すると、治部は予想外のことを口にした。

「獄を抱かせておる」

いくら喫緊のこととはいえ、城中に火薬を持ち込んだ上で火をつけたとなれば重罪は免れ得ない。本来ならば打ち首が相当のところだろうが、死人が出なかったこと、火が出なかったことをよしとして、罪を減じて牢に入れたのだ、と半笑いを浮かべながら三成は言った。

嘆息する策伝を前にして、三成は不思議そうな顔をした。

「どうしたのだ？　解せぬ、と言わんばかりの顔をして」

「いえ、なんでもございませぬ」

三成の口から飛び出した言葉はさらに策伝の心中を揺さぶる。

「さて、策伝。早く調子を取り戻してくれ。でないと、諸大名たちへの書状の発給が滞る故な」

「え」

「何を呆けておるのだ、書状の発給だ」

曽呂利の意図が分からない。

あの鮟鱇顔は策伝の正体を三成に伝えていないばかりか、なぜ花火に火をつけるに至ったのかという経緯について嘘をついている。策伝の秘密を暴露すれば牢に入れられぬばかりか間諜を始末した功を賞されるはずだ。にもかかわらず、曽呂利は己にとって損になる証言をした上で獄を抱いたということになる。

何故？

頬にひりつく痛みを覚えながらも、策伝は気がかりを口にした。

「ときに、部屋に侵入してきたという者たちは」

「伊賀者《いがもの》であるという己の身分は明かしたが、口を割らせるのに難儀してな。徳川の忍びであることを白状したぞ。即座に首を斬って終わりだ」

「……そう、ですか」

あの五人は策伝が豊臣幕下に入り込む際に募った者たちだ。家臣らしい家臣どころか乳母子《めのと》すらいなかった策伝からすれば、あの五人こそが自分の股肱だったと言ってもいい。これまでの策伝の策動はすべてあの五人が手足となってやってきた。その五人が死んだということは、策伝はもう何もできない。家中の様子を詳《つまび》らかに知ったり、不穏な大名の動きを捉えるといった働きは望めない。

これでは獅子身中の虫として死んだも同然、か。

短く嘆息した策伝は首を横に振った。

「殿、すみませぬ。随分と大きな怪我をしてしまったようです。もう、殿の元で働くのは難しいかと存じまする」

「そうなのか？　医者、どうなのだ」

困った顔をしている医者の言葉に被せるように、策伝は続けた。

「いえ、体に不調はございませぬ。が、賊どもに心を折られてしまったようです。

──身の振りを考えさせていただいてもよろしいですか」

「むう」

三成は少し困ったような顔をした。だが、最後には頷いた。

「──昨日の今日だ。少し休め。だがな策伝、これだけは言っておく。徳川内府を取り除いてからがお前の仕事の本番ぞ。お前の才は必ずや今後の豊臣の力となる。お前の働きに期待しておるぞ」

そう言い残し、三成は部屋を後にした。

医者もまたしばらく所在なげにしていたものの、ぶつぶつと何か口にしながら荷物をまとめて部屋から出ていってしまった。

一人、天井の木目を数えながら、策伝はため息をついた。

あいつは、何を目的にしていたのであろう。

訳がわからない。それだけに恐ろしい。

己の目が節穴ではなかったことに満足する策伝がいた。

豊臣を内から食い破ろうと幕下に潜り込んだその時。曽呂利の姿が目に留まった。道化を演じながら家中を引っ掻き回す。そのくせ誰にも恨みを買うことなく、着々と豊臣に仇《あだ》を為している。面妖に思い調べるうちに色々と不審な点も出てきた。そうして最後には、あれこそがまさしく豊臣を食い破っている獅子身中の虫なのだという確信を得た。だからこそ、策伝はあの男に憧《あこが》れた。

だが、今となっては、訳のわからない男でしかない。

あれはいったい何がしたかったのか。だが、一つだけわかることがある。

「拙僧は、あの男に迫ることすらできなかった、ということか」

ただただ敗北感だけが策伝を包んでいた。


そして——。

策伝が一人絶望の淵に身を沈めている最中にも、事態は進行していた。

上杉討伐に向かっていた徳川は三成の動きを把握するや即座に取って返し進軍を開始した。このまま進軍をさせまいと三成はそれを関ヶ原《せきがはら》で迎え撃った。その結果発生した大戦だったが、長引くだろうと予想された戦はわずか一日で終わってしまった。

徳川軍の大勝。

そしてそれは、大坂城で床についていた策伝の耳にも届く。

「さて、どうするか」

唐紙の向こうの騒がしさに辟易しながらも、策伝は一人腕を組んでいた。

もう草はいない。耳に入ってくる話もほとんど断片の噂話でしかない。人から人へ飛び交う噂に聞き耳を立てるうちに色々なことがわかってきた。

石田治部は秀頼を戦場に担ぎ出すことができなかった。治部の軍は士気が低く戦に参加しない者すらあったのに対し、徳川は全軍を以て挑んできた。さらには治部軍側に多くの離反者が出たことにより戦局は大きく徳川方に傾いた。

三成は負け、現在徳川により落ち武者狩りが行なわれている。三成に助力した武将や吏僚は悉く死を賜うことになろう。処刑したその刀を翻しながら、返り血に汚れた徳川は慇懃に秀頼にひれ伏し、口では「逆賊を討伐いたし候」と言上しつつ、「もしも不穏な動きを見せるのならば秀頼といえどもこうなる」と言外に脅しにここ上方まで来るはずだ。

「拙僧は、脅しのための血となる、か」

本望だ。

徳川が勝ったことによって、実家の金森家は安堵が決まった。特に失敗らしい失敗をせず粛々と徳川方に味方したのだ。本領安堵くらいはされよう。となれば、策伝の役目は終わった。あとは、治部に加担した謀略の僧として刑場の露と消えればいいだけだ。

あるいは――。晒し者になるくらいならば。

策伝は諸肌《もろはだ》を脱ぐと、小刀の鞘を払って逆手に構え、その切っ先を腹に向けた。

もう、必要のない命だ。

この期に及んで我が身が惜しい。小刀の先を震えさせていると、後ろから声がかかった。

「何してはるんでっか？　策伝はん」

まさか、この声は。最初、策伝は耳を疑った。とうの昔に逃げてしまったか、あるいは牢屋で死んだとばかり思っていた。だが、確かにその男はそこに立っていた。

「あんたはいったい何者なんです。さっぱり訳がわかりません」

曽呂利は部屋の中に入るなり、策伝の左腕を取った。

「訳なんてわからんでも結構や。誰かに自分のことを分かってもらいたくて生きてるわけやあらへん」

「はは」

そうかもしれない。そして、それでいいのかもしれない。

誰に理解などされなくても結構。所詮、自分の人生は自分だけのものだ。

策伝は小刀を棄《す》てた。畳の上に転がる小刀は、からからと笑い声を上げた。

「本当に、不思議な人ですね。あんたは拙僧からすべてを奪った。されど、拙僧にまた命を与えようというのですから」

「わしは神仏やあらへんから、命を与えることはできへん。でも、捨てようとしてはる命を拾わせることはできまっせ。――策伝はん、生きたらどうや。わしは生きるで。

わしはまだ、やりたかったことを諦められへんのや」

やりたかったこと？　そんなものがこの男にあったのか。

「曽呂利殿、一体あなたは何を」

「こっちの話や。でも今は、落としかけてる自分の命を拾うことだけを考えなあかん。ってなわけで、行きまっせ」

「は？」

「何のための法体や。あんさんは特に生き残りやすいで。しばらくは寺に上って身を隠しまひょ。んで、ほとぼりが冷めるまでそこで身をかがめてればええ。秀次はんはあかんかったけど、わしらごとき小者はそれで見逃してくれるはずやで」

小者。いつもならばそんなことを言われれば腹が立って仕方がなかったはずだ。だが、この時ばかりはこの言葉が染み入るばかりだった。

案外、色んなものを捨ててみれば、実に爽やかなものだ。

少し笑った策伝は頷き、立ち上がった。

「行きましょう」

「あ、そや、ここで一句詠んどきまひょ。『大がきの　陣のはりやう　へたげにてはやまくれたる　じぶのせうかな』」

「なんだそれは」

思わず笑ってしまった。治部が陣幕を張れないほど戦下手であることを揶揄《やゆ》したものだ。それにしてもこの男の狂歌は毒々しいが、一方でその場限りの毒だ。むしろこれは薬と呼んで差し支えないかもしれない。このひょうげこそが曽呂利の強さなのかもしれない。

「ほな、逃げまっせ。今なら城から逃げ出してる連中に紛れて外に出ることができるんや。逆言えば今しかあらへん。ささ、早う支度するとええ。じゃないと千載一遇の機を逃す羽目になるでえ」

策伝は曽呂利に手を引かれるままに歩き出した。病み上がりだというのに、その体は自分でも驚くほどに軽かった。

第九話　さらば曽呂利

長岡改め細川幽斎は、京の吉田《よしだ》に求めた屋敷で茶を点てていた。

南向きの部屋を茶室として使えるように改築し、思いのままに茶道具を買い集めた。師である武野紹鷗が死して後も思案を重ねて茶を練るという一事に向き合ってきたが、未だに道の深奥に手が届いている気がしない。師が茶道三昧に生きていた意味に、今になって気づかされる。

しばらく茶筅で茶碗の底を練っていると、鮮やかな緑色が茶碗の中に現れた。湯をすくい、少し薄めてやり茶筅で調えると、両手に碗を持ち、自らの唇に近付けた。

数年前の関ヶ原の折には、天地がひっくり返る思いをした。幽斎は息子の忠興ともども徳川に味方することになったものの、本拠を攻められ落城の憂き目にも遭った。だが、関ヶ原に参陣していた息子の忠興の活躍もあったのか、徳川軍は関ヶ原で宇喜多《うきた》や大谷、石田といった反徳川勢力を打ち破ることに成功した。そんなのっぴきならぬ大戦の日々と比べれば、今は真に平穏な日々だ。

関ヶ原の戦によって、天下の趨勢《すうせい》は定まった。元より豊臣幕下で第一の権勢者であった徳川内府の力を見せつけられる格好となり、もはや反発しようなどと息巻く者はいなくなった。今や徳川は全国の大名に領地の宛行《あてがい》を行ない、朝廷より征夷大将軍の位を与えられている。豊臣を無視した徳川による統治が始まったのだと幽斎は理解している。

もはや戦が起こることはないだろう。豊臣は摂州の一大名に過ぎず、かたや徳川は天下の四分の一を支配する権勢人だ。また、徳川は唐入りを再開するつもりはないらしい。もはや、戦なき世の中へ、この国全体が向かいつつある。

結構なことだ、と茶をすすっていると、ふいに外に人の気配があることに気づいた。立ち上がり、茶室に設えてあった障子を開くと、庭先に一つの影があるのを認めた。

赤い羽織姿の小男。相変わらずその鮟鱇顔からは年齢を測るのは難しい。随分長い付き合いにもなるはずだが、昔の面影のまま、その男は乱杭歯を見せて不敵に笑う。木陰から姿を現したのは、曽呂利新左衛門であった。

「生きておったか」

「悪運は強いさかい」

「何をしていた」

「まあまあ、立ち話もなんやから」

くいくいと曽呂利が茶室の中を指すのにはさすがに辟易を隠せなかった。それはこちらの科白《せりふ》だ、と。だが、この男の図々しさは、むしろ可愛げでもある。曽呂利を茶室に上げると幽斎は茶を点て始めた。

「なんや、お構いなく」

「そうはいくまい。お前は茶の兄弟子。であるからにはな」

「んじゃ、お言葉に甘えるとするで」

この男と初めて出会ったのは、茶の師匠であった武野紹鷗の茶会の席でのことだった。それ以来ずっと、穏然とした付き合いが続いていたのだが、その間一度として茶の点前を認められたことはなかった。

黒茶碗を曽呂利の前に差し出す。作法に従い茶碗の風景を楽しんだのち、曽呂利は口元に茶碗を近づけ、三回に分けて喫した。

口元を懐紙で拭き、茶碗を畳の上に置いた曽呂利は短く笑った。

「さすがは幽斎はんや。ええ茶葉を使ってはる」

曽呂利が茶葉を褒めるのは、亭主の腕がよろしくない時だ。

肩を落とすと、曽呂利は軽やかに笑った。

「まあ、わしは舌ばっかり肥えてもうて、腕はさっぱりや。幽斎はんほどは上手く点てられんで」

「――で、曽呂利。今まで、何をしていた」

ぽつぽつと曽呂利が言うところでは――。

関ヶ原の折、曽呂利は石田三成の家臣として大坂城に詰めていた。だが、味方総崩れの報に触れるや累が及ぶのを恐れて策伝なる僧とともに城を脱出し、美濃の無住寺に潜伏した。その寺では地元の百姓たちから尊敬され、村人に読み書きを教える日々だったようだ。だが、その寺を策伝に任せ、曽呂利は一人上方に戻ってきた。

「何者ぞ、その僧は」

「獅子身中の虫ってやつや。ま、それにしちゃ甘ちゃんやさかい、娑婆《しゃば》に戻れるようにわしが手を打ってやったんや。ま、あとは本人次第やけど、これからは寺の住持様として尊敬されながら暮らしていくんやないかな」

「そなたはそういう風には死ねぬわけか」

曽呂利は軽く頷いた。その目の奥には、昔と変わらぬ黒い炎が猛《たけ》っている。

「のう、曽呂利。お前はなぜ、豊臣に取り入った」

「話しておらへんでしたやろか」

「ああ。聞いておらぬ。『ある男を秀吉幕下に加える手助けをしてくれぬだろうか』と堺の商人衆に頼まれただけで、まさかお前だったとは知らなかったしな」

信長の横死に伴う混乱も収まり、幽斎も秀吉幕下へと加わることが決まった頃のことだった。連歌会の最中、居合わせた堺の大商人たちがこぞって曽呂利を秀吉に推挙し、名物茶碗と金子を進呈してきた。さらに大商人たちはこう囁いた。『もしも受けてくれるならば、この者をうまく使ってくれても構わない』と。結局この言を容れ、曽呂利を秀吉幕下に引き入れるために手を打ち、なにくれとなく面倒を見てきた。さらに、足利義昭公の復権という自らの目的の為、時には手足として用いていたのであった。もっとも、幽斎自身の陰謀は早々に露見した上、義昭公も死去してしまったためにすべては頓挫《とんざ》し、結局徳川につくことで家の命脈を繋いだのだが。

幽斎の苦闘を尻目に、曽呂利は豊臣家中を泳ぎ回っていた。

「お前の動きはよう分からんのだ。そなたは利休殿をつつき、大坂城に石川五右衛門を引き入れ、さらには秀次公の失脚にも一枚嚙んでおろう。そなたは豊臣の力を削ぐべく動いていた。だが、一方で落ち目であった石田治部につき、さらには福島正則にも石田方につく理を説いておった。そなたの動きには、まるで一貫したものがない。どういうことぞ」

曽呂利はゆるく首を振った。

「そりゃ、幽斎はんがお武家さんだからや」

「何？」

「お武家さんの悪い癖やで。お武家さんは自分の見ているものだけがすべてやって思ってはる。でも、あんたらの足元には、商人がいて、職人がいて、百姓がおるんや。確かに、お武家の論理だと、わしはあっちにふらふらこっちにふらふらしているように見えるかもしれん。けど、わしは最初から一つの目的の下に動き回っていたんや」

曽呂利は指を一本立て、己のこめかみのあたりを何度も小突いた。

「わしはな、堺の代理人なんや。正確には、堺の大商人たちの、な」

「知っている。だが、それがどうしたと――」

「堺の商人たちがどうやって稼いでおったか、幽斎はんは覚えてはりまっか」

「もちろん。西日本の海運を――」

「そんな小難しい話やない。堺の商人たちが何を商っていたか、って話や」

ここまで言われて、ようやく幽斎の頭に掠めるものがあった。それをそのまま口にする。

「鉄炮に、火薬か」

「御名答や。堺っちゅう町は、南蛮からもたらされた鉄炮を写して、交易でもたらされた火薬で儲けておったんや。だからこそ、信長公は堺を早いうちから直轄にしたんやで」

堺は西日本の物流の終着口であり、東日本への物流の入り口でもある。特に種子島《たねがしま》に鉄炮がもたらされてからというもの、火薬の売買は堺に巨利をもたらしてきた。

曽呂利は赤い羽織のみごろを手ではたいた。

「はっきり言うで。もしも戦のない世の中が来てもうたら、戦で儲けてきた堺は大弱りなんや。鉄炮も火薬も、戦が終わってもうだら無用の長物になってまうさかいな」

「まさか――。天下を治めようという豊臣に近付き、戦を唆していたというのか」

「ちょっと違うかなあ。堺が望んでおったのは、大名家が乱立して対立しあう状況や。そうなれば、鉄炮も火薬も飛ぶように売れる。戦は起こらんとしても、敵がおるって警戒して武具を買うさかいな。でも、秀吉はんは次々に従わない大名家を潰していって、ついには天下総無事や。そうなっちゃ、堺はおまんまの食い上げなんや」

「それで、秀吉公に取り入ったと」

「ああ。まずはわしの邪魔になりそうやった蜂須賀小六はんの追い落としや。本当は弟君の秀長公にも手を伸ばしてたんやけど、その前にぽっくり死んださかい、わしは手をかけとらんで。千利休はんは元々堺のお人やから味方に引き入れることができるかって思ったけど、あの人はただの茶狂いや。邪魔やったからお引き取り願ったわけや。ともかく、秀吉はんの周りにいる連中をみいんなお払い箱にして、秀吉はん自身の評判を落とすように仕向けたんや。そうなればどっかで謀反が起こって、また武器とか火薬がばんばん売れるようになる思てな」

幽斎は思わず、あ、と叫んだ。

「そういうことか。お前が義昭公の復権に手を貸したのは」

「そやそや。小さな火種でも、大きな謀反に化けるかもしれんと思ったからこそや。ま、秀次公にもおんなじことを期待していたんやけど、駄目やった。秀次公で無理やったことが義昭公で出来るはずもない。気にせんでええで」

つまり、曽呂利は秀吉に取り入り内側から食い破ることによって秀吉幕下、ひいては政の大黒柱を腐らせ、戦を起こそうとしていたことになる。ということは、まさか――。

「唐入りもお前の差し金か」

「そこまでできひんよ。わしはほんのちょっと背中を押すだけしかできんで」

「何を言うか。そなた、かつては秀吉公に耳打ちできるほどの権勢者であった――」

と、曽呂利は呵々《かか》と笑い、己の膝を叩いた。

「なんや、幽斎の旦那も気づかなかったんかいな。あれ、秀吉公の耳の臭いを嗅いでただけやで」

あるお召しの際、いつものように上機嫌になった秀吉から「一つ願いを叶えてやろう」と言われ、いつでもどこでも耳に鼻を近づけてもよいという許しを得た。当の秀吉は狐につままれたような顔をしていたというが――。

背中に戦慄《せんりつ》が走る。諸侯の居並ぶ中、手で衝立を作り鼻先を天下人の耳元に近付ける曽呂利——。どう見ても、何か讒言でもしているようにしか見えなかった。今となっては曽呂利の目的は明白だ。衆人環視の中、公然と天下人に耳打ちできるほどの権勢人であるという虚像を作り上げたかったのだ。

曽呂利はまるで幽斎を小馬鹿にするように口角を上げた。

「実際んとこ、唐入りを決心したのは秀吉はんや。いや、それとも違うかな。唐入りってのは、戦を止めたくないお武家さんたちの悪あがきやったんやろ。夢のまた夢やったけどね」

無謀とさえ言われ、大名の多くが反対していた唐入りだったが、論功に憧れて戦場を求める武者は確かに多かった。堺の大商人たちが己の利のために戦国の世を望んでいたのと同じだ。

「だが、その唐入りも終わった」

「せやねん。あれで堺は相当儲けたんやけど、あれは特需みたいなもんやからな。出来ることなら、常日頃から矢玉が売れるような場が欲しかった。んで、わしが目をつけたんは徳川や。あの狸爺、野心剝き出しやからな。また豊臣に戦を仕掛けるんは目に見えておった。それに昔、豊臣と互角以上の戦いをしていたことも頭にあったから、わしは考えたんや。豊臣と徳川のいがみ合う構図を作って、双方に矢玉を売れば濡れ手に粟《あわ》の大儲けやって」

「そうか」幽斎は手を打った。「お前が福島を治部の側に引き入れようとしたり、治部の味方についていたのは、豊臣と徳川の戦力を拮抗《きっこう》させるためだったか」

「そういうことや。戦が起こるやもしれん、っていう恐怖で矢玉を売れればそれでええからな」

曽呂利のやろうとしていたことは、戦国の世の延命とでもいうべきことだった。

戦のない世の中を築き上げようとしていた秀吉に取り入り、周囲にいた謀臣たちを追い落として孤立させ、自らの意見しか聞かぬように仕向けていった。さらには秀吉に耳打ちをするようなしぐさをこれ見よがしに披露し、自らへの声望を高めた。その上で、自らの口舌の力で戦や火種を出来させていたということになる。

自らの身に戦慄がひたひたと這い寄っているのを、幽斎は感じ取っていた。魔性の舌、いや、第六天魔王の舌とでも賞すべきものであろう。

曽呂利は咳払いをして、手を膝の上に置いた。

「今日、幽斎の旦那を訪ねたのは他でもないんや。頼みがあるんや。――わしはこれから、大戦を起こす。これがうまく行けば、また戦国の世に戻る。そのための策もある。どうや、一枚噛みまへんか」

幽斎は心中の動揺を見抜かれぬよう、あえて欠伸をして自らの表情を隠した。そして、心中の高ぶりを抑えながら、口を開いた。

「解せぬ。なぜお前はそこまでする。堺の大商人に代わって戦の世を取り戻すというお前の目的はわかったが、お前の肚の内がどうしても見えてこない」

曽呂利のなしていることが露見しようものなら、天下の悪党として処断される。文字通り命がけであったはずだ。いくら万金を積まれたとしても容易に果たせるものではない。強い思いがなければ果たせるものではない。

幽斎の問いに、初めて曽呂利が揺らいだ。黒い炎を湛える曽呂利の瞳がわずかに揺れ、何かを言い淀んでいた。しばしの沈黙が二人の間に割って入った。鳥の鳴き声を遠くに聞きながらも、幽斎は針の筵のような時をひたすらに待ち続けた。しかし、いつまでもこの沈黙は続かなかった。しびれを切らしたかのように溜息をついた曽呂利は頭を振った。

「かないまへんなあ」

曽呂利はわずかに目を伏せ、幽斎の視線を躱した。まるで手元にある本を読むように、訥々《とつとつ》と口を開いた。その喋り振りは、あの口舌の徒とは思えぬ、迫力のないものだった。

「わしは、一遍死んでますのや。元は鞘師なんやけど、世間に戦がなくなるに従って食い詰めてなあ。わしの名前、まあまあ知られておったんやけど、あかんかった。んで、貧乏に耐えかねて気鬱《きうつ》になった嬶が子供を道連れに首くくってしもうたんや、わしだけ残してな。嬶と子がぶらーん、ぶらーんって梁からぶら下がっている姿を見ているうちに、わしを食えんようにした秀吉はんに腹が立ってきてなあ」

曽呂利は自嘲《じちょう》めいた乾いた笑い声を上げた。

「重々承知やで、こんなんただの逆恨みや。本当はわしにもっと鞘師の腕があればよかっただけや。でも、世間を恨まなきゃ、自分を恨むことになってまう。わしにはそれはできひんかったのや」

自分を責めることはできず、世間を恨む道を選んだ。そして――。

「昔取った杵柄《きねづか》で、茶とか連歌の嗜《たしな》みがあったさかい、商人衆に伝手《つて》があったんや。で、秀吉はんに獅子身中の虫を送り込むってことになったとき、名乗り出たんや」

かくして、戦の世が終わるのを嫌い、世間を呪った男が、豊臣家の獅子身中の虫になった――。

長い物語がすべて終わった。

溜息をついた曽呂利は、天井を睨んだ。木目天井には何も書いていない。だが、そこに何か意味でもあるかのように、目を凝らしていた。

「なあ、幽斎はん、御味方してくらはるやろか」

哀願するような口ぶりだった。幽斎は胸の内側を引き裂かれるような痛みを覚えながらも、首を横に振った。

「――すまぬな。わしは乱を望まぬ。いや、今、この世の中に乱を望む者など誰もいない。ただ、お前ひとりだ」

「わしだけやない。何人もおるで。徳川の時代なんて嫌やっていう人間は他にも――」

「それは、徳川を嫌うだけだろう。もはや、戦の世そのものを望むのは、お前だけだ」

幽斎とて、かつては幾重も謀略を仕掛けたものだった。だが、それらの行ないは煎じ詰めれば平穏に暮らしたかったからだ。この男のように乱の時代を望んでいるわけではない。

曽呂利はゆっくりと立ち上がり、着物の裾を手で叩いた。その顔には生気が籠っていない。

「そか。しゃあないわな。でも、わしは諦めんで。戦を起こす。絶対にや」

幽斎は溜息をついて、ぽつりと口にした。

「お前の天下一の口舌を、平和な世に倦《う》む者たちや過酷な生に苦しむ人のために使う気にはなれぬか」

曽呂利は、はっ、と短く笑った。

「もう、後戻りはできひん」

目を泳がせながらそう述べると、曽呂利はのろのろと頭を下げた。

「今生の別れやな。幽斎はん、ほなさいなら」

縁側に出た曽呂利は草履を穿《は》くと、庭に並ぶ松の木の陰に消えた。

風のような男だ、と独り言ちた幽斎は、ふと縁側に出た。

と、季節外れの豪風が吹いた。熱を帯びる強い風は庭じゅうに折り重なっている落ち葉を巻き上げ、炎のように揺らめいた。

「まだ、終わらぬのか」

かつて戦場で感じた熱風にも似た風を頬に感じながら、幽斎は一人、いつまでも縁側に立っていた。

終

摂州大坂近くの平野《ひらの》川河原べりには強い風が吹き荒《すさ》び、薄《すすき》が大きくたわんでいた。既に辺りは暗い。天上の星々を映したかのように光る篝火《かがりび》が、真っ暗な南の平野を浮かび上がらせている。

囁くような葉音の中、岩に腰かけて芋をかじり、はるか西方で燃え盛る天守閣を眺めながら、曽呂利は肩を落としていた。闇を引き裂くように天守閣を舐める炎は一等綺麗で、もしも派手好きだった太閤が生きていたのなら『面白い趣向じゃ』と喜んだかもしれないが、燃えているのは、己の居城、大坂城だ。秀吉が己の財物を燃やして笑えるほどの数寄者ではなかったことを思い出し、曽呂利は苦笑いを浮かべた。

死にかけの古狸、徳川家康は、大坂城にいる豊臣秀頼を攻めた。己の目の黒いうちに宿敵を滅亡させておこうという腹積もりだったのだろう、と世上で噂されたこの大戦は、結局徳川の大勝利に終わった。

この戦をけしかけたのは、他ならぬ曽呂利だった。

方広寺《ほうこうじ》の造営にあたり、その鐘に刻まれた銘文に『国家安康』の四文字が紛れ込んでいるのを知った曽呂利は『家康の名を引き裂く呪詛《じゅそ》ではないか』と徳川方の政僧金地院崇伝《こんちいんすうでん》の手の者へと伝えた。これがかねてより秀頼を追い詰めたかった徳川方にとっては絶好の口実となり、大戦が勃発《ぼっぱつ》した。

だが、天下を二分して乱世に引き戻すという曽呂利の策は失敗に終わった。

豊臣恩顧の大名は既に牙を抜かれて徳川の犬となっていた。秀頼方に加わったのは太平の世に倦んでいた力なき牢人たちばかりで、戦らしい戦にならず、豊臣勢力は二分を担うほどの兵力を集めることができなかった。

燃え盛る天守閣を茫然と見やる。あの中にはかつてお馬さんごっこをしてさしあげた秀頼君と、畏れ多くて顔すら拝めなかった淀殿がいるはずだ。いや、既に自ら命を絶っているかもしれない。

曽呂利は燃え盛る大坂城の天守閣に毒づいて、芋のへたを水の流れに投げ捨てた。

「あんたらはええやんけ。乱世と一緒に死ねるんやから。でも、わしはどうしたらええっちゅうねん」

もはや、平穏な世に唾を吐きかける道しか残されていない。闇の中、ぼちゃん、という水音だけがいやに大きく響いた。

岩から飛び降りた曽呂利は踵を返し、闇の中に飛び込もうとした。と――。

泣き声がした。振り返ると、ぼろをまとった子供がしゃくりあげながらこっちに歩いてきた。戦によって焼け出されたのだろう。

「どうしたんや、童《わっぱ》」

「おとんが、おかんが……、死んでもうた」

「そか、そいつは運がないな」

人が死ぬのは乱世の習いだ。だが、これからの世は多少なりとも人の命は重くなる。己の命を投げ出して何かを果たすような時代ではなくなる。

ふと、目の前の少年の顔が、死んだ己が子の面影に重なった。

気まぐれに、曽呂利はその少年の肩を取った。

「童、おっちゃんがおもろい話をしたるわ。だから、泣くのやめや」

しかし、少年は泣いたままだった。

「しゃあないなあ。ほな行くで。昔なあ、難波に馬鹿なお殿様がおってな、そん人、勘定なんて全然できへんねん」

一向に泣き止まない子供を前に、曽呂利はとかく閉口していた。

けれど。

『お前の天下一の口舌を、平和な世に倦む者たちや過酷な生に苦しむ人のために使う気にはなれぬか』

幽斎の言葉が蘇り、曽呂利の胸を刺す。

涙をこらえながら、曽呂利はかつて見た天下人の失敗談を面白おかしく披露した。

これほど必死で喋ったのは、生まれて初めてのことだったかもしれない。

――わしも、天下泰平の時代に生きなあかん。

かつて自分がいた天守閣が焼け落ちるのを眺めながら、曽呂利は心中で呟く。やがて、その童はしゃくりあげるのをやめて、くすくすと笑い始めた。

――ほなさいなら、とはいかんわけやな。

天守閣から立ち昇る火の粉と共に天に旅立っていく数多の魂を見上げながら、曽呂利は目の前で少しずつ顔をほころばせ始めた童の頭を力任せに撫で、誰にも聞こえないような声で別れの言葉を口にした。

解説

末國善己
（文芸評論家）

今、最も注目すべき歴史時代小説作家を聞かれたら、まず谷津矢車の名を挙げる。

著者は、二〇一二年に「蒲生の記」で第一八回歴史群像大賞優秀賞を受賞し、翌年、若き日の狩野永徳を描いた初の単行本『洛中洛外画狂伝』を上梓した。この時二十七歳。当時の歴史時代小説は、人生経験を積み、歴史に対する深い洞察力を身に付けた大家が満を持して書くとのイメージが強かった。それだけに、若い著者が、永徳を〝草食系男子〟とするなど独自の視点で軽やかに歴史を切り取り、同世代の読者に向けた物語を紡いでみせた衝撃は、現在も強く印象に残っている。

その後の活躍は目覚ましく、江戸の出版プロデューサー蔦屋重三郎を、幕府の出版統制に抗った男とした『蔦屋』、鉄砲の名手だったが史料の少ない雑賀孫市を、三人が一人を演じたとする『三人孫市』、幕末から明治に至る激動の時代に、一流の絵師は見向きもしない「おもちゃ絵」を描き続けた絵師に着目した第七回歴史時代作家クラブ賞作品賞受賞作『おもちゃ絵芳藤』、父の急死で嫌っていた忍びの棟梁になった二代目服部半蔵（正成）の苦労を描く『しょったれ半蔵』など、戦国から江戸、幕末維新まで幅広い時代を舞台に、ハイペースで高いクオリティの作品を発表している。『洛中洛外画狂伝』でデビューした著者が、再び戦国ものに挑んだ本書『曽呂利　秀吉を手玉に取った男』は、豊臣秀吉に仕えたとされる曽呂利新左衛門を軸に、戦国末期を従来とは違った角度で切り取っている。著者は文庫化にあたりブラッシュアップを行なっており、本書が決定版といっても過言ではあるまい。

曽呂利は、商都として名高い泉州堺で刀の鞘を作る鞘師をしていて、刀が鞘にソロリと入ることから曽呂利と称したという。和歌、狂歌、茶道、香道などに優れていた曽呂利は、秀吉に見出され御伽衆になったとされるが、生没年不詳、本姓も杉本あるいは坂内ともされるが不明、本当に秀吉の御伽衆だったかもはっきりしていない。同時代に浄土宗の僧にして〝落語の祖〟といわれる笑話の名手でもあった安楽庵策伝がおり、策伝がまとめた笑話集『醒睡笑』には、『曽呂利狂歌咄』と重複する話が多いことなどから、曽呂利は策伝と同一人物だったとする説もあるほどである。

謎めいた曽呂利だが、得意の頓知で太閤秀吉をやり込めるエピソードは、越谷吾山『物類称呼』、湯浅常山『常山紀談』、西沢一鳳『皇都午睡』、新場老漁（大田南畝）『平日閑話』などの随筆で江戸時代には流布していた。猿に似ているとの噂を気にした秀吉に、秀吉が猿に似ているのではなく、猿が秀吉に似ているのだといった。三井寺の一番下の石段に米一粒、二段目は倍、三段目はその倍（二の累乗数）として最上段の五十一段目まで積み上げた量を褒美に欲しいというも、勘定人が計算したら膨大な石高になると判明する。褒美に秀吉の耳の臭いをかぐ権利を手にし、諸大名の前で耳をかいだことから讒言を吹き込んでいると思った大名たちが秘かに金銀財宝を贈ったなどの逸話は、誰もが一度は聞いたことがあるのではないか。

著者は、同時代の史料や後世に創作された物語などの断片をつなげ、謎多き曽呂利に確かな存在感をあたえつつ、秀吉の絶頂期から文禄・慶長の役を経て関ヶ原の合戦終結に至る歴史を思わぬ形に読み替えている。著者は「Reader Store」のインタビューで、小説を書く手順を「歴史的事実は、たいてい大きな出来事が飛び石のように点在しています。その飛び石の間にある、史実として語られていない空白部分について『これは何を意味するのか』、『この間に何が起こったのか』ということを考え続けた末に、その空白を埋めてひとつの物語性のある小説にしていきます」と説明しているので、本書は著者の持ち味が遺憾なく発揮された作品といえるのである。

若い頃に茶人や連歌師の真似事をしていた曽呂利は、鞘師になって修業を積みようやく認められるまでになった。だが秀吉の躍進によって、戦国乱世に終止符が打たれようとしていた。武具、防具が不要になる社会構造の変化は曽呂利一家も直撃し、病弱だった妻は世を儚み子供を道連れにして自宅で縊死した。梁にぶら下がった妻子を見て茫然とする曽呂利は、現場に現れた老商人に自分の才能を買ってくれと頼む。

ここから物語は、秀吉とその周囲にいる蜂須賀小六、千利休、石川五右衛門、豊臣秀次、石田三成、安楽庵策伝ら、章ごとに主人公を変えながら進んでいく。

第一話は、秀吉が四国の長宗我部攻めを睨み、米の買い占めをしていた時期が舞台となっている。庶民は米価高騰に苦しみ、ついに四国攻めを皮肉った落首「たいこうが　四こくのこめをかいかねて　今日も五斗買い　明日も御渡海」が書かれた。秀吉に落首を書いた犯人の捕縛を命じられた小六は、曽呂利を引き立ててくる。細川幽斎に、曽呂利が鞘作りの名人と聞いた秀吉は、刀を渡し鞘を作れという。曽呂利は、自分の作る鞘は刀を入れる時に音がせず「そろり」と入ると嘯いていたが、秀吉に渡したものは大きな鞘走りの音がした。激怒する秀吉を機転でいなし、さらに「たいこうが」の落首の解釈を変え秀吉を寿ぐと弁明した曽呂利は、秀吉のお気に入りになる。

江戸時代から知られていた曽呂利の頓智話だが、広く知られるようになったのは、講談速記本や御伽話によって紹介された明治以降である。明治末から大正初期に大ベストセラーになった講談速記本の叢書・立川文庫の一冊『太閤と曽呂利』も、「たいこうが」の落首の話から始まる。著者は本書の冒頭に「曽呂利新左衛門を最初に語った噺家、講釈師に最大限の感謝と羨望を抱きつつ――」と書いているので、おそらく意図的に同じエピソードから始めたのだろう。ここには先人の遺産を受け継ぎつつも、新しい物語を作り出してみせる、との著者の作家としての決意も見て取れるのである。

得意の話術で人の弱点をつく曽呂利は、第二話では小六、第三話では利休が抱える心の隙間につけ込み破滅に導く。ここまで曽呂利は、明確に他人を操る存在として描かれているが、織田信長に追放されたものの今は大坂で暮らす前将軍・足利義昭の屋敷に忍び込むも見つかり、追手から逃げている石川五右衛門を描く第四話以降は、状況が少し変わってくる。五右衛門を救った男は、仕事を手伝ってほしいという。貧民窟に潜伏していた五右衛門は、甲賀者（忍び）だという黒風に命じられ、秀吉の養子になった秀次に仕える木村常陸介の屋敷に忍び込み手紙を置く、石田三成の屋敷から刀を盗み秀次の屋敷の蔵に納める、そして秀吉が暮らす大坂城に忍び込むなどのミッションをこなすのだが、黒風の背後にいるのが曽呂利なのか判然としないのだ。

ミステリには、黒幕が裏で糸を引き、自分の意志かのように思わせて第三者に犯罪を実行させる〝あやつり〟と呼ばれるトリックがある。江戸川乱歩『陰獣』、夢野久作『ドグラ・マグラ』、山田風太郎『誰にもできる殺人』、横溝正史『獄門島』などが、ネタバレにならない範囲で指摘できる代表作といえる。

本書も〝あやつり〟トリックを使っており、第三話までは曽呂利が黒幕だと明示されている。そのため、どのようにしてターゲットを破滅させるのかという興味はあるものの、ミステリ色は薄かった。ところが、第四話以降は、誰が〝あやつり〟の糸を握っているのかが判然とせず、豊臣政権を揺さぶる「獅子身中の虫」を捜す石田三成の調査も本格化するので、犯人は誰か、五右衛門たちを操る黒幕と「獅子身中の虫」は同一人物か、五右衛門に命じた仕事にはどんな意味があるのか、豊臣政権に罠を仕掛ける動機は何かといった謎解き要素が前面に押し出されていく。それだけに、最後まで先の読めないスリリングな展開が楽しめるはずだ。

曽呂利は、乱世が終わりに近付き、ようやく軌道に乗った鞘師の仕事が減り、それが原因で家族を亡くした。この状況は、製造業では品質、ブランド力では差別化がはかれず、価格だけで商品が選択され（いわゆるコモディティ化）、人工知能（ＡＩ）の高性能化と普及が、ホワイトカラーの仕事を肩代わりする状況もあって、職を失ったり、給与が抑制されたりする危機にさらされている現代日本の勤め人に近い。

考えてみると、出世競争に敗れ、かつては部下だった秀吉を主君として仰ぐことに複雑な感情を抱いている小六は、成果主義の導入で後輩が上司になることも珍しくなくなった現代の労働環境を、社会の最底辺で生まれ育ち、生きるために盗賊になった五右衛門は、景気が回復しているとの政府見解とは裏腹に、生活が楽になったと感じられなくなった格差社会を象徴している。著者が、現代日本の〝闇〟を浮かび上がらせる役割を担っているキャラクターを生み出せたのは、小学生の頃にバブルがはじけ、日本を代表する有名企業が勢いを失った長い不況と、新自由主義的な政策の導入で日本社会が変化していく中で成長したことと無縁ではあるまい。秀吉政権内で隠然たる力を持つ曽呂利は、抗いようのない歴史の流れであり、それに翻弄される小六、五右衛門、三成らの苦悩と戸惑いには、特に若い読者は共感も大きいように思える。

〝あやつり〟トリックは、戦争が近付く昭和初期、終戦直後の混乱期、そして現代と、社会が不安定な時期に流行する傾向がある。〝あやつり〟トリックを用い、格差が広がり、将来も見通せず閉塞感が増している状況を切り取った本書は、日本のミステリの伝統も受け継いでいるのである。

やがて曽呂利が秀吉政権を混乱させた動機が、他人を不幸にしてでも豊かになりたいという、いつの時代も変わらない人間の果てしなき欲望を満足させるためだったことが判明。言葉だけで人の心を操る曽呂利の不気味さは、膨大な情報を流して購買意欲を刺戟（誤解をおそれずにいえば洗脳）する高度資本主義社会におけるコマーシャリズムの暗喩だということも分かってくる。人の運命を弄び、歴史を動かしてきた曽呂利が最後にたどり着いた境地は、日本人は今後も欲を追い求めるのか、それとの別の価値観を見付けるべきなのかの問い掛けになっているだけに、考えさせられる。

著者は、『某には策があり申す　島左近の野望』で組織の中で生きる島左近の悲哀に着目し、『しゃらくせえ　鼠小僧伝』では恋人の母親が作った借金を返すために転落し、真っ当な職に就けないまま泥棒になる鼠小僧を描くなど、本書のテーマを発展させつつ別の作品でも使っている。その意味で本書は、著者の歴史時代小説を語る上で絶対に外せない作品なのである。ちなみに『某には策があり申す　島左近の野望』には、曽呂利と策伝が顔を出しているので、探しながら読むのも一興だ。

本作品はフィクションです。実在する人物、事件、団体等とは一切関係がありません。

本書は『曽呂利！　秀吉を手玉に取った男』（二〇一五年刊）を
改題および大幅に改稿、加筆し、文庫化したものです。

実業之日本社文庫　好評既刊

井川香四郎
桃太郎姫　もんなか紋三捕物帳
男として育てられた桃太郎姫が、町娘に扮して岡っ引の紋三親分とともに無理難題を解決！　歴史時代作家クラブ賞・シリーズ賞受賞の痛快捕物帳シリーズ。

い103

井川香四郎
桃太郎姫七変化　もんなか紋三捕物帳
綾歌藩の若君・桃太郎、実は女だ。十手持ちの紋三のもとでおんな岡っ引きとして、仇討、連続殺人など、次々起こる事件の〈鬼〉を成敗せんと大立ち回り！

い104

宇江佐真理
おはぐろとんぼ　江戸人情堀物語
堀の水は、微かに潮の匂いがした——薬研堀、八丁堀、夢堀……江戸下町を舞台に、涙とため息の日々に訪れる小さな幸せを描く珠玉作。（解説・遠藤展子）
う21

宇江佐真理
酒田さ行ぐさげ　日本橋人情横丁
この町で出会い、あの橋で別れる——お江戸日本橋に集う商人や武士たちの人間模様が心に深い余韻を残す、名手の傑作人情小説集。（解説・島内景二）
う22

宇江佐真理
為吉　北町奉行所ものがたり
過ちを一度も犯したことのない人間はおらぬ——与力、同心、岡っ引きとその家族ら、奉行所に集う人間模様。名手が遺した感涙長編。（解説・山口恵以子）
う23

実業之日本社文庫　好評既刊

田牧大和
恋糸ほぐし　花簪職人四季覚

料理上手で心優しい江戸の若き職人・忠吉。彼の作る花簪は、お客が抱える恋の悩みや、少女の心の傷を解きほぐす——気鋭女流が贈る、珠玉の人情時代小説。

た91

鳥羽 亮
剣客旗本春秋譚

朋友・糸川の妹・おみつを妻に迎えた非役の旗本・青井市之介のもとに事件が舞い込む。殺し人たちの元締「闇の旦那」と対決!! 人気シリーズ新章開幕、第一弾!

と213

鳥羽 亮
剣客旗本春秋譚　武士にあらず

両替屋に夜盗が押し入り、手代が斬られ、千両箱ふたつが奪われた。奴らは何者で、何が狙いなのか。市之介が必殺の剣・霞袈裟に挑む。人気シリーズ第二弾!!

と214

花房観音
紫の女《ひと》

「源氏物語」をモチーフに描く、禁断の三角関係。若い部下に妻を寝取られた夫の驚愕の提案とは（「若菜」）。粒ぞろいの七編を収録。（解説・大塚ひかり）

は24

葉室 麟
刀伊入寇　藤原隆家の闘い

戦う光源氏——日本国存亡の秋、真の英雄現わる！『蜩ノ記』の直木賞作家が、実在した貴族を描く絢爛たる平安エンターテインメント！（解説・縄田一男）

は51

実業之日本社文庫　好評既刊

葉室 麟
草雲雀
ひとはひとりでは生きていけませぬ――愛する者のために剣を抜いた男の運命は!? 名手が遺した感涙の時代エンターテインメント！（解説・島内景二）
は52

吉田雄亮
俠盗組鬼退治 烈火
俠盗組を率いる旗本・堀田左近の周辺で立て続けに火事が。これは偶然か、それとも…!? 闇にうごめく悪と仕置人たちとの闘いを描く痛快時代活劇！
よ52

吉田雄亮
俠盗組鬼退治 天下祭
銭の仇は祭りで討て！ 札差が受けた不当な仕置きに山師旗本と人情仕事人が調べに乗り出すが、神田祭が突然の危機に…痛快大江戸サスペンス第三弾。
よ53

池波正太郎、隆慶一郎ほか／末國善己編
軍師の生きざま
直江兼続、山本勘助、石田三成…群雄割拠の戦国乱世を、知略をもって支えた策士たちの戦いと矜持！ 名手10人による傑作アンソロジー。
ん21

司馬遼太郎、松本清張ほか／末國善己編
軍師の死にざま
竹中半兵衛、黒田官兵衛、真田幸村…戦国大名を支えた名参謀を主人公にした傑作の精華を集めた、11人の作家による短編の豪華競演！
ん22

実業之日本社文庫 や81

曽呂利《そろり》　秀吉《ひでよし》を手玉《てだま》に取《と》った男《おとこ》

2019年2月15日　初版第1刷発行

著　者　谷津矢車《やつやぐるま》

発行者　岩野裕一
発行所　株式会社実業之日本社
〒107-0062　東京都港区南青山5-4-30
CoSTUME NATIONAL Aoyama Complex 2F
電話［編集］03(6809)0473［販売］03(6809)0495
ホームページ　http://www.j-n.co.jp/
ＤＴＰ　ラッシュ
印刷所　大日本印刷株式会社
製本所　大日本印刷株式会社

フォーマットデザイン　鈴木正道（Suzuki Design）

ISBN978-4-408-55468-6（第二文芸）